MASK

CAROLE CERRUTI

ÉDITIONS
Dream Land

ISBN : 978-2-3774-0055-3
Code Hachette : 46 2322 0

Collection dirigée par Christian English & Frédéric Thibaud
Catalogues et manuscrits : editions-dreamland.com

Dépôt légal : Août 2018

À mes parents, Danielle et Jean,
avec tout mon amour.
Merci pour tout.

À Nicolas, mon mari,
sans qui ce livre n'aurait jamais existé.
Merci d'y avoir cru plus que moi !

Prologue

Bonze brillant, brillant, bonze brillant,
Fais qu'il fasse beau pour moi demain,
Comme parfois un ciel de rêve ;
S'il fait beau, je te donnerai une cloche d'or.

Bonze brillant, brillant, bonze brillant,
Fais qu'il fasse beau pour moi demain,
Si tu exauces mon souhait,
Nous boirons beaucoup de saké.

Bonze brillant, brillant, bonze brillant,
Fais qu'il fasse beau pour moi demain,
S'il fait nuageux et que tu pleures
Alors je te couperai la tête[1].

— Viens, ma chérie ! Il est temps de te préparer.

Miya cesse de sautiller et s'assoit sur le tabouret en métal face à la coiffeuse tandis que sa mère commence à lui démêler les cheveux.

— C'est un grand jour pour toi, aujourd'hui, tu vas avoir sept ans, dit-elle en faisant glisser la brosse dans les longs cheveux noirs. Et tu vas recevoir ton masque, j'espère que tu en seras digne.

— Oui, maman… mais… Est-ce que ça fait mal ?

Sa mère rit.

— Non, bien sûr que non !

1. Comptine japonaise.

Miya reste parfaitement immobile et fixe son visage dans le miroir.

— Est-ce que je serai… *jolie* ?

Sa mère s'arrête. Ses doigts se crispent sur la brosse.

— On en a déjà parlé mille fois, Miya. Tu seras belle, lance-t-elle en démêlant un nœud de ses doigts, tu seras belle parce que nous avons tout fait pour ça.

Elle repose la brosse sur la coiffeuse, prend les peignes et les plante artistiquement dans les cheveux de sa fille.

— Oh, maman, raconte-moi encore comment vous avez fait !

Sa mère soupire, puis sourit.

— D'accord, d'accord ! Alors… pour la cent vingtième fois… Nous avons beaucoup prié, ton père et moi ; pendant des semaines, je suis allée dans la forêt chercher des herbes, comme me l'avait indiqué la guérisseuse ; nous avons fait toutes les incantations nécessaires quand tu étais dans mon ventre et… ce peigne est en trop, marmonne-t-elle en retouchant la coiffure.

— Et je serai belle puisque papa et toi, vous l'êtes, c'est ça ?

— C'est ça, acquiesce sa mère en finissant d'attacher les cheveux en un magnifique *mage*[1].

Miya saute du tabouret, ravie, et sort de la chambre en chantant sa comptine.

Sa mère la regarde s'éloigner.

Elle n'a pas lâché le dernier peigne, et l'a serré si fort dans sa main qu'une goutte de sang commence à perler.

---

1. Chignon japonais.

Première partie

1

Japon
Avril 2059

Je n'ai jamais vu mon visage.

Je viens d'avoir dix-sept ans et je ne l'ai pas vu depuis le jour de mes sept ans.

Je m'en souviens à peine. Je crois que j'avais un nez légèrement retroussé, des yeux en amande et des joues rebondies. Qu'importe puisque j'ai dû beaucoup changer, ça ne sert à rien d'essayer de se souvenir.

Ici, tous les jeunes doivent porter un masque jusqu'à l'âge de dix-sept ans, la majorité pour nous. Personne n'a le droit de se voir avant la fameuse « Cérémonie des visages ». C'est l'une des règles créées pour que notre société vive dans la paix et l'harmonie.

Nos masques sont conçus pour épouser les contours de notre visage tout en modifiant leur apparence. Ils sont moulés dans une matière semblable à de la peau humaine, le Kératex[1], qui permet à la peau de respirer et aux muscles du visage de bouger.

Nos règles sont strictes, mais c'est pour notre bien. L'égalité est la chose la plus importante dans notre monde, et le visage, la beauté ou la laideur doivent rester cachés le plus longtemps possible afin que tous puissent grandir égaux.

C'est la règle n°1

---

1. Matière créée en 2035, à base de gélatine et de kératine.

— Miya !

Je referme mon journal intime et sors du lit. C'est un jour impair, ce qui veut dire que je n'ai pas le droit de prendre une douche. Dommage, je n'aime pas me sentir sale, mais l'eau est devenue trop rare et elle est maintenant sous le contrôle du gouvernement ; il décide quand nous laver et de combien de litres nous disposons, c'est-à-dire très peu.

J'ouvre la fenêtre et prie pour qu'il y ait encore un peu d'eau de pluie pour me rafraîchir le visage. Ça fait longtemps qu'il n'a pas plu et il ne me reste qu'un fond de bol. Je trempe un gant de toilette dans l'eau fraîche et le passe sur ma nuque, mes bras, ma poitrine, tout en serrant les dents pour ne pas crier tellement c'est froid. Je termine en me rinçant plusieurs fois le visage, puis j'enfile mon kimori en satin bleu marine orné d'un disque rouge sur le côté gauche, symbolisant le soleil comme sur le drapeau japonais. C'est mon uniforme pour le lycée de Kamakura. Nous n'avons que deux tenues autorisées : le kimori – un mélange entre le kimono de mes ancêtres et le sari de nos voisins indiens – et un ensemble pantalon-tunique noir pour les jours de sport.

Pour finir, je prépare mes cils selon la tradition : ils sont allongés à l'extrême avec plusieurs couches de mascara et poudrés de la couleur de notre choix. C'est la seule coquetterie que le gouvernement nous autorise. J'aime les poudrer d'or pour faire ressortir mes iris bleu-gris.

De tout mon visage, mes yeux sont la seule chose qui soit vraie.

Une fois prête, j'attrape mon sac en poussant d'une main les *shōji*[1] de ma chambre et descends l'escalier pour rejoindre mes parents dans la cuisine.

— Bonjour, maman, bonjour, papa, dis-je en m'inclinant.

— Bonjour, Miya, répond ma mère. Tu as bien dormi ?

1. Portes coulissantes en papier translucide.

— Oui, très bien.

— Alors, Miya, est-ce qu'il t'a…

— Papa, le coupé-je.

— Laisse-la un peu, rétorque ma mère.

— Quoi ? Qu'est-ce que j'ai dit de mal ? Passe-moi l'eau, s'il te plaît, Miya. Je veux juste savoir s'il a fait sa demande. C'est quand même normal que je me tienne au courant ! Ma fille chérie va bientôt se marier, ça me concerne un peu, non ?

— Non, répond ma mère en nous servant du thé.

Elle a l'art de rester sereine en toutes circonstances. J'espère que je deviendrai comme elle, un jour, capable de garder la même émotion quoi qu'il arrive, preuve que je serai devenue une adulte accomplie.

— Laisse, maman, ce n'est pas grave… Je le vois demain. Il a prévu de m'emmener à la plage, c'est sûrement là qu'il va me demander…

En mariage.

Ces deux mots restent coincés dans ma gorge, car j'ai un mauvais pressentiment. J'ai l'impression que ce que je désire le plus au monde n'arrivera jamais.

— Je suis sûre qu'il va le faire, déclare ma mère sans se départir de son sourire.

— Moi aussi, maman.

Je bois une gorgée de thé brûlant comme si elle pouvait chasser mes pensées et me convaincre que tout ira bien. Je sens le liquide descendre au fond de mon ventre et repousser mes doutes. Puis j'avale consciencieusement mes pilules du matin : orange pour les vitamines, bleue pour l'hydratation de la peau, rouge pour fluidifier le sang, marron pour éviter les carences en protéines, et blanche pour prolonger la jeunesse.

Quand j'étais petite, j'en avais encore deux de plus : une rose et une violette. La première assurait une bonne croissance des os : il fallait aller la chercher une fois par mois chez les moines ; tous les enfants de Kamakura devaient la prendre. Quant à la seconde, la violette, je ne savais pas vraiment à quoi elle servait. Bizarrement, j'étais la seule de la famille à la prendre, et comme je posais sans cesse des questions sur sa fonction, mes parents ont fini par m'avouer que c'était une pilule très rare que mon père avait obtenue des moines, qu'elle allait m'aider à être belle, mais qu'il ne fallait en parler à personne. Je n'ai jamais osé le dire à mes amies ; jamais je n'aurais trahi mon père. Elle avait dû coûter très cher et je me sentais fière d'avoir une pilule aussi exceptionnelle.

Mais c'était très dur de toutes les avaler. Si les trois premières passaient sans problème, j'avais beaucoup de mal avec les suivantes : je n'avais plus envie de boire la moindre goutte d'eau et je regardais le verre avec dégoût pendant de longues minutes en luttant de toutes mes forces pour ne pas vomir. J'avais des spasmes, alors ma mère m'aidait : elle déposait les pilules sur le fond de ma langue, me forçait à boire un grand verre et mettait sa main sur ma bouche en pressant fort pour que rien ne ressorte.

Mon frère se moquait toujours de moi parce que je gesticulais dans tous les sens et devenais toute rouge. Chaque matin, avant d'aller à l'école, je devais passer par cette torture pour être en bonne santé. Je les prends sans m'en rendre compte, à présent.

— Je dois y aller, dis-je en me levant de table, à ce soir.

— À ce soir, chérie.

2

Dans le bus qui me conduit à Kamakura, je me colle contre la vitre et regarde le paysage défiler. J'aime ma ville, sa beauté quand les cerisiers sont en fleur, ses quartiers animés, les commerçants et leurs boutiques de vêtements ouvertes sur la rue, le bruit constant nuit et jour, comme si jamais personne ne dormait.

Nous allons bientôt passer devant Big Ben, cette immense horloge que mon peuple a construite il y a une vingtaine d'années en hommage au continent européen qui a été détruit lors de la guerre nucléaire. Ça leur a pris des mois de travaux pour la dresser en plein centre afin que tout le monde puisse parfaitement voir l'heure. Des bénévoles ont été sélectionnés par tirage au sort dans toute la ville ; mon oncle en faisait partie, mais il s'est blessé en voulant soulever un bloc de pierre trop lourd pour lui, et il a eu la main brisée. Vingt-sept os écrasés en quelques secondes aussi facilement que l'on casserait une coquille d'œuf. À présent, il est en convalescence à la Campagne, et nous ne savons pas quand il pourra revenir à Kamakura pour reprendre sa fonction de secrétaire.

Je pense à Sakirō, mon fiancé. J'ai hâte de le retrouver demain. Il a dix-huit ans, ses yeux sont bleus – il les tient de sa mère européenne – et son visage est magnifique. Je le connais depuis que je suis toute petite ; il est mon meilleur ami et aussi celui que j'ai choisi pour le restant de mes jours.

Un bruit sec me sort de ma rêverie. Le chauffeur freine brusquement, les roues du bus crissent, et tous les passagers debout sont projetés vers l'avant.

— Dépêchez-vous de déguerpir ! hurle le chauffeur.

Je me penche par la fenêtre et aperçois un marchand d'agrumes qui a renversé sa cargaison sur la route. Il y a des oranges et des citrons partout.

Je frissonne. Les paroles du chauffeur résonnent encore dans le bus et plus personne n'ose parler. Les passagers – des hommes d'affaires, des lycéens, des enseignants pour la plupart – retiennent leur respiration. Les visages se crispent et ne quittent pas Big Ben des yeux : il ne faut pas arriver en retard.

Jamais.

C'est la règle n° 2

C'est un affront de faire perdre son temps aux autres, le temps étant la valeur la plus précieuse dans ce monde.

L'aiguille se déplace cruellement : déjà trois minutes de perdues. Quelqu'un propose d'aller aider le vieil homme et trois passagers descendent pour ramasser les fruits tandis que le marchand se confond en excuses. Sans prendre le temps de l'écouter, les hommes sautent à l'intérieur du bus qui repart aussitôt, grillant un feu rouge, puis deux. Je vois de la sueur couler dans la nuque du chauffeur, je sais qu'il va faire tout son possible pour rattraper le retard. Le pauvre, je ne voudrais pas être à sa place.

Enfin, j'aperçois le lycée. Nous n'avons que cinq minutes de retard, mais je n'ai pas à m'inquiéter puisque, par précaution, je prends toujours un bus d'avance.

Je me faufile vers la sortie en tenant mon kimori dans une main, remercie le chauffeur, qui se remet doucement de ses émotions en se tamponnant le front avec un mouchoir, et je descends du bus.

J'inspire l'air frais du matin en levant la tête. Le soleil n'est pas encore levé, mais je sens que ce sera une belle journée. Quelques élèves arrivent en même temps que moi et me dépassent. Je regarde l'immense bâtiment en pierre, respire un grand coup, et j'entre.

— T'es en retard !

— À peine…

— C'était quoi ?

— Le bus, un commerçant a renversé sa cargaison…

Debbie est ma meilleure amie depuis le collège. Elle est américaine mais vit au Japon depuis qu'elle est toute petite. Elle me prend par le bras et nous avançons ensemble jusqu'à nos casiers respectifs.

— Alors, tu sais ce que tu vas porter pour la Cérémonie ? me demande-t-elle en ouvrant son casier avec l'empreinte de sa paume.

Je secoue la tête.

— J'en étais sûre ! Miya, c'est dans moins d'une semaine ! Tu ne peux pas improviser ça, je me prépare depuis des mois et j'hésite encore entre cinq robes !

— Oui, tu as raison, mais…

Je ne peux pas finir ma phrase. Ils sont là. Et quand *ils* sont là, je ne respire plus.

Ils passent devant nous sans nous voir, me bousculent, mais je ne dis rien ; c'est comme si j'étais invisible pour eux.

Dan et Chris viennent d'arriver dans notre lycée et ils ont du mal à respecter nos règles. Je crois qu'ils vivent dans un immeuble à la sortie de la ville. J'ignore s'ils ont un lien de parenté, ils ne portent pas le même nom, en tout cas.

— Vivement que nous partions étudier à la Cour, j'en ai assez de cette bande de minables, soupire Debbie en prenant ses livres.

— Qui te dit qu'ils n'iront pas ?

— Je suis sûre qu'ils sont laids !

— Et nous ? Comment peux-tu être certaine que nous sommes belles ?

Elle rit. Enfonce les livres dans son sac.

— J'en suis sûre, Miya, nous aurons notre place. Tu ferais mieux de moins douter et de te préparer pour la Cérémonie, je ne veux pas que ma copine de chambre ait l'air d'un épouvantail ! (Elle referme son casier d'un coup sec.) S'il le faut, je pourrai te prêter des robes. Tu sais… j'en ai trop, ma mère n'arrête pas de m'en acheter, et je ne pourrai jamais tout porter.

— Merci, Debbie, mais je pense que j'aurai ce qu'il faut, ma mère s'en occupe depuis des semaines.

Elle fait la moue.

Je sais bien que les robes cousues par ma mère n'ont rien à voir avec les siennes ; ses parents sont riches, et elle ne porte que des vêtements de marque, jamais deux fois les mêmes. Mais je ne peux pas accepter son offre. Ce serait trop humiliant pour ma famille, et surtout pour ma mère, qui se donne beaucoup de mal pour confectionner mes kimoris.

3

Je me souviens de mes neuf ans.

L'année où ma mère est tombée malade.

Du jour au lendemain, elle n'a plus été la même ; elle ne mangeait plus, ne parlait plus et passait toutes ses journées au lit sans rien faire, le regard perdu dans le vide.

J'allais la voir tous les matins avant de partir à l'école, mais je détestais ça ; elle m'effrayait. Elle était absente. C'était pourtant bien la même personne physiquement, mais elle semblait vidée de son être. On aurait dit que quelque chose à l'intérieur d'elle s'était éteint.

C'est donc mon père qui nous emmenait à l'école. Tous les jours, nous passions devant le magasin de M. Chan, un Chinois qui détenait la plus belle boutique de souvenirs de Kamakura. Ses magnifiques poupées en porcelaine fabriquées autrefois en Europe attiraient tous les regards, et j'adorais les contempler.

Mon père devait me tirer par la main pour que nous n'arrivions pas en retard à l'école. S'il n'avait pas été là, je crois que je serais restée collée à la vitrine jusqu'au soir, à les admirer et à leur donner des prénoms en me demandant laquelle je préférerais avoir. Je me dévissais la tête pour les voir jusqu'à la dernière minute.

Je ne lui demandais pas d'acheter une poupée ; je savais que lorsque le prix n'était pas affiché en vitrine, c'était parce qu'il était bien supérieur à nos moyens. « Un prix exorbitant », avais-je entendu une fois.

Je ne demandais rien, et mon père ne m'en parlait pas non plus. C'était comme un accord tacite entre nous. Pas besoin de parler ; il savait qu'elles me plaisaient, je savais qu'il n'avait pas les moyens.

J'essayais de les graver dans ma mémoire en photographiant les moindres détails avec mes yeux pour que le soir je puisse choisir en rêve la poupée qui me plaisait le plus.

Ce n'était pas un choix facile ; les brunes rivalisaient largement avec les blondes et les robes étaient toutes plus somptueuses les unes que les autres.

Debbie en avait plusieurs, elle. Chaque fois que j'allais la voir, elle me permettait de les regarder. Mais je n'avais pas le droit d'y toucher, ce n'étaient pas des poupées pour jouer mais des poupées de collection : « Aussi fragiles que du cristal ! » me répétait-elle fièrement.

Je ne voulais pas faire une collection ; j'en voulais juste une, rien qu'à moi. Une que j'aurais choyée et astiquée tous les jours, posée dans ma chambre et regardée tous les soirs avant de m'endormir, et tous les matins en me préparant.

Il fallait les tenir avec précaution, m'expliquait Debbie ; les bras, les jambes et la tête en porcelaine pouvaient se briser en mille morceaux, et si on les laissait au soleil, les couleurs du visage pouvaient fondre. Autant de contraintes qui m'impressionnaient et me donnaient encore plus envie d'en posséder une ; j'étais sûre de savoir m'en occuper, sûre d'être digne d'une poupée de cette valeur.

J'avais l'impression que ma mère était devenue aussi fragile que ces poupées. Sauf qu'elle n'était plus jolie, ma mère. Elle avait perdu toutes ses couleurs.

Ça n'avait pas l'air de beaucoup gêner mon frère, mais moi, elle me manquait. J'avais besoin d'elle.

À neuf ans, on a besoin d'une mère.

À neuf ans, et à tous les âges.

4

Nous nous dirigeons vers notre classe.

Ce matin, nous avons « histoire du visage », c'est le cours que je préfère. Maître Takada, notre professeur, est un peu étrange, mais je l'aime bien.

Il entre et referme brutalement la porte, comme à son habitude.

—Bien, prenez vos tablettes à la page 3221.

Je connecte la mienne sur le bureau en l'insérant à l'endroit prévu dans le coin droit. Nous avons tous un grand bureau de verre qui, une fois connecté, se transforme en un immense écran tactile et lumineux.

—Regardez bien ces dessins de visages, vous aurez un test en fin de semaine. Ils sont classés en trois groupes : la race caucasienne qui regroupe les Européens, les Indiens et les Orientaux. La race mongolique regroupant tous les Asiatiques, les Amérindiens et les gens du Pacifique. Et enfin, la race négroïde qui comprend les Africains, les Caribéens et les Aborigènes.

Debbie se penche vers moi et chuchote :

—À quoi ça sert d'étudier tous ces visages s'ils n'existent plus ?

—Ça s'appelle de l'histoire…

—Ça ne sert à rien !

—Mademoiselle Kinter, vous avez un commentaire à nous faire, peut-être ?

—Non, monsieur, répond-elle en baissant la tête.

Debbie ne s'est jamais intéressée à l'histoire alors que moi, j'adore. Ça me fascine de savoir que d'autres types de visages ou de peaux ont existé avant nous. Des humains *aussi,* mais avec une apparence différente de la nôtre.

—Bien, reprenons. La race ne se définit donc pas par la couleur de la peau, mais par les caractéristiques physiques telles que le corps, les traits du visage et les cheveux. Ainsi les Indiens et les Européens font partie du groupe caucasien alors que les Indiens ont la peau foncée et les Européens la peau claire, compris ? Passons aux vraies photos page 3222.

J'effectue un léger balayage de la main dans le coin droit du bureau pour tourner la page.

Des rires moqueurs s'élèvent de la salle, des chuchotements et même quelques cris de surprise.

—Silence ! hurle le professeur. Je vois que ces visages ne vous laissent pas indifférents, c'est très bien… Alors, pouvez-vous me dire ce qui vous fait tant réagir et pourquoi ?

Une main se lève. C'est Chris.

—Certains ont des nez très larges et la peau noire… Les autres sont laids, avec des visages mal proportionnés, trop pâles ou trop gros…

—Très bien, monsieur Hunter. Quelqu'un d'autre ?

Personne ne répond. Nous gardons tous la tête baissée sur nos écrans.

—Pouvez-vous me nommer les émotions que vous avez ressenties ? poursuit maître Takada.

Plusieurs élèves répondent :

—De l'étonnement.

—De la peur…

—De la joie !

—Du dégoût.

Ça, c'est Dan. Il vient de couper l'atmosphère en deux.

Tout le monde retient sa respiration, il n'y a plus un gramme d'air qui circule dans la pièce ; maître Takada est réputé pour se mettre dans des colères noires. Il faut toujours que Dan se place à la limite des règles, on dirait que ça l'amuse. C'est un jeu pour lui.

La cloche sonne et un silence inquiétant plane entre les tables. Le cours est terminé, pourtant, personne n'ose sortir malgré l'interdiction d'arriver en retard.

— Intéressant, monsieur Carlson, lance l'enseignant en le fusillant du regard. Pouvez-vous développer ? En vingt ans de carrière, personne n'a osé prononcer ce mot !

Des chuchotements bourdonnent partout dans la classe.

— Silence ! crie Takada en frappant le tableau. Monsieur Carlson a eu le courage de dire tout haut ce que des centaines d'élèves ont pensé tout bas ! Prenez note ! Pour demain, vous me rendrez un devoir de trois pages expliquant avec précision ce que serait un visage dégoûtant pour vous. Les montages photo sont autorisés.

Il range ses affaires dans sa sacoche, et nous sortons de la salle encore ahuris par ce qui vient de se passer. Dan nous dépasse et n'a pas l'air d'être affecté par la punition collective dont il est responsable. Son assurance est insupportable.

Pendant que nous nous dirigeons vers la salle de dessin, Debbie ne cesse de me parler de son impatience d'être à la Cérémonie des visages, et je réalise qu'après toutes ces années d'attente, je ne suis pas si pressée que ça. Au contraire. J'ai peur. Peur de ce qui pourrait arriver si j'étais laide.

— Sortez vos croquis, dit Miss Sazaki.

Tout le monde sort sa grande planche de papier, sauf Dan, qui l'a visiblement oubliée.

Notre professeure commence à faire le tour des chevalets pour inspecter le travail de la semaine. Lorsqu'elle s'approche de moi et regarde ma reproduction maladroite de Big Ben, je vois Dan dérouler tranquillement son dessin. Bizarre, j'aurais juré qu'il ne l'avait pas en entrant.

—Oui, Miya, c'est une jolie copie, mais c'est un peu trop terre à terre… Il faut que tu laisses ta créativité s'exprimer. J'aimerais que tu me surprennes. Continue…, conclut-elle en se dirigeant mollement vers Dan.

—Merci, Miss Sazaki.

Je sais que la créativité n'est pas mon fort et je ne vois pas comment arranger ça. J'aime tout ce qui existe, j'aime peindre les paysages que je connais, les objets que je peux voir ou toucher ; je n'ai jamais su inventer quoi que ce soit et j'ignore comment ça pourrait changer.

—Monsieur Carlson, c'est magnifique ! s'exclame Miss Sazaki, au bord de l'extase.

Toute la classe se retourne vers Dan.

—Vous êtes l'étudiant le plus prometteur que j'aie jamais eu ! Mais… qu'est-ce que c'est ? demande-t-elle en inclinant la tête sur le côté, comme si le voir sous un autre angle allait lui donner un sens.

—C'est vous, Miss Sazaki, je vous ai peinte à la plage, répond Dan le plus sérieusement du monde.

Je me retiens de rire. D'abord, parce que je ne trouve pas que tracer des lignes bleues soit exceptionnel ; ensuite, parce que j'imagine que les courbes roses et rebondies à certains endroits stratégiques représentent le corps de Miss Sazaki.

Elle rougit légèrement, tousse et passe à l'élève suivant.

Nous passons la fin du cours à dessiner notre visage. Il s'agit de faire un autoportrait de ce que nous serons plus tard.

Debbie se jette sur les pastels ; visiblement, elle sait exactement à quoi elle ressemblera dans dix ans.

Je regarde toute la classe s'affairer alors que je n'ai même pas dessiné un seul trait. Je baisse la tête sur ma feuille. Fixe le grain du papier. Blanc. Immaculé. Aussi vide que mon cerveau.

—Mademoiselle Saito, ça ne va pas ? me demande

Miss Sazaki. Vous n'avez donc aucune idée de votre apparence ?

Non, je n'en sais rien ! Ça fait dix ans que je porte un masque en Kératex, comment pourrais-je savoir à quoi je ressemble ?

La cloche sonne, et je respire, soulagée.

Nous sortons de la classe en rang et prenons le couloir qui mène à la cafétéria où Akemi, notre meilleur ami, nous rejoint.

—Que pensez-vous du cours d'histoire ?

—J'en ai encore des frissons, dis-je. Comment peut-il le provoquer à ce point ?

—Ouais, c'est étrange, je pensais que Takada allait tuer Dan, et puis non, ajoute Debbie.

—Dan, le ténébreux, souffle Akemi, rêveur.

—Oui, bah, tu peux arrêter de fantasmer, il est cent pour cent hétéro, le coupe Debbie.

—Ça, c'est parce qu'il n'a pas encore vu mon vrai visage ! plaisante Akemi.

À cet instant, Dan et Chris entrent dans la cafétéria et s'installent à *leur* table. Personne n'ose s'asseoir à cette place. C'est presque devenu une règle supplémentaire.

—Miya ? Ohé ? Tu es là ? demande Debbie en claquant des doigts sous mon nez.

—Arrête !

Je sens mes joues s'enflammer, mais grâce au masque, personne ne peut le remarquer.

—Tu es toujours aussi fascinée par Dan ?

—Non… c'est juste que… Je le trouve différent…, bredouillé-je.

—Je me demande ce qu'en penserait Sakirō.

Akemi se met à fredonner une musique de mariage. Dan se retourne et me dévisage. Mes joues chauffent tellement que j'ai peur de voir partir mon masque en fumée.

—Arrête, Akemi, je t'en supplie…

— D'accord, Miya, désolé.

— T'es nul ! dit Debbie en faisant mine de lui administrer une claque sur la tête.

Akemi se penche vers nous comme s'il allait nous révéler un secret de la plus haute importance et chuchote :

— Je crois que Dan en fait partie.

— De quoi ? demande Debbie.

— Chut ! Des mutants, murmure Akemi.

— Arrête avec tes bêtises ! Tu ne vas pas remettre ça, soupire Debbie.

Akemi regarde autour de lui pour être sûr que personne ne nous écoute.

— Ça fait un moment que je le surveille, et ce n'est pas seulement pour regarder ses muscles…

— T'as vraiment une imagination débordante ! Cette histoire de mutants, ce n'est qu'une rumeur… tu regardes trop de films, réplique-t-elle en se recalant au fond de sa chaise.

Ça me fait froid dans le dos. L'idée qu'une nouvelle espèce puisse se développer, avec des facultés différentes, je trouve ça effrayant. Même si Dan a l'air un peu étrange, ça ne fait pas de lui un mutant.

— Sakirō ne m'a toujours pas demandée en mariage, lancé-je pour changer de sujet.

— Ah bon ? dit Akemi, surpris.

— Il n'a pas trouvé le bon moment, chuchote Debbie.

— Peut-être, mais je commence sérieusement à me demander s'il va le faire.

— Il ne peut pas ne pas faire sa demande ! Vous êtes le parfait couple depuis deux ans !

— Je sais…

Debbie et Akemi se regardent, étonnés et inquiets.

C'est normal. Puisque Sakirō est mon fiancé, il doit me demander en mariage avant de voir mon visage, c'est la tradition. S'il ne le fait pas, ce sera un affront pour toute ma famille signifiant que je ne suis pas assez belle à l'intérieur, et je serai condamnée à rester vieille fille jusqu'à la fin de mes jours. Plus personne ne s'intéressera à moi.

—Je vais aller travailler dans le parc, je n'ai pas très faim.

—O.K., je finis ton plat ! lance Akemi en attrapant mon plateau.

—À tout à l'heure, dit Debbie.

***

Notre lycée possède un merveilleux parc avec de grands arbres, de magnifiques cerisiers et des fontaines en pierre placées un peu partout. Tous nos après-midi sont libres ; nous sommes en mode « autodiscipline » pour travailler la méditation, la contemplation, le yoga ou réviser nos leçons. À dix-sept heures précises, les portails s'ouvrent, et nous pouvons rentrer chez nous.

Je me trouve un coin tranquille à l'ombre d'un *keyaki*[1] et m'assieds en tailleur sur l'herbe fraîche afin de méditer pour calmer mon esprit.

J'essaie de me détendre.

Je dois voir le bon côté des choses. C'est merveilleux : je vais me marier avec le garçon le plus beau et le plus formidable de toute la ville. J'ai beaucoup de chance.

Et pourtant… pourtant… pourtant. Je ne peux pas m'empêcher d'envier mes amies. Elles vont avoir tout le temps de chercher leur partenaire, elles passeront leurs journées à étudier à la Cour et à s'amuser dans les soirées. Flirter, découvrir de nouveaux visages, faire de nouvelles rencontres. Oser. Se tromper aussi.

Moi, je connais déjà mon destin.

Et c'est bien.

Parce que j'aime que tout soit prévu, j'aime savoir où je vais. Toute petite déjà, je planifiais chacune de mes

1. Arbre japonais.

journées en me levant le matin : j'inscrivais tout sur un agenda que ma mère m'avait offert. Je savais exactement ce que je ferais dans la journée, la semaine ou même le mois en cours.

Sakirō et moi sommes faits l'un pour l'autre. Nous avons grandi ensemble, nous sommes allés à l'école ensemble, nous avons tout fait ensemble parce que nos parents étaient amis. Nous n'avons même pas besoin de nous parler pour nous comprendre : il y a tant de simplicité et d'évidence entre nous, il est comme mon double.

Et toutes les filles rêvent de sortir avec lui. Je me sens très fière d'être son A.S. – son âme sœur –, mais une part de moi éprouve une pointe de jalousie envers mes amies, et ce n'est pas normal. Il y a quelque chose qui déraille dans ma tête. J'enfouis toutes ces pensées en moi, priant pour ne jamais les ressortir. Ce ne sont pas de bonnes pensées.

Pas ici. Pas dans ce monde.

Je pense aussi à la Cérémonie qui aura lieu à la fin de la semaine. Des années que nous attendons ce moment, et j'ai envie de faire machine arrière. Je ne veux pas savoir. Si je suis belle ou pas. Peu importe, en fait. Je serai toujours la même. Nous avons tellement pris l'habitude d'être égaux que j'ai peur des changements qui pourraient survenir.

Une petite brise à l'odeur de jasmin et de lavande me caresse le visage, et j'inspire profondément en fermant les yeux pour écouter les battements de mon cœur, qui n'arrive pas à se calmer. Un drôle de pressentiment m'envahit, comme si tout mon monde allait s'écrouler. Je me sens de plus en plus perdue, de plus en plus mal, et j'essaie de chasser ces pensées, mais je ne peux pas. Depuis quelque temps, je fais des cauchemars presque tous les soirs ; je vois des visages qui se tordent de douleur, j'entends des cris, des rires cyniques quand j'enlève mon masque, et chaque fois, je me réveille en sueur.

Je sors mon journal intime ; ça me fera du bien de jeter tout ça sur le papier. Pourtant, je ne me sens jamais libre d'écrire sincèrement. J'ai toujours l'impression que quelqu'un pourrait le lire et découvrir mes pensées les plus profondes, alors, je me demande à quoi ça sert de tenir un journal si je me censure. Si les autorités découvraient mes sentiments, mes envies, mes jalousies, je serais probablement notée sur le tableau des personnes à redresser. Il n'y a que dans ma tête que je peux être libre. C'est le seul endroit où je peux faire ce que je veux, penser ce qui me plaît et me rebeller autant que je le souhaite.

Mais pendant combien de temps ?

Combien de données ma tête peut-elle contenir ?

5

Mars 2052

C'était une période étrange.

Des souvenirs se bousculent dans ma tête.

Ma mère a commencé à aller mieux. Elle prenait le repas de midi avec nous, mais restait encore tout l'après-midi enfermée dans sa chambre.

Mon père a voulu jouer avec moi au jeu des secrets.

Mon frère s'est mis à me détester.

Moi, je me sentais mieux : j'étais sûre de retrouver ma mère, un jour. Le médecin avait dit qu'elle était sur la bonne voie, et je voulais y croire.

Mon père travaillait beaucoup, mais dès qu'il le pouvait, on jouait tous les deux, alors mon frère est devenu très jaloux.

Il manquait toujours quelque chose à mon bonheur.

Les moments où toute la famille a été heureuse en même temps ont été rares, et j'étais trop petite pour comprendre à quel point ils étaient précieux.

Il n'y en a pas eu depuis mon dixième anniversaire, et je regrette que nous n'en ayons pas plus profité avant.

Quand tout allait bien pour nous quatre.

6

La cloche sonne et les portes du lycée s'ouvrent.

Debbie et Akemi me rejoignent ; nous avons prévu d'aller au sanctuaire Tsurugaoka Hachiman-gū, qui se trouve au cœur de Kamakura, et d'y retrouver Sakirō près de l'immense souche. Il y avait là un arbre ginkgo vieux de mille ans, mais il est tombé il y a plusieurs années à cause d'une tempête.

Sakirō nous fait signe en nous apercevant.

—Bonjour, Miya, me dit-il en s'inclinant.

—Bonjour, Sakirō.

Un regard qui en dit long sur notre relation s'étend entre nous. Akemi tousse pour nous rappeler que nous ne sommes pas seuls. Je souris, gênée, mais heureuse.

—Je meurs de faim, dit Debbie.

—Je connais un restaurant de *ramen*[1] tenu par des femmes, on y mange très bien et ce n'est pas trop cher, suggère Sakirō.

—Ça me va, dit Akemi.

Ici, la plupart des restaurants exposent en vitrine les plats qu'ils proposent. Nous choisissons chacun le nôtre et entrons pour commander.

—On pourrait prendre des plats à emporter et manger dehors ? lance Akemi.

—C'est une bonne idée. Il y a un coin sympa au bord de l'eau, si ça vous dit, propose Sakirō.

« Il est par-fait ! » articule discrètement Akemi en me faisant un clin d'œil exagéré.

1. Mets japonais constitué de pâtes dans un bouillon.

Sakirō connaît beaucoup d'endroits maintenant qu'il travaille ; son salaire lui permet de sortir et de se faire plaisir puisqu'il vit toujours chez ses parents pour s'occuper de sa mère, qui est malade. On ne sait pas trop ce qu'elle a. Depuis deux ans, elle ne quitte plus sa chambre, et Sakirō ne veut jamais en parler.

Il nous emmène dans un endroit merveilleusement romantique – une étendue d'eau bordée d'arbres en fleurs avec une petite île au milieu –, et nous pique-niquons dans ce décor bucolique sous les pétales de cerisiers qui tombent et se posent doucement sur l'eau.

— Ton travail à la Cour te plaît, Sakirō ? demande Debbie.

— Oui, mais c'est seulement pour deux ans, après, je suis censé gravir les échelons, si tout se passe bien.

— Et tout se passera bien, je confirme, Sakirō est l'un des meilleurs gardes.

— Je ne sais toujours pas ce que je veux faire plus tard, soupire Akemi.

— Moi, je sais exactement, déclare Debbie d'un air malicieux.

— Quoi ? demandé-je.

— Épouser l'Empereur ! Comme ça, mon avenir est assuré !

— Effectivement, je n'y avais pas pensé !

— J'espère bien, réplique Sakirō, en me lançant un regard langoureux.

— C'est pratique pour vous, bougonne Akemi, moi, je n'ai pas cette possibilité. Je pourrai être ta demoiselle d'honneur, Debbie ?

— Non ! répond-elle d'un air dégoûté.

— O.K., lance Akemi, feignant la déception. (Il se tourne vers moi.) Tu nous imagines, Miya, en train de rendre visite à madame l'Impératrice ? Elle fera semblant de se souvenir de nous tout en agitant son éventail incrusté d'or et de diamants.

—Hum, murmure Debbie, continue Akemi, j'y suis déjà !

Sakirō se lève.

—Je vous enlève Miya un moment, si ça ne vous dérange pas…

—Non, répond Debbie en agitant sa main, vous pouvez vaquer à vos occupations.

Sakirō mime une révérence.

—Son Impératrice royale est trop bonne, dis-je en riant.

—Tu vois, dit-elle, ça m'irait comme un gant !

Nous nous éloignons et Sakirō m'emmène près des fameux *ema*, des sortes de plaquettes en bois que l'on dépose sur un portique près du temple après y avoir inscrit un vœu. On dit qu'ils seront lus et réalisés par les *kamis*[1].

—Fais un vœu, Miya.

C'est tout trouvé : je veux épouser Sakirō, c'est mon plus grand souhait depuis que j'ai dix ans. Je veux passer toute ma vie à ses côtés, avoir deux beaux enfants et les regarder grandir.

Nous écrivons chacun notre *ema* et l'accrochons sans nous le montrer.

Je me demande ce qu'il a écrit.

Les autres nous rejoignent.

—Il faut que j'y aille, dit Sakirō, je suis de garde, ce soir.

—Salut, dit Debbie.

—À demain, dis-je.

Je le regarde s'éloigner. Sa démarche virile et assurée me confirme que c'est un homme solide, courageux et droit.

Parfait.

Je veux une vie simple et stable.

—On va piocher un *omikuji* ? piaille Debbie.

—Je me demandais si ça allait être possible de repartir sans le faire ! lâche Akemi.

---

1. Les dieux.

— Bah, tu vois, c'est non.

— J'ai cru qu'elle avait oublié…, bougonné-je.

— Non, non, non ! Chaque fois que l'on vient ici, on passe par là, ce n'est pas la peine de discuter ! rétorque Debbie en nous poussant.

— Allons-y, soupiré-je.

Les omikuji sont des bandes de papier sur lesquelles sont inscrites des divinations. Chaque personne en pioche une au hasard dans une boîte, et si la prédiction est mauvaise, elle plie le papier et l'attache à l'emplacement dédié pour conjurer le mauvais sort. Il y en a des milliers accrochés ici.

— À toi, Miya, pioche !

Je lis la prédiction et referme soigneusement le papier.

Je frémis.

— Qu'est-ce que c'est ? demande Debbie.

— C'est stupide, aucune importance, dis-je en accrochant quand même mon *omikuji* pour éloigner le mauvais sort.

Je suis censée perdre une personne que j'aime.

7

— Il en reste une ! s'exclame ma mère.

— On dirait que tu manques de souffle, Miya ! Tu vieillis ! dit mon père.

Ça y est, j'ai soufflé mes dix bougies. J'ai l'impression d'être arrivée sur le palier des grands : j'ai un âge à deux chiffres ! Je suis fière et je souris de n'avoir pas réussi à souffler toutes les bougies d'un seul coup.

Ma mère coupe le gâteau. Mon frère n'attend pas que tout le monde soit servi pour engloutir sa part.

— Katsuo, va chercher ton cadeau, demande ma mère.

Je sais qu'il a horreur de ça. De devoir me faire plaisir. Depuis quelque temps, il n'arrête pas de me titiller, il cherche à m'énerver.

Il revient avec une feuille enroulée sur elle-même.

— Tiens, dit-il avant de se rasseoir pour manger une deuxième part de gâteau.

— Merci, Katsuo.

C'est sincère. Je l'admire. Il est déjà très grand et très fort pour son âge, il est intelligent et ressemble beaucoup à mon père. J'aurais aimé être proche de lui.

Je déroule lentement son cadeau. C'est un dessin.

— Il est très beau, dis-je sans me décontenancer.

— Hum, murmure Katsuo, la bouche pleine de gâteau.

— Montre-nous ! dit ma mère, visiblement ravie qu'il se soit donné un peu de peine, pour une fois.

— Je peux en ravoir, m'man ?

— Katsuo, non, enfin ! Je sais que tu es en pleine croissance, mais quand même !

Je range le dessin. Et plus personne ne pense à le regarder.

8

— Tu as eu une dure journée ?

— Oh oui, répond mon père en attrapant ses baguettes, figure-toi que les samouraïs ont arrêté un homme.

Je fais tomber un morceau de poulet à côté de mon bol.

— Pardon, dis-je.

Mon père grimace et continue :

— Ils l'ont retrouvé près des côtes, tentant de s'enfuir. Il est dans un sale état. Nous ne savons pas d'où il vient, mais je suis presque sûr que c'est un Américain.

Je frissonne. Il est très rare qu'il y ait des prisonniers. En général, si quelqu'un dépasse les limites, tout rentre vite dans l'ordre après quelques injections. S'il s'agit d'un étranger, c'est différent, je vais devoir m'occuper de lui ; en tant que fille du chef de la police, c'est mon devoir de soigner les prisonniers.

— Tu commenceras demain, Miya.

— Oui, papa.

— As-tu réfléchi à la robe que tu voudrais porter pour la Cérémonie ? me demande ma mère.

J'hésite.

Je ne suis pas sûre d'avoir vraiment envie d'entrer à la Cour et de quitter mes parents. Je devrais leur parler de ce que je ressens, mais je n'y arrive pas. Ils espèrent ça depuis tant d'années et se sont donné tellement de mal pour que je puisse étudier dans le meilleur lycée de la ville et faire des études supérieures qu'il m'est impossible de les décevoir.

Les secondes s'écoulent, et ma mère se crispe.

Ne fais pas de vagues, Miya, me souffle une voix dans ma tête. *Plie-toi. Obéis.*

—Je pense que je vais choisir la bleue…

Le visage de ma mère se détend un peu.

—Très bien, Miya, c'est un bon choix, conclut-elle d'une voix lourde de sous-entendus.

***

Je me réveille alors que le soleil n'est pas encore levé. J'ai fait un rêve étrange : je suis une petite fille, j'entends une comptine, et quelqu'un dont je ne vois pas le visage me serre le bras. Alors, le rêve tourne au cauchemar ; tout se déforme, la comptine devient une musique effrayante, j'entends ma mère hurler et je me cache sous le lit, terrorisée.

Je me lève en essayant d'oublier ces sensations étranges, m'habille d'un simple kimori noir. Je me doucherai plus tard, j'en aurai bien besoin après mon travail en cellule. J'attache rapidement mes cheveux en un chignon haut avant de descendre à la cuisine, où j'avale un peu d'eau chaude citronnée, et prépare un panier de nourriture, ma trousse à pharmacie, ainsi qu'une bassine d'eau et des linges propres.

Dehors, l'air est encore très frais. La rosée apporte cette odeur d'herbe mouillée que j'adore, et la forêt qui borde le chemin sent bon l'écorce. J'aime être dehors avant que le jour ne soit complètement levé ; les couleurs sont différentes, les odeurs plus subtiles, et puis, c'est le seul moment de la journée où l'on peut presque entendre le silence.

J'avance le long de la maison.

Il faut que je sois courageuse. Un Américain est entré sur notre territoire. C'est presque impossible. Comment a-t-il pu ? Comment a-t-il osé ? Je n'ai pas envie de le soigner. Il est le danger incarné. Si plus personne ne respecte les frontières, la guerre va recommencer, il y aura des conflits, des luttes de pouvoir et des milliers de morts.

Je passe le petit pont en bois qui enjambe le ruisseau tandis que des pensées continuent de m'assaillir. Il vaudrait peut-être mieux qu'il meure ? Non, je n'ai pas le droit de penser ça, je dois faire mon devoir. Ce n'est pas à moi de décider de son sort, mon rôle est de le maintenir en vie, c'est tout. L'Empereur statuera sur son destin, et je suis sûre qu'il ne prendra aucun risque pour notre pays.

Je longe la forêt de bambous. Le doux craquement de ces longs arbres gracieux et le vent qui agite leurs feuilles me donnent la sensation que la forêt abrite de nombreux esprits, et je me demande si c'est possible ; si les esprits de nos ancêtres peuvent être ici, parmi nous.

Tandis que le soleil se lève et commence à peindre le ciel de couleurs roses et orange, j'aperçois les cellules : trois immenses cubes de verre transparents, incassables et étudiés pour que personne ne puisse s'en échapper.

Un frisson me serre le cœur. Je n'ai aucune idée de ce qui m'attend. Pourvu qu'il ne soit pas trop dégoûtant. Je me concentre sur les odeurs de pin, de terre et de bois mouillé pour me donner des forces.

Lorsque j'arrive près de la cellule, je vois que le prisonnier est allongé par terre sur un mince futon noir. Je passe devant les gardes et approche lentement.

Je pense qu'il dort.

J'espère qu'il dort.

Je pose ma paume sur le verre froid pour ouvrir la porte qui nous sépare. Dans une fraction de seconde, je serai près de lui.

J'entre.

Me fige.

Mon souffle se coince dans ma gorge. Son visage est tuméfié, ses cheveux trop longs pour un homme sont gras, collés le long de ses joues, et se mêlent à sa barbe crasseuse. Je dois me mordre la lèvre pour ne pas crier tellement il est effrayant.

Mon cœur bat trop fort dans ma poitrine, j'ai presque aussi peur que dans mon cauchemar. Et s'il faisait semblant de dormir pour me sauter dessus ? Son corps a l'air puissant ; il a un dos large et carré, et je vois les muscles de ses bras se dessiner sous son tee-shirt sali par la boue et le sang. Il pourrait me briser comme un roseau rien qu'avec un seul de ses bras. Du sang séché est collé un peu partout sur sa peau, et son odeur est à la limite du supportable.

Je n'ai jamais vu quelqu'un dans cet état. C'est encore pire que tout ce que j'ai pu imaginer, il ressemble plus à une bête qu'à un homme.

J'étouffe. L'air est pesant, et l'odeur, un mélange d'humidité, de sueur et de sang, atroce.

Il faut que je me ressaisisse. Je ferme les yeux une seconde pour me concentrer : j'oublie tout, je me vide, me coupe du monde. J'utilise les techniques de méditation que l'on nous enseigne ; après quelques respirations profondes, je ne ressens plus rien, je ne suis plus rien, juste une âme cachée dans un corps d'humain, prête à faire son devoir.

Je vais le soigner et je pourrai partir. Dans quelques heures, je serai auprès de Sakirō, je respirerai sa douce odeur de savon et de lavande, je me perdrai dans ses yeux bleus et redeviendrai Miya l'étudiante.

Je m'agenouille près de lui tout en retenant ma respiration le plus possible. Il a de nombreuses coupures sur le visage et les bras que je vais devoir recoudre. Je trempe un linge dans la bassine et commence à nettoyer ses plaies.

Il grogne.

Je n'ose plus bouger.

La panique se remet à me frapper la poitrine. Je voudrais m'enfuir et ne plus jamais revenir. Il y a une énorme différence entre s'entraîner sur des mannequins en Kératex et recoudre de la peau humaine, surtout sur quelqu'un d'aussi effrayant.

J'en veux à mon père d'être le chef de la police, de me forcer à m'occuper de lui.

Un coup d'œil à l'extérieur me rassure : les gardes sont toujours là, ils bavardent et pourront intervenir rapidement en cas de problème.

De la buée s'est formée sur toutes les parois de la cellule et me donne l'impression d'être en hiver. Pourtant, dehors, le soleil s'étire, ses premiers rayons commencent à percer. C'est beau et je parviens un peu à me détendre.

Une fois que son visage est lavé, je peux le désinfecter et le recoudre. Je dois me concentrer sur chaque geste pour ne pas faire d'erreurs. J'écarte ses cheveux pour dégager la blessure qu'il a sur le haut du front et pique sa peau après avoir soigneusement aligné les bords de sa plaie.

J'expire.

Je viens de réussir mes premiers points de suture.

Au tour de ses bras. Sa chair est à vif à certains endroits, trouée sur plusieurs centimètres, déchirée même, comme s'il était resté accroché aux fils barbelés qui bordent les côtes.

Je me crispe. Ça doit être atroce pour lui et j'ose à peine le toucher pour ne pas aggraver sa souffrance.

Pourtant, il ne bouge pas d'un millimètre.

Je ne sais même pas s'il est conscient.

Enfin, j'ai terminé. Maintenant que son visage est propre, je m'aperçois qu'il n'est pas si vieux malgré la barbe, il doit avoir à peu près mon âge.

Soulagée, je sors rapidement et referme la cellule avec l'empreinte de ma main.

Je me demande ce qui lui est arrivé.

9

— Bon anniversaire, Miya !

Ma mère me tend son cadeau. Je souris. Je sais que c'est une nouvelle tenue qu'elle a cousue pour moi. Je suis sûre qu'elle est superbe.

Je déballe le cadeau et sors un magnifique kimori rose poudré avec un obi[1] *beige.*

— C'est magnifique ! Oh, maman, merci ! dis-je en me jetant à son cou.

Je suis tellement contente qu'elle aille mieux.

Ma mère jette les emballages à la poubelle, mon père débarrasse, et Katsuo est déjà parti jouer dans sa chambre.

J'essaie mon nouveau kimori, je tourne sur moi deux fois de suite face au miroir de l'entrée et souris.

C'est un très bel anniversaire.

— Miya, m'appelle mon père, il te reste un cadeau à ouvrir.

Surprise, je retourne dans la cuisine.

Il y a un paquet sur la table qui n'y était pas tout à l'heure. Une grosse boîte rectangulaire.

Je me fige.

— Eh bien, Miya, prends, c'est pour toi !

J'avance près de la table en me demandant ce que ça peut être.

Je soulève le paquet, l'examine un instant. C'est assez lourd, et je vois, sur le petit autocollant doré qui retient le ruban, qu'il vient du magasin de M. Chan.

1. Ceinture servant à fermer les vêtements traditionnels japonais, tels les kimonos.

Je défais délicatement le nœud, j'aimerais garder le ruban pour faire des coiffures à mes poupées, puis j'écarte le papier cadeau en essayant de ne pas le déchirer.

Mon cœur palpite dans ma poitrine.

Ça ne peut pas être ça, c'est impossible, il y a tant d'articles dans ce magasin.

Je prends tout mon temps. J'ai peur de me faire de fausses idées.

Ma mère s'approche, elle n'a pas l'air d'être au courant. C'est bizarre.

Je retiens mon souffle quand j'ôte le dernier morceau de papier, et découvre la jolie boîte transparente dans laquelle se tient une poupée en porcelaine d'Europe.

J'ai envie de pleurer, mais je ne peux pas. Je ressens un léger picotement dans les yeux, c'est tout.

— Prends-la, Miya, elle est à toi, me souffle mon père.

— Mais papa...

— Chut, ne dis rien... Rien n'est trop beau pour ma princesse et pour te féliciter de tes bons résultats à l'école, conclut-il.

Je n'en reviens pas. C'est un rêve. J'ai une poupée en porcelaine !

Ma mère sourit. Elle a l'air heureuse.

Alors, je prends la poupée avec mille précautions tellement j'ai peur de la casser, et la serre doucement contre moi, persuadée d'être la petite fille la plus chanceuse de tout le Japon.

10

Je file sous la douche.

Sakirō va passer me prendre et je ne veux pas le faire attendre. Je fais couler l'eau aussi brûlante que je peux la supporter ; j'ai l'impression que l'odeur du prisonnier s'est incrustée dans ma chair et que je ne pourrai plus jamais m'en défaire. Je me dépêche et frotte tellement fort que ma peau devient toute rouge.

Une fois sèche, j'entre dans ma chambre pour m'habiller. J'ai du mal à réaliser que dans quelques jours je n'habiterai plus ici. Mes yeux se posent sur chaque détail, chaque souvenir accumulé dans cette pièce. C'est une petite chambre, mais elle est agréable. Des photos de Sakirō et moi sont épinglées sur mon paravent ; il y en a aussi de Debbie et Akemi. Je n'ai qu'une étagère au-dessus de mon bureau, sur laquelle je pose tous mes trésors : Kimi, mon unique poupée en porcelaine, mon journal intime, mes vieux agendas – un pour chaque année de ma vie – et ma boîte à photos qui déborde de clichés d'amis ou de membres de ma famille.

Je me fais un chignon un peu moins tiré que d'habitude puisque nous sommes mercredi, et je choisis l'un de mes plus beaux kimoris avant de descendre à la cuisine pour avaler mes pilules du matin.

Sakirō m'attend devant la maison, toujours aussi ponctuel. Nous nous saluons et partons à pied. C'est le jour des courses et nous sommes chargés de rapporter toutes les provisions de la semaine pour nos familles. Tous les jeunes font ça.

Nous marchons côte à côte dans les rues de Kamakura. La majorité des Japonais portent des tenues traditionnelles : kimonos ou kimoris. Les personnes de nationalité étrangère ayant obtenu l'autorisation de vivre au Japon sont vêtues plus simplement : jeans, tee-shirts, robes… Des dizaines de scooters se faufilent entre les voitures prises dans les embouteillages, et le bruit des klaxons est presque devenu un son continu, une longue plainte qui ne s'arrête jamais.

Il n'est que dix heures, mais il fait déjà une chaleur écrasante. Depuis la guerre nucléaire, les saisons sont devenues imprévisibles : nous pouvons avoir un mois ou deux d'été, puis brutalement, il neige et nous enchaînons avec l'hiver sans savoir combien de temps il durera. Heureusement, il existe maintenant des vêtements autochauffants pour ne pas être pris de court par le froid.

— J'ai hâte que tu sois à la Cour, nous aurons plus de temps pour nous voir, dit Sakirō.

— J'espère.

— Tu vas vraiment te plaire, là-bas. Toi qui adores l'histoire, tu pourras étudier toute la journée, si ça te chante… D'autant plus que le palais détient la plus grande bibliothèque de toute la ville.

— Je suis impatiente de voir ça ! Je pourrai continuer mes recherches sur les autres pays.

— Comment se passe ta dernière semaine ?

— Bien, enfin, à part maître Takada qui ne cesse de nous donner des devoirs.

Sakirō secoue la tête :

— Sacré Takada, toujours à la dernière minute, hein ?

— Oui. Cet après-midi, je dois écrire trois pages sur un visage répugnant, je n'ai pas beaucoup d'idées… Il faudrait peut-être que je regarde de vieilles photographies.

Aussitôt, le visage du prisonnier flotte dans ma tête et je retiens un frisson.

Des cris retentissent derrière nous.

— Laissez-moi ! Vous n'avez pas le droit ! Je veux voir mon visage, j'ai le droit de…

— Calmez-vous, vous connaissez les règles à Kamakura, tout va bien se passer. Vous n'avez pas le droit d'ôter votre masque, rétorque un samouraï d'une voix monocorde.

— Laissez-moi, je veux voir ! Je n'en peux plus de toutes ces règles !

Je regarde ce pauvre garçon qui se débat et me demande pourquoi il se sent si mal. Je l'implore, *arrête, arrête, s'il te plaît, je n'ai pas envie de voir ça, pas aujourd'hui… s'il te plaît.*

Les samouraïs l'attrapent par le bras et l'un d'eux sort une seringue. Ils vont lui faire une injection pour que tout rentre dans l'ordre.

Je retiens ma respiration. Je sais à quel point ça fait mal.

Le garçon hurle et se plie en deux de douleur. Deux ou trois minutes s'écoulent durant lesquelles les gens ont déjà repris leur marche, indifférents à son sort. Moi, je ne peux pas le quitter des yeux ; son bras a pris une teinte glacée, légèrement bleue, qui me fait penser à un cadavre. Il tombe à genoux, suffoque, puis tente désespérément de se relever. Mon corps se raidit sous le poids des souvenirs.

Et puis… ça passe. Ça passe toujours. Alors, on comprend que c'est pour le bien de tous. Il faut respecter les règles si l'on ne veut pas que notre monde soit conduit à sa perte comme avant la guerre.

Les samouraïs relèvent le garçon, lui demandent si tout va bien, s'il peut rentrer chez lui. Il hoche la tête, l'air étonné, et s'éloigne d'un pas fébrile. À présent, il ne sait plus pourquoi il était en colère et il n'aura plus aucun souvenir de ce qui vient de se passer.

Je soupire.

— Il paraît que ton père a arrêté quelqu'un ?

La voix de Sakirō me ramène à la réalité.

— Oui, mais tu sais que je n'ai pas le droit d'en parler.

— Je sais, je sais… je voulais juste savoir si… enfin, ça va ? Ce n'est pas trop dur ?

— Si. Il est effrayant, il sent mauvais et il est couvert de bleus et de plaies. Il est dans un sale état.

— Tiens bon encore quelques jours, dès que tu seras à la Cour, tu n'auras plus besoin de t'occuper de lui.

— Oui, tu as raison.

En entrant dans le cybermarché, nous tombons nez à nez avec son père. Cet homme me met mal à l'aise, quelque chose en lui me dérange, et je ne suis pas vraiment ravie de devenir sa belle-fille.

— Bonjour, Miya, me dit-il froidement.

— Bonjour, monsieur Rawk.

Je m'incline comme il se doit en présence d'un membre d'honneur. Il attend une seconde avant de toucher mon épaule pour m'indiquer que j'ai l'autorisation de me relever.

— Je peux t'enlever Sakirō une minute ?

Je sais que ce n'est pas une question.

Ils s'écartent et parlent à voix basse. Même sans entendre leur conversation, je comprends qu'ils se disputent : la tension est palpable. Ça ne doit pas être facile d'avoir un père aussi dur. Sakirō a le visage crispé, ses épaules s'affaissent de plus en plus, son père le fusille du regard jusqu'à ce qu'il ne dise plus rien, jusqu'à ce qu'il baisse les yeux et se plie à sa volonté.

Apparemment, je ne suis pas la seule à le craindre. Sakirō ne veut jamais parler de ses parents, et je préfère ne pas aborder le sujet pendant nos rendez-vous.

Nous nous asseyons à l'une des tables disponibles tandis que son père s'éloigne.

— Sakirō ? Ça va ?

— Oui. Quand je suis avec toi, ça va toujours, me dit-il avec un large sourire qui me fait tout oublier.

Ses yeux sont incroyablement bleus, ce sont les mêmes

que ceux de sa mère ; ils me rappellent la couleur de l'océan lorsque le soleil est à son zénith, et sont capables de me transporter en une seconde au bord de l'eau.

Une serveuse arrive ; nous commandons deux thés et lui tendons nos clés USB, qu'elle enregistre sur sa tablette. Dans quelques minutes, toutes nos courses seront prêtes et chargées à l'intérieur de l'un des luxueux breaks de la compagnie.

Sakirō s'excuse et part aux toilettes. Depuis qu'il a vu son père, il n'a pas l'air dans son assiette. Au même instant, Dan et Chris entrent et s'installent à la table d'en face.

Je ne peux m'empêcher de les regarder pendant que la serveuse prend leur commande. Dan cherche sa liste dans les poches de sa veste, de son jean, de sa sacoche. Chris sourit à la serveuse, et Dan finit par tendre sa clé en me faisant un clin d'œil.

Je détourne le regard aussi vite que je le peux. Je suis ridicule, je ne voulais pas qu'il me voie l'espionner.

Enfin, Sakirō arrive et se réinstalle en face de moi.

Sauvée.

Mon cœur bat encore trop vite, je me sens idiote, mais c'est plus fort que moi : ces garçons dégagent quelque chose de mystérieux qui me fascine. Et si Akemi avait raison ? S'ils avaient des pouvoirs ? Je ris intérieurement qu'il ait fini par m'avoir avec ses histoires de mutants ; je suis à deux doigts de croire à toutes les idioties qu'il invente pour tuer le temps, cette dernière année au lycée étant la plus longue de notre vie : on dirait qu'elle dure autant que toutes les autres mises bout à bout. C'est normal, nous sommes tous très impatients d'entrer à la Cour, de changer d'air, d'emploi du temps et de faire de nouvelles rencontres.

Nos courses sont prêtes. La serveuse nous tend les clés du break et nous partons en direction du parking.

Pendant tout le voyage, Sakirō me parle de son travail à la Cour et de tout un tas de détails politiques qui ne m'intéressent pas. Mon esprit dérive, il n'arrive pas à s'accrocher et glisse comme de l'eau sur des rochers. Je ne pense qu'à une chose : bientôt, nous serons mariés et ma vie va complètement changer. J'ignore comment il va me faire sa demande, mais j'ai hâte. Tellement hâte que ce sont les courses les plus longues de toute ma vie.

Nous mettons trois ans pour regagner la maison, dix pour sortir les courses, et une éternité s'installe entre nous pendant que nous rapportons le break au cybermarché. Elle me regarde, me nargue : « C'est long, hein ? »

Tout à coup, je doute. Un déluge de questions s'abat sur moi ; et s'il ne voulait plus de moi ? L'adrénaline monte et me fait perdre toute confiance.

Je souris, secoue la tête : non, je me fais des films. C'est impossible.

Pour la première fois de ma vie, je voudrais que ses bras m'enlacent pour me rassurer, qu'il me touche et que je sente sa peau fusionner avec la mienne. Mais c'est interdit. Impossible de se toucher avant le mariage, même se tenir la main est un délit.

C'est la règle n° 3

— Tu veux aller à la plage ? me demande Sakirō après avoir rendu les clés.

Sa question me glace. On dirait que c'est ça ou rien.

Je me force à répondre et à garder un semblant de sourire :

— Oui, j'aimerais bien.

Il est stressé. C'est ça. Il ne veut pas rater sa demande. Il a peut-être préparé quelque chose sur la plage ? Mon cœur s'emballe, et je me surprends à rêver de bougies flottantes et de plaids moelleux posés sur le sable. Du champagne ! Des bulles ! Ça pétille dans ma tête et dans mon cœur, mais j'arrête immédiatement ; je sais que mes rêveries ne se réalisent jamais. Je suis beaucoup trop romantique pour cette planète, pour cette vie, et pour Sakirō. Il est merveilleux, mais le romantisme n'est pas son fort.

Nous sommes arrivés.

Je pose mes fesses à même le sable et ravale ma fierté. Elle tombe au fond de mon estomac et me coupe l'appétit : je ne me fais pas de fausses idées, il est distant.

Nous regardons l'océan en silence, et il finit par me demander à quoi je pense.

Hum... je pense que je voudrais qu'il me dise des mots d'amour, que j'aimerais arrêter le temps et oublier tout le reste, qu'il n'y a pas de bulles de champagne, et que j'en crève de vouloir toujours des choses que je n'aurai jamais.

Ça ne marche pas comme ça, dans ce monde. On ne se touche pas, on ne se dit rien de compromettant, on garde nos distances même quand on est amoureux, on se tient bien.

Je réprime mon élan de romantisme et l'enfouis au plus profond de mon être. Loin. Bien au chaud. Je creuse à grands coups de pelle et l'enterre pour toujours.

— Tu voudrais aller te baigner ? demandé-je en regardant la clôture en fils barbelés qui borde la plage.

— Quoi ?

— C'est à ça que je pense.

— Je ne comprends pas, dit-il.

— Je te demande si, si c'était possible, tu voudrais aller dans l'eau.

— Non !

— Pourquoi ?

— Parce que... je n'ai pas envie d'être *mouillé* !

— Tu ne veux pas savoir ce que ça fait de flotter, de plonger ton corps dans les vagues ? demandé-je avec un peu trop d'enthousiasme.

— Miya, qu'est-ce que tu as ? En deux ans, tu ne m'as jamais dit que tu voulais te baigner ! (Il jette une poignée de sable devant lui.) Encore moins de faire une chose illégale !

— Il n'y a rien, je suis un peu tendue, en ce moment. Oublie ça.

— Je crois que l'on devrait rentrer.

Mon cœur fait un bond dans ma poitrine. J'ai l'impression que quelqu'un vient de construire un mur de glace entre nous, que je suffoque derrière, le cœur gelé, et que plus rien ne sera comme avant.

Il tourne la tête. Je sens bien qu'il n'ose pas me regarder en face. Soit je lui parle franchement, ce qui n'est ni dans ma nature ni dans ma culture, soit j'accepte que ce ne soit pas encore pour aujourd'hui. Mais quand ? Il ne reste que deux jours avant la Cérémonie. C'est déjà inadmissible de m'avoir fait autant attendre.

Ma voix s'estompe :

— Très bien, rentrons.

Je déteste la plage, je déteste l'océan et je déteste Sakirō.

Je m'installe à mon bureau et commence mon devoir sur le visage.

J'hésite.

Entre le visage de Takada, celui du prisonnier ou celui de Sakirō.

J'opte pour ce dernier couvert de ces petits bulbes roses et jaunes que j'ai vus sur une photographie lors d'un cours d'histoire où toute la classe avait la nausée. J'essaie de me rappeler le mot scientifique, mais ça ne me revient pas. Je pense aussi à une bouche déformée et à des yeux globuleux comme il en existait autrefois. Dès que j'ai bien le visage en tête, je commence à rédiger. Ça me défoule et le mot me revient : acné, une ancienne maladie qui frappait essentiellement les adolescents.

Je me sens mieux, maintenant. Je vais faire mon devoir d'infirmière et je serai tranquille pour aujourd'hui.

11

Je monte dans ma chambre avec ma nouvelle poupée.

Elle est magnifique. C'est même la plus belle de toutes, Debbie va faire une de ces têtes !

Je range le dessin de Katsuo au fond d'un tiroir. C'est un dessin qui me représente. Enfin, j'imagine que c'est moi : il y a un corps allongé portant l'un de mes kimoris roses, et pour le visage, il a dessiné une tête de mort avec un chignon japonais par-dessus.

Je m'en fiche, j'ai ma poupée.

Elle sera ma meilleure amie, ma confidente, et elle m'écoutera patiemment.

Je l'installe sur mon unique étagère, en position assise, jambes croisées. Je recule pour voir un peu ce que ça donne, mais me ravise ; elle risque de glisser et de faire une chute mortelle.

Je la pose sur la table de nuit. Oui, c'est moins haut. J'essaie aussi sur le lit ; hum... mais si j'oublie de l'enlever avant de me coucher ? Je la mets à plat sur le bureau, elle ne peut pas tomber si elle est allongée ? Non... ça ne va pas.

Alors où ?

Je ne peux quand même pas la mélanger avec les autres ? Les banales ? Non, il lui faut une place rien qu'à elle.

12

Le prisonnier est allongé dans la même position que ce matin. Il n'a pas bougé. Je me demande même s'il n'est pas mort.

C'est possible. Vu l'odeur atroce qui m'assaille en entrant.

Il faudrait le laver et changer ses vêtements, les minuscules bouches d'aération insérées dans les vitres ne suffisent pas à ventiler correctement l'air de la pièce.

Je me penche pour vérifier et j'entends sa faible respiration. Mes yeux se focalisent sur sa barbe puis sur son repas qu'il n'a pas touché. Bien sûr, j'ai été idiote, il a besoin de quelque chose de plus facile à ingurgiter que du poulet et du riz. Il va falloir que je lui prépare autre chose ; s'il meurt de faim, c'est moi qui serai responsable.

Je sors immédiatement préparer une soupe.

Mes parents ne sont pas encore rentrés du travail. Ma mère s'occupe d'enfants en bas âge à Tokyo où toutes les crèches ont été rassemblées pour ne plus mélanger les enfants aux adultes. Elle perd beaucoup de temps dans le train et ne rentre jamais avant vingt heures. Mon père partage ses journées entre son poste de policier et celui de jardinier pour le temple des moines. La plupart des adultes ont deux métiers : un « vrai » le matin, et un autre plus proche du bénévolat l'après-midi.

C'est une bonne chose que chacun de nous donne de sa personne pour notre monde. Il y a vingt ans, les hommes ne travaillaient que pour leur compte personnel et les inégalités se sont développées : personne ne respectait la planète et tout le système s'est écroulé. Une guerre mondiale a éclaté ; les bombes nucléaires ont décimé une grande partie de la population, et les survivants de chaque continent ont dû lutter pour reconstruire leur pays.

J'inspire une grande bouffée d'air pur avant d'entrer dans la cellule. Je me demande combien de temps il va tenir. Une fois assise près de lui, je dois lui soulever la tête et l'aider à boire chaque cuillère. Ses cheveux poisseux collent à ma paume, sa tête est lourde et me fait mal au poignet, mais je ne peux pas la reposer, il faut que je tienne bon même si ça me dégoûte.

Il en boit autant qu'il en fait tomber par terre. Comme j'ai oublié de me changer en rentrant de la plage, de la soupe coule sur mon kimori vert d'eau. Je l'avais choisi pour sa ressemblance avec la couleur de l'océan, je pensais que ce serait joli dans le cadre…

Je secoue la tête pour chasser mes pensées.

J'ai envie de pleurer mais je ne peux pas. Grâce aux injections que nous recevons tous pendant l'enfance, nous sommes immunisés et il paraît qu'il faudrait vraiment un gros choc émotionnel pour déclencher des larmes.

Autrefois, les gens sanglotaient beaucoup. J'ai toujours été fascinée par les larmes. Je me demande comment ça fonctionne, d'où ça vient ; comment des larmes, presque de l'eau, peuvent-elles sortir des yeux et mouiller un visage ? Ça paraît fou. Est-ce qu'en Amérique les gens pleurent encore ? Ou reçoivent-ils, comme nous, une injection pour éviter ça ?

Notre pays s'est coupé du monde après la guerre, une barrière a été construite tout le long des côtes et personne n'est autorisé à la franchir.

Ce conflit a été terrible. Les bombes à impulsion électromagnétique larguées lors du conflit mondial avaient rendu inutilisables la plupart des infrastructures électriques, électroniques et informatiques. Il n'y avait plus assez de travail pour tout le monde, plus assez de nourriture, plus assez d'eau potable, d'hôpitaux et de machines médicales pour soigner les blessés. Les gens vivaient dans la peur de perdre leur maison, de voir leurs enfants mourir de faim, de manquer de tout. Même les personnes fortunées avaient du mal à survivre parce que les cybermarchés étaient presque vides : plus de viande, plus de fruits, plus de légumes. Que des boîtes de conserve, et souvent avec des dates passées.

Alors, une guerre civile a éclaté. Elle s'est immiscée petit à petit dans la vie des gens. D'abord, ton voisin est venu voler chez toi pendant que tu étais au travail ; ensuite, il est venu te tuer pendant ton sommeil pour avoir le peu de nourriture qu'il te restait ; et, de voisin en voisin, tous affamés et terrifiés à l'idée de cet avenir lugubre, la guerre est apparue, dans toute sa laideur, sa violence et son horreur. Il fallait trouver des ressources là où il n'y en avait pas. Marcher sur les autres pour survivre. Certains y sont très bien arrivés : ce sont les survivants d'aujourd'hui.

Il y a eu tellement de morts ; des hommes, mais aussi des femmes, des enfants, des animaux, des oiseaux… C'était un carnage, tout était tué, assassiné, massacré, parce que les gens crevaient de faim. On aurait tous fait pareil. C'est ça le plus effrayant, j'aurais sûrement fait la même chose. J'aurais passé des nuits blanches à guetter, à dormir sur le minuscule paquet de riz qui m'aurait servi de réserve en me demandant comment en voler un autre.

Kamakura a été très touchée par la famine et les épidémies, mais relativement épargnée par les bombes : la plupart des infrastructures étaient en état de fonctionnement, les rescapés ont donc décidé de s'y installer et de la renommer capitale du Japon, comme en 1192 au temps du shogun Minamoto no Yoritomo. Les scientifiques ont travaillé d'arrache-pied, et grâce aux technologies capables de créer de la nourriture artificielle, les ressources de la ville sont devenues à nouveau suffisantes pour ceux qui restaient.

Un nouveau gouvernement s'est formé, des règles strictes ont été établies afin d'éradiquer toute forme de violence et de minimiser les risques de blessures ou de maladies, le temps de reconstruire les hôpitaux.

Les survivants ont également dû se partager le territoire : une partie de la population resterait en ville, l'autre vivrait définitivement à la Campagne. Mais ce qui était au départ une décision d'un commun accord est devenu un diktat ; le goût exacerbé de l'Empereur pour l'esthétique a fait glisser cette loi, et c'est désormais l'apparence physique de la personne qui détermine son lieu de vie – mais toujours dans le but de maintenir l'égalité.

Au fil des ans, Kamakura a réussi à s'en sortir. Cette stratégie a fait ses preuves : grâce aux mesures prises par le gouvernement, notre génération est en paix.

Je me concentre sur mes gestes mécaniques qui me font oublier tous mes problèmes quand soudain, la main du prisonnier me saisit le poignet.

Il me serre fort.

Trop fort.

Une seconde de silence me coupe le souffle. Mon cœur frappe ma poitrine.

— Merci, me dit-il d'une voix faible avant de me relâcher.

Tremblante, je hoche la tête pour accepter son remerciement, puis j'ose de nouveau respirer.

J'hésite avant de continuer ; c'est plus difficile maintenant qu'il est conscient.

Je porte une autre cuillère près de sa bouche. Mes doigts n'ont pas quitté sa nuque qui se réchauffe doucement sous ma paume. J'ai envie de tout lâcher et de me sauver dans la forêt. C'est tellement tentant de poser ses problèmes comme on pose des valises et de s'enfuir !

Pour aller où ? Peu importe.

Avec qui ? Peu importe.

Seule ? Peut-être.

Non ! je ne veux pas être seule. *Ah ! Je veux que mes pensées s'arrêtent ! Concentre-toi, Miya, concentre-toi.* Des gestes mécaniques et tout ira bien.

Un jour après l'autre. Mois après mois. Année après année.

Jusqu'où ?

La vie est à la fois trop courte et trop longue, et parfois, je me demande si la mienne a déjà commencé. Il me semble que quelque chose attend au fond de moi, mais j'ignore ce que c'est.

Les gardes frappent à la porte et me demandent si j'ai terminé. Ils vont l'aider à sortir pour qu'il puisse faire ses besoins.

Je sors, mais je n'en ai pas envie. Je veux prendre sa place dans ce cube. Ici, on ne me demandera rien alors que dehors une explosion de questions m'attend.

Je le regarde s'éloigner, épaulé par les gardes qui l'emmènent à la lisière de la forêt. Ses jambes traînent par terre, laissant deux traces sinueuses sur le chemin. Il tombe à genoux lorsqu'ils le lâchent, et l'un des gardes lui donne un violent coup de pied dans le dos ; c'est sa manière de lui dire de se soulager maintenant.

Je me retourne, la gorge serrée. Il est comme un animal blessé dans une cage. Plus d'amour-propre. Plus de liberté. Plus rien d'humain. Les gardes rient, et j'ai envie de courir pour ne plus les entendre.

Je ne peux pas courir. Je ne sais peut-être pas. Je n'ai jamais essayé.

C'est interdit par la règle n°4

13

Les conversations cessent à la minute où je referme la porte.

— Miya ?

— Je vais me changer, maman !

— Mais…

Je monte directement dans ma chambre, je ne veux pas qu'elle me voie comme ça. Ils attendent des nouvelles avec impatience, des nouvelles que je ne suis pas en mesure de leur donner. J'ai honte, honte, tellement honte de moi. Apparemment, je ne suis pas assez belle intérieurement pour que Sakirō m'épouse, et/ou il a peur que je sois laide. Tant de choses se cachent sous ce masque. J'ai peur de découvrir qui je suis vraiment. J'ai peur que mon apparence physique ne corresponde pas à ce que je suis, même si j'ai parfois l'impression de ne pas savoir qui je suis.

J'arrache mon kimori et j'en enfile un autre, plus discret, cette fois ; couleur gris morose, comme moi.

Même si je n'ai pas faim, je ne peux pas échapper au dîner de ce soir. Mon frère sera là – c'est si rare depuis qu'il travaille comme garde à la Cour –, et ma mère se fait une joie de nous avoir tous réunis, je ne peux pas la décevoir.

J'entre dans la cuisine et salue Katsuo aussi chaleureusement que possible. Depuis que je suis toute petite, il me déteste. Il est très dur avec moi et ne me passe rien. J'ai essayé de lui plaire, avant. Je faisais semblant de m'intéresser à ses jeux, je me forçais à jouer au ballon, au policier, aux voitures… Mais ça n'a servi à rien, il ne m'a jamais aimée. Je l'ai su le jour de mes dix ans et rien n'a changé depuis.

Aujourd'hui, Katsuo a vingt ans et vit depuis trois ans dans sa propre maison.

— Vous voulez savoir s'il m'a demandée en mariage ? attaqué-je en m'asseyant pour clore le débat au plus vite. La réponse est non. Je pourrais faire comme…

Ma voix tremble, mais je me force à reprendre :

— Je pourrais faire comme si cela ne me touchait pas, mais c'est faux, notre famille sera bientôt déshonorée par sa faute, et par *ma* faute. Je suis désolée. Vraiment. Désolée…

Une seconde m'explose à la figure.

— Miya…, commence ma mère en posant sa main sur la mienne. Tu n'es pas responsable, tu ne pouvais pas prévoir que Sakirō…

— Ça suffit ! crie mon père en tapant du poing sur la table.

Le silence qui s'ensuit me glace. Je n'ai jamais vu mon père aussi en colère. Même mon frère n'ose pas saisir l'occasion pour m'enfoncer davantage. J'aurais presque préféré qu'il le fasse, pour une fois, qu'il parle et mette fin à ce silence interminable.

— Je ne veux plus entendre ce nom dans ma maison ! rugit mon père.

Une fissure s'immisce dans mon cœur. J'ai l'impression que deux torrents se préparent derrière mes yeux, prêts à éclater à la moindre réflexion.

Ma mère se lève et nous sert des sushis, elle les avait préparés pour l'occasion ; s'il m'avait demandée en mariage, nous aurions fêté ça avec des sushis et du saké. Elle range discrètement la bouteille d'alcool dans le placard et se rassoit.

Je baisse la tête, je ne sais plus où regarder. Mon monde s'écroule, il tombe en miettes, et je n'ai pas la force de les ramasser.

— Il y a eu…

Katsuo tousse et reprend :

—Il y a eu un incident à la Cour.

Mon père relève la tête.

—Katsuo, tu n'es pas censé parler de ça, surtout devant Miya.

—Je veux qu'elle sache, elle a le droit de connaître les risques…

—Quoi ? Quels risques ?

Une étrange impression monte en moi. On dirait que mon frère veut me protéger de quelque chose.

Je regarde ma mère qui, d'un signe de tête, fait comprendre à Katsuo qu'il peut continuer.

—Des rebelles ont attaqué les dortoirs, la nuit dernière. Ils ont été très rapides, personne n'a su comment ils étaient entrés et… ça a été terrible, ils avaient… des *choses* dans les mains.

—Katsuo ! crie mon père.

—Laisse-le continuer, rétorque ma mère d'une voix que je ne lui connaissais pas.

Mon frère hésite, puis lâche :

—Ils s'en sont pris à leurs visages, plusieurs filles ont été griffées, leurs peaux lacérées par des sortes d'ongles en métal. Ils ont malheureusement réussi à s'enfuir.

Je tremble. J'imagine l'horreur pour ces filles d'être attaquées en pleine nuit pour être sauvagement défigurées.

—Nous pensons que ce n'était qu'un avertissement, la surveillance va être renforcée, d'autres agressions sont à craindre.

—Qui sont ces rebelles ? demandé-je.

—Probablement des sans-visage.

Un frisson me parcourt. Il est rare que nous évoquions ce nom, les SV vivent à la Campagne, dans la forêt, et nous n'avons aucun contact avec eux. En fait, nous vivons comme s'ils n'existaient pas.

—Il ne faut pas ébruiter l'affaire, Miya, n'en parle à

personne. Il est primordial de ne pas affoler la population pour rien, dit mon père.

— Pour rien ? relève ma mère.

— Il n'y aura pas d'autres attaques. La garde a été renforcée, ils n'oseront pas revenir.

— Ce serait mieux pour tout le monde s'ils n'existaient plus ! lance Katsuo.

— Ils n'existent déjà pas, rétorque ma mère. Nous vivons sans nous soucier d'eux depuis des années, je ne vois pas comment on pourrait les rendre plus invisibles qu'ils ne le sont déjà.

— Ce n'est pas suffisant, lâche-t-il d'une voix rauque.

— Katsuo ! s'indigne ma mère.

— Ces *gens*, dit-il d'un air dédaigneux, sont un danger pour nous, ils sont à cran, il est possible qu'ils veuillent reprendre leur place dans notre société. Je pense qu'il faut prendre de *vraies* mesures, pour notre protection à tous.

Mon père ne dit rien. Il ne peut pas penser comme Katsuo, j'en suis sûre, mais je me demande ce que mon frère entend par « prendre de vraies mesures ».

Pourquoi les SV voudraient-ils venir vivre ici ? Ils ont des villages rien que pour eux, ils sont entourés de gens qui leur ressemblent, ce qui forme à nouveau une égalité, et l'égalité, c'est la réussite de la société. Tous égaux. Tous ensemble. C'est ainsi que ça fonctionne et que le crime a été éradiqué de notre monde. Plus de différences, plus de jalousies, plus de coups bas. Chacun son monde. Chacun sa place. C'est normal. Évident, même ! Les sans-visage n'ont rien à gagner en venant vivre ici. Et puis, en échange, ils ont eu la meilleure partie du pays : la campagne, les montagnes, la vraie nature, alors que nous vivons dans la pollution, le bruit et le béton.

— Bien. Si nous changions de sujet ? coupe ma mère. Pour une fois que nous sommes tous réunis, je ne veux plus entendre parler de politique.

Mon frère a un léger rictus et me regarde droit dans les yeux :

— Alors, petite sœur, ton *futur* mari n'a pas voulu de toi ? Raconte-nous, qui vas-tu oser séduire, maintenant ?

— Katsuo ! crie ma mère.

Je viens de recevoir la remarque de mon frère en plein visage. Normal, il sait toujours où frapper et n'a jamais supporté que je trouve mon A.S. avant lui.

C'est trop pour une seule journée, je quitte la table précipitamment et monte dans ma chambre sans m'occuper des appels de ma mère.

Je ferme à clé. Je ne veux voir personne. Juste dormir et oublier.

Je fais encore ce rêve étrange. Les couleurs sont jaunies, mes parents sont beaucoup plus jeunes, et je suis une petite fille. J'entends une comptine pendant que quelqu'un me serre le bras. Je sais que je vais bientôt me réveiller, mais je ne veux pas, je résiste, je veux voir le visage de celui qui me fait ça. Puis, tout devient noir ; ma mère crie tandis que les notes de musique se font de plus en plus fortes et agressives, comme si elles voulaient m'étouffer. Je manque d'air, mes mains sont rouges, je veux résister mais il tape, tape, tape, de plus en plus vite, de plus en plus fort… je vois presque son visage… j'y suis presque…

Je me réveille en nage, les draps trempés.

Un coup d'œil au réveil m'indique qu'il n'est que quatre heures. J'ouvre la fenêtre pour sentir l'air frais et m'aider à sortir complètement de ce cauchemar, mais j'ai encore cette horrible chanson dans la tête.

Je prends mon XPod, un peu de MPO – musique programmée par ordinateur – me fera du bien. Je cherche la *playlist* « endormissement rapide » et je sombre à nouveau.

14

Je me lève et je la regarde.

Je m'habille et je la regarde.

Je fais mes devoirs et je la regarde.

Tout comme prévu.

Je l'ai finalement posée sur mon bureau, dans sa boîte d'origine. Je la vois très bien à travers le plastique.

Ça fait des semaines que je l'ai et je ne me suis toujours pas décidée pour son prénom. J'hésite entre un nom japonais et un nom européen, en souvenir. Oui, ça ferait plus chic.

Debbie est venue l'autre jour et elle l'a à peine regardée. J'étais tellement vexée ! Elle m'a demandé pourquoi je ne la sortais pas de sa boîte. Comme si ce n'était pas évident ! Marie-Hélène pourrait se casser ou jaunir sous les rayons du soleil. Mon anniversaire est au mois de mars, ça tombe mal, je la sortirai peut-être cet automne.

Elle a voulu que l'on joue avec, mais j'ai refusé, évidemment. Elle s'en fiche, elle, si elle en casse une, elle en a plein d'autres.

Non, Debbie ne la touchera pas. Alice est à moi.

15

J'approche de la cellule.

Le prisonnier a l'air d'avoir récupéré. Il est assis en tailleur, les yeux rivés vers l'extérieur, et me regarde arriver.

Je colle ma paume sur la paroi.

Je sens qu'il ne me quitte pas des yeux.

Son regard est si intense que je suis obligée de tourner la tête en entrant.

— Bonjour, me dit-il posément.

Sa voix est douce, chaude, presque agréable.

J'incline la tête rapidement pour le saluer et m'assieds sur les genoux dans la position de *seiza*, les mollets bien rangés sous les cuisses, puis je commence à décoller ses pansements le plus délicatement possible.

Il reste impassible. Aucune grimace. Aucun mouvement.

Sa peau a bien cicatrisé, et je m'apprête à désinfecter les plaies quand j'aperçois une nouvelle auréole de sang sur son tee-shirt.

— Je crois que cette blessure s'est rouverte, me dit-il en souriant, presque gêné.

J'acquiesce.

— Je vais m'en occuper.

— Merci.

Il enlève son haut sans aucune pudeur, et je ne sais plus où regarder. Je n'ai jamais vu un garçon torse nu et encore moins d'aussi près. Je me mords l'intérieur de la lèvre pour m'empêcher de trembler ; il a une vilaine blessure sur l'un de ses pectoraux, et je vais devoir poser mes mains sur son buste.

Je saisis maladroitement un linge, le passe doucement sur sa coupure pour laver sa peau en essayant de ne pas le toucher avec mes doigts. Ce tissu est un mur entre nous, un écran qui me protège de son corps. De l'eau coule sur son torse, mais je n'ose pas l'essuyer.

Il est très musclé et sa peau paraît presque aussi dure que du bois. Je ne suis pas habituée à soigner de vraies blessures. J'ai appris sur des mannequins en Kératex, le contact avec la peau humaine est vraiment différent. Et puis, je n'ai eu jusqu'à présent que deux prisonniers : l'un avait la cheville foulée et l'autre n'avait plus toute sa tête. Je n'avais pas besoin de les toucher, je devais juste déposer la nourriture et m'assurer qu'ils n'avaient pas de fièvre, c'est tout.

— Pourquoi portes-tu ce masque ? me demande-t-il, intrigué.

Je ne sais pas quoi répondre. C'est une question stupide.

— Je viens d'avoir dix-sept ans, dis-je dans un souffle.

Il écarquille les yeux, visiblement amusé par ma réponse.

— C'est pour te protéger de moi ?

— Non ! rétorqué-je un peu trop fort en saisissant l'aiguille.

— Alors, pourquoi ce masque ?

— Tout le monde doit porter un masque…

À cet instant, je réalise qu'il n'est pas d'ici, que mon père l'a trouvé près des côtes, et que les coutumes de son pays sont sûrement différentes.

— C'est étrange, reprend-il avec une grimace pour contenir sa douleur quand je pique sa peau. À quoi ça sert de porter un masque ?

— Nous sommes égaux…

Ses questions me mettent mal à l'aise, et je n'arrive pas à faire des phrases de plus de trois mots. Je ne sais même pas si j'ai le droit de parler avec lui.

— Bien, vous êtes égaux. Tu ne m'aides pas beaucoup,

là. J'aimerais bien savoir dans quel peuple de fêlés je suis tombé, lance-t-il amèrement.

—Mon peuple est très bien ! m'offusqué-je. C'est pour notre bien si nous portons un masque. Nous pouvons tous grandir physiquement égaux, il n'y a pas de distinctions…

—Depuis quand ?

—Depuis que j'ai sept ans.

—Et on te l'enlève quand ?

—Bientôt.

—Attends, tu veux dire que tu n'as jamais vu ton visage depuis quoi… tes sept ans ?

Je hoche la tête.

—C'est effrayant !

Ses mots m'agressent, sa curiosité m'énerve, et je sens bien qu'il se moque de nos traditions. Nos règles sont bonnes ; grâce à elles, il n'y a plus de meurtres, plus de viols, plus de crimes. Tout ce qui hantait le monde avant la guerre a disparu grâce aux mesures prises par le gouvernement. Je ne sais pas comment c'est en Amérique, mais ici, ça fonctionne. Personne ne peut dire le contraire, et nous sommes tous reconnaissants pour la qualité de vie dont nous bénéficions.

Je me hâte de terminer mon travail pour en finir au plus vite. Sa voix, qui m'avait paru chaude tout à l'heure, est désormais aussi grinçante qu'une craie sur un tableau.

Je voudrais qu'il arrête de parler, mais il continue :

—Je peux regarder ton visage, si tu veux savoir à quoi tu ressembles…

Savoir à quoi je ressemble ! Pourquoi aurais-je envie de savoir ? Et encore moins avec lui !

Il sourit et j'ai envie de lui planter l'aiguille dans la poitrine pour le faire taire. J'avale ma colère comme on avale un mauvais médicament ; je suis fière de nos règles et je ne veux pas me laisser déstabiliser par le premier étranger venu. Je lui réponds donc aussi calmement que possible en me relevant :

—Non, merci, c'est interdit par la règle numéro 1.

Je lui montre le tatouage sur la face interne de mon poignet gauche. S'il vit en Amérique, il ne connaît pas nos règles et ne sait pas que nous sommes revenus à d'anciennes traditions pour maintenir l'ordre, comme la réhabilitation des samouraïs, par exemple.

—Numéro 1 ? Et il y en a encore beaucoup comme ça ? (Ses yeux se posent sur mon poignet.) 13 ? Ça veut dire quoi ?

Je respire un grand coup pour le supporter et lance :

—13, pour treize règles. Ce tatouage est là pour nous rappeler qu'il existe des règles à respecter. Treize règles qui maintiennent notre pays dans la paix, l'égalité et l'unité. Treize règles qui nous permettent de vivre.

Il écarquille les yeux comme des soucoupes.

—Treize règles qui vous permettent de *vivre* ?

—Oui.

Je parie qu'il veut connaître les autres, mais le soleil est déjà haut et je dois partir. Il peut manger tout seul, maintenant ; puisqu'il a assez de salive pour critiquer, qu'il se débrouille ! Je le laisse avec ses questions, sa nourriture et ses yeux verts moqueurs.

Le soleil me submerge quand je sors et me rend électrique ; cette petite discussion a ravivé ma colère de la veille. Il faut que je voie Sakirō aujourd'hui et que je lui parle.

Ça ne peut pas être pire que de m'occuper de ce rustre.

16

— Bien, vous m'avez tous rendu votre devoir sur le visage ? questionne maître Takada.

Dan lève la main.

— J'ai oublié, M'sieur, dit-il nonchalamment.

J'en aurais été malade si je n'avais pas rendu mon devoir.

— Vous savez ce que ça va vous coûter, je suppose ?

Dan hoche la tête et regarde dans ma direction. Je crois qu'il sait que je le regarde. Ce n'est pas difficile, je le regarde constamment, comme si j'allais pouvoir percer son mystère. C'est terriblement excitant, et je n'entends pas la question que le professeur me pose.

— Pardon ? demandé-je.

— Mademoiselle Saito, je ne sais pas où vous êtes ni à quoi vous pensez, mais je vous conseille de vous ressaisir, lance maître Takada d'un ton sec tandis que les élèves ricanent. Venez au tableau !

Oh non ! Il n'y a rien de pire que d'aller au tableau avec lui. Il est capable de me poser des questions pendant toute l'heure de cours ou de me laisser plantée face à la classe sans rien dire jusqu'à ce que ça sonne. Je me lève et supplie intérieurement ; je voudrais me désintégrer et rejoindre une autre planète sans que personne s'en aperçoive. Ce serait sublime ! Impossible, mais sublime.

— Pouvez-vous nous citer les différentes formes de visages ?

— Oui. Il en existe huit… Il y a le visage carré, le visage ovale, le rond, l'hexagonal, le rectangulaire, le visage allongé et…

J'ai un trou. Maître Takada s'impatiente en tapotant sur le tableau dans un parfait crescendo stressant. Personne n'osera m'aider, personne sauf… Dan.

Son regard insistant m'attire comme un aimant. Il est en appui sur les coudes, ses mains sont jointes devant sa bouche comme s'il attendait religieusement ma réponse. Pendant une fraction de seconde, ses mains s'étirent sur les côtés, le bout des doigts toujours en appui, dessinant une forme géométrique.

— Poursuivez, mademoiselle Saito ! hurle maître Takada en abattant son poing sur le tableau.

— Euh, pardon… Il y a aussi le visage triangulaire haut et le visage triangulaire bas.

— Il était temps ! lance-t-il avec tout le cynisme dont il est capable. Vous pouvez retourner à votre place… Mais restez debout, vous éviterez ainsi de vous endormir une seconde fois !

Soulagée, je regagne ma place sous les regards moqueurs de mes camarades. Je me demande si Dan l'a fait exprès. Est-ce un hasard si la forme de ses mains m'a fait penser à un triangle ? J'ignore s'il a essayé de m'aider, il s'est toujours comporté avec moi comme si je n'existais pas.

— Miya, je peux te parler ? me demande Debbie en sortant du cours.

— Oui, mais je meurs de faim, on va tout de suite manger, d'accord ?

— O.K., viens, dit-elle en me prenant par le bras. Tu… tu ne portes pas de bague ?

— Non, soupiré-je. Il ne m'a rien donné.

Elle écarquille les yeux en se plantant face à moi.

— En fait, nous n'en avons même pas parlé, lui dis-je sans pouvoir la regarder en face.

— Ce n'est pas possible !

— Si.

— Comment… comment tu vas ?

— C'est difficile… j'essaie de ne pas y penser, mais je voudrais aussi avoir des explications… Ça fait deux ans que je pense que nous sommes faits l'un pour l'autre, deux ans…

Dan passe près de nous et je m'interromps. Il me frôle sans me voir, son indifférence me liquéfie, mais tant mieux, je me suis fait des idées tout à l'heure et je n'aurai pas à le remercier.

— Deux ans et voilà où j'en suis.

— Je ne comprends rien… Mais ce n'est pas grave si ce minable de Sakirō ne se rend pas compte de la chance qu'il a de t'avoir, je suis sûre qu'il y aura tout un tas de beaux garçons à la Cour, prêts à tout pour toi.

— Arrête, tu sais que plus personne n'osera sortir avec moi. Et puis, ça ne m'intéresse plus. Je ne veux pas repasser par là.

— Salut, les filles ! clame Akemi en arrivant à notre table.

Debbie lui adresse plusieurs grimaces et haussements de sourcils pour lui faire comprendre la situation. Je ne suis pas censée m'en apercevoir, mais Debbie et la discrétion, ça fait deux.

— Je vois, dit Akemi, si tu veux en parler, Miya, je suis là, je serai toujours là pour toi, et tu sais que si je n'étais pas… enfin, tu vois… c'est toi que je choisirais.

— Merci, Akemi.

— Bon, on ne va pas se lamenter toute la journée… Alors, parlons un peu des robes que nous allons porter ! s'exclame Debbie en se redressant sur son siège.

— Les veinardes ! lance Akemi.

— Ne me dis pas que tu aimerais porter une robe ? dis-je en retrouvant un peu le sourire.

Il hoche la tête.

Mes amis sont formidables ; nous sommes tous les trois très différents, mais ils sont toujours là quand j'en ai besoin.

— Pitié, Debbie, on ne va pas encore parler de tes cinq robes ! supplié-je.

— Et pourquoi pas ? Ça n'arrive qu'une seule fois dans une vie, j'ai le droit de me préparer, non ? Je suis tellement excitée de faire mon entrée à la Cour, ça va être génial ! (Elle sautille presque sur sa chaise.) Clara, ma cousine, m'a dit que la première année, nous avions toutes droit à des dames de compagnie, tu imagines ? Des servantes rien que pour nous ? Il y a des soirées toutes les semaines et…

— Pitié, Debbie ! supplié-je.

— O.K… Mais une fois que nous serons là-bas, vous serez bien contents que je me sois un peu renseignée sur leurs habitudes… Je fais tout le boulot pour vous !

Nous la regardons sans ciller.

— D'accord, d'accord, j'adore ça, avoue-t-elle en levant les mains en signe de reddition, mais quand même, ça mérite quelques remerciements.

— Merci, répond Akemi en s'inclinant.

— Merci, Debbie, dis-je, amusée par son attitude.

— Miya, me chuchote Akemi, il paraît qu'il y a un nouveau prisonnier, c'est vrai ?

— Oui.

— Oh ! Comment il est ? demande Debbie, tout excitée.

— Affreux ! Il est sale, il sent comme dix boucs et il est très grossier.

— Ah bon ?

— Il… il n'est pas d'ici.

— Très intéressant… et *d'où* vient-il ? demande Akemi en se penchant pour que personne ne nous entende.

— Je pense que c'est un Américain. Ils l'ont trouvé près des côtes, dis-je en haussant les épaules.

— Ça craint que tu sois obligée de t'occuper des prisonniers, rétorque Debbie.

— Oui, mais plus que deux jours… Je vais réviser dans le parc, dis-je en me levant, à demain.

— À demain.

***

Ces moments dans le parc vont me manquer.

J'aime la quiétude de ce lieu. Le vent qui agite doucement les cerisiers, les fontaines qui rafraîchissent l'air et les magnifiques pelouses parfaitement entretenues. Cet endroit m'apaise, et après la méditation, je me sens toujours mieux, plus centrée, plus calme.

Il y a des étudiants partout, derrière chaque arbre, à chaque coin d'ombre, pour réviser ou méditer. Je me demande à quoi ils pensent. Je sais que l'on est censés arrêter ses pensées pendant la méditation, mais qui y arrive vraiment ? Se demandent-ils comme moi qui ils vont être ? À quoi ils vont ressembler ? Une partie de moi a hâte de connaître ma nouvelle vie, mais une autre a peur de ce que je pourrais devenir.

Je crois que je ne sais pas qui je suis. Pas tant que je n'aurai pas vu mon vrai visage. C'était merveilleux de grandir dans ces conditions, une enfance où tout le monde a les mêmes qualités physiques, une sorte d'uniforme pour le visage pour nous donner à tous les mêmes chances, mais ça nous a aussi empêchés de savoir qui nous étions vraiment.

Je ferme les paupières et me concentre sur ma respiration. J'inspire et expire profondément. Des images passent devant moi, je les laisse flotter, puis disparaître ; je sais que c'est en les acceptant que l'on atteint plus vite un état de relaxation profonde. C'est comme s'asseoir sur une chaise dans le jardin et regarder passer les gens. Là, on s'assoit et l'on regarde défiler ses pensées. Je vois mes parents, le sourire de ma mère, son calme, sa beauté, elle est comme un lac tranquille. Je vois Debbie radieuse, entourée de robes, et Akemi qui essaie d'en attraper une. Je vois des yeux verts qui s'agrippent aux miens, Sakirō avec des yeux globuleux. Et lorsque je descends encore au plus profond de mon âme, là où il n'y a presque plus de pensées et que la paix envahit mon esprit, je vois des visages d'enfants que je ne connais pas.

Je suis tirée de ma méditation par la sirène d'une voiture de police. Tous les étudiants se lèvent et vont se poster près des grilles du lycée.

L'Empereur arrive avec ses membres d'honneur, et tout le monde s'incline sur son passage. Tout le monde sauf une vieille femme qui tient un panier de fruits.

La rue est devenue silencieuse. L'Empereur, précédé par M. Rawk, le père de Sakirō, marche lentement, les yeux rivés droit devant lui. Il porte un kimono de soie marron et or, et à la taille, une grosse ceinture en cuir qui retient son sabre et son poignard.

La vieille femme continue d'avancer sans se soucier du cortège impérial. Alors, je comprends qu'elle est aveugle, qu'elle ne sait pas ce qu'il se passe ; c'est probablement une sans-visage venue vendre ses fruits. Mais c'est interdit. Elle n'a pas le droit d'être en ville.

Lorsque Rawk passe devant elle, sans même lui donner une chance de s'enfuir, il sort son sabre et lui tranche la tête.

C'est un affront de ne pas s'incliner devant l'Empereur et ses membres.

C'est la règle n° 5

Des frissons incontrôlables me parcourent le corps. Je voudrais revenir en arrière et courir pour chuchoter à cette femme de s'incliner, mais c'est impossible, je suis prisonnière derrière ces grilles.

Personne n'a bougé.

L'Empereur et son cortège poursuivent leur marche jusqu'au temple, et les gens reprennent doucement leurs activités tandis que la police s'occupe de dégager le corps de la vieille femme.

Une main me touche l'épaule et me fait sursauter.

— Ça va ? me demande Dan.

Il est si près de moi que je peux sentir son souffle.

Je respire par saccades, je viens d'exploser. Des images de la tête qui roule me serrent la gorge, je fais un bond en arrière, tout tangue et je trébuche.

— Attention, Miya, dit Dan en me rattrapant, ressaisis-toi, je ne vais pas pouvoir te tenir longtemps…

Deux samouraïs s'arrêtent près des grilles et nous regardent.

Sa voix me vient de loin. J'ai envie de crier. La colère qui a envahi mon cœur se transforme en une boule de haine pour Rawk : il n'a pas hésité une seule seconde.

— Ça va aller ?

Je mets un moment à recouvrer la voix. Les samouraïs me fixent, prêts à intervenir.

— Oui… Je… je vais marcher… ça me fera du bien…

Je marche aussi vite que je le peux jusqu'à la maison. Je n'ai pas pris le bus pour me défouler et sortir cette haine qui me ronge. J'ignorais avant ça que j'avais toute cette colère en moi.

Je ne comprends pas ce qui m'arrive. C'est peut-être dû au stress de la Cérémonie des visages ? À l'échec de ma relation avec Sakirō ?

Probablement les deux.

17

— Comment t'appelles-tu ? me demande le prisonnier.

J'hésite. J'estime qu'il n'a pas à savoir mon nom, mais j'en ai assez de l'appeler le prisonnier, je veux connaître le sien.

— Miya.

— C'est joli… Enchanté, Miya, je m'appelle Wallace.

Je ris malgré moi. J'espère ne pas l'avoir vexé.

— Ça te fait rire ? dit-il, amusé. Je sais, c'est nul, comme prénom, je crois que ma mère était fan du film *Braveheart*.

— Je ne connais pas.

— Hum, c'est pas mal… On devrait le regarder un d'ces quatre. T'apportes des pizzas et j'apporte le film, O.K. ?

Je ne comprends pas ce qu'il me dit. Peut-être la fièvre l'a-t-elle repris. Ou alors, c'est moi qui ne vais pas bien.

— Miya, je plaisante, je commence à trouver le temps long, alors je suis obligé de rêver un peu…

— Oh…

Je change ses pansements pendant un temps qui me semble interminable. J'évite de le regarder. De lui parler. De m'interroger à son sujet.

— Qu'est-ce que ton peuple va faire de moi ?

— Je… je ne sais pas.

Une vague de tristesse m'envahit. Pour la première fois, je le vois ; pour la première fois, je comprends qu'il est humain, comme moi, comme cette pauvre femme aveugle, que c'est juste un jeune de mon âge, et pour la première fois, je suis triste pour lui. Les mots sortent tout seuls :

— Je suis désolée.

—Oui, moi aussi, dit-il en regardant à travers les parois de verre.

Une minute de silence se joint à nous. Elle pèse une tonne. Je ne l'avais jamais vu avec un regard aussi triste auparavant, ses yeux brillent et je me demande s'il va pleurer. Je ne veux pas lui faire de peine, mais j'aimerais beaucoup voir ça. Ce doit être très beau. Comme une minuscule fontaine.

Je lui tends son repas.

—Merci. Alors… quoi de neuf dans ton monde ? Tu ne m'as pas dit quand tu allais enlever ton masque.

—Samedi. Lors de la Cérémonie des visages.

—Tu dois te demander quelle tête tu as ? dit-il en enfournant un morceau de poulet entier dans sa bouche.

Je n'aime pas regarder les gens manger, encore moins entendre les bruits de mastication. Mal à l'aise, je me relève pour partir.

Il agrippe mon kimori pour me retenir.

—Reste !

Surprise, je bafouille :

—Je… je ne peux pas. (Je prie pour qu'il me lâche. Je regrette aussitôt toute cette discussion.) Il faut que j'y aille.

—Miya ?

Je n'aurais jamais dû lui dire mon prénom. Sa façon de le prononcer a quelque chose de si intime que je frémis à chaque fois.

Je me retourne et il plante ses yeux dans les miens. Verts. Brillants. Profonds. C'est idiot, mais j'ai l'impression qu'il peut voir en moi comme si j'étais aussi transparente que ces murs.

—Non, rien…

Je sors et croise les gardes qui viennent s'occuper de lui.

J'espère qu'ils ne lui feront aucun mal.

***

Quand j'entre dans la cuisine, ma mère est en train de préparer le repas, et mon père dépose les baguettes sur la table. Je vais prendre les bols.

— Ah, Miya, comment vas-tu, ma chérie ?

— Ça va, papa.

— Tout se passe bien avec le prisonnier ?

Non, ça ne se passe pas bien ! Je ne veux plus m'occuper de lui. Il est tellement... tellement... arrogant... sale... et insupportable !

Mais je ne peux pas dire ça à mon père, il a déjà assez de soucis, et je dois faire mon devoir de citoyenne.

— Oui. La fièvre est tombée. Il guérit vite.

J'hésite une seconde, puis ose :

— Papa ?

— Oui, Miya ?

— Qu'est-ce que vous allez faire de lui ?

Ma mère arrête de fouetter les œufs et nous regarde.

— Je ne sais pas, Miya. Après l'épisode barbare à la Cour, l'Empereur n'a pas eu le temps de se pencher sur son cas. Il va falloir l'interroger et... je sais que l'Empereur aime étudier ses ennemis : il est possible qu'il le garde en vie tant qu'il aura à apprendre de lui.

J'ai une boule dans le ventre. Je ne veux pas qu'on le tue.

18

J'en ai marre de la regarder à travers le plastique. Magdalena a l'air de s'ennuyer dans cette boîte.

Je décide de la sortir et la pose sur mon bureau pendant que je fais mes devoirs.

Mon frère entre dans ma chambre avec son pistolet en plastique et fait semblant de nous tirer dessus.

— Pan, pan, pan !

— Katsuo, arrête !

— PAN !

— Maman !

— Oh ! tu as sorti ta poupée ? Celle avec laquelle tu n'as pas le droit de jouer !

— J'ai le droit de faire ce que je veux avec Héléna ! C'est juste qu'il faut en prendre soin. Ne la touche jamais, sinon...

— Sinon quoi ? pouffe Katsuo.

Je remets vite Susie dans sa boîte. C'est trop dangereux avec ce crétin à côté.

— Laisse-moi la voir.

— Non !

— Rien qu'une minute !

— Non ! dis-je en refermant la boîte.

Je crois qu'il est jaloux que papa m'ait offert cette poupée. Il sait qu'elle a beaucoup de valeur et qu'il n'a pas été autant gâté pour ses dix ans.

Oui.

Mais moi, je joue au jeu des secrets avec papa.

19

J'ai encore fait ce rêve étrange où quelqu'un me serre le bras. Je me bouche les oreilles pour ne plus entendre cette affreuse mélodie, mais c'est inutile, les notes restent gravées dans ma tête.

Je sors du lit, il me faut une douche tout de suite. L'eau chaude ruisselle sur ma peau, je reste un peu trop longtemps à savourer le plaisir de laver mon corps et mon esprit par la même occasion, et l'eau s'arrête.

« Temps limite atteint – Temps limite atteint », répète l'écran tactile.

Zut, je n'ai pas eu le temps de bien me rincer les cheveux. Je sors de la douche et me sèche en essayant d'enlever le maximum de résidus de shampoing avec la serviette.

Il est l'heure d'aller voir Wallace.

C'est étrange, je crois que j'ai pris goût à nos rendez-vous, enfin… je sais que l'on ne peut pas appeler le fait de retenir quelqu'un contre sa volonté un rendez-vous, n'empêche qu'il n'y a pas tellement de différences avec ceux de Sakirō. Puisque nous n'avons pas le droit de nous toucher ou de nous embrasser, discuter avec un inconnu est finalement assez semblable. Je me rends compte à quel point c'est ridicule.

Mais vrai.

Aucune différence.

Deux ans de relation semblables à trois jours en cellule.

Sauf que j'avais envie que Sakirō m'embrasse, j'avais envie de fonder une famille avec lui, de passer ma vie à ses côtés.

Il paraît qu'autrefois, les couples avaient le droit de s'embrasser avant le mariage, qu'ils pouvaient se tenir par la main ou se serrer dans les bras, même en public.

J'ai appris en cours d'anatomie que les enfants étaient conçus sans aucun contrôle scientifique. Ça paraît incroyable de nos jours ! Fille ou garçon, blond ou brun, malformé ou pas, personne ne savait à quoi s'attendre, c'était un peu la roulette russe ; les parents avaient la « surprise » à la naissance, c'est-à-dire au bout de neuf mois de souffrances pour la mère, qui voyait son corps se déformer semaine après semaine tout en disant définitivement adieu à son ancienne silhouette comme on jetterait un vieux tee-shirt trop petit. C'était ridicule de souffrir autant sans être sûre du résultat. Je ne connais aucune fille qui accepterait ça aujourd'hui.

Je sors. Des nuages s'amoncellent lentement, et le ciel, qui a pris une teinte métallique, semble retenir la pluie de toutes ses forces, prêt à éclater d'une minute à l'autre.

Tout est calme ici, c'est l'avantage d'habiter à l'écart de la ville. Je n'entends que le chuchotement du vent dans les bambous qui bordent la forêt et les clapotis du ruisseau. Ces bruits ont bercé toute mon enfance, j'ai eu la chance de vivre à la limite de la ville et de la forêt, d'avoir un jardin, des arbres, de l'air pur.

Soudain, mon cœur se met à battre plus vite.

La cellule est vide.

Ils l'ont emmené.

Un coup de vent agite les cerisiers, faisant voler en éclats leurs pétales comme les minuscules souvenirs que j'ai de Wallace. Des souvenirs. C'est tout ce qu'il me reste. Un inconnu blessé. Des yeux verts. Une porte sur un autre monde.

L'orage gronde et la tristesse envahit mon cœur comme de la fumée noire. J'essuie mes paumes moites sur mon kimori alors que tout le paysage tourne autour de moi. J'ignore pourquoi je me sens si mal tout à coup.

Non ! J'ai envie de hurler. *Pas lui ! Je veux voir Wallace !* Je suis sûre que c'était quelqu'un de bien, qu'il ne méritait pas de mourir.

L'orage qui arrive émet un puissant rugissement. Mes yeux fixent la cellule comme si ça pouvait le ramener tandis qu'une armée de questions se télescopent dans ma tête : où est-il ? Comment va-t-il ? Est-il encore en vie ? Chacune me fait l'effet d'un coup de poignard.

La pluie commence à tomber. D'abord quelques gouttes fines et éparses, puis de plus grosses qui s'écrasent lourdement sur le sol. Il fait sombre, et sous ce ciel d'un gris inquiétant, la nature éclate : elle impose ses contrastes et semble avoir reçu des litres de peinture vert foncé.

Je me tiens face à la cellule quand j'entends des voix derrière moi. Je me retourne et aperçois des taches floues. Trois silhouettes. Je ne les distingue pas bien à cause de la pluie qui forme maintenant comme un rideau entre nous, mais je crois qu'elles avancent dans ma direction. Je reconnais les deux gardes, mais pas la troisième personne.

L'angoisse me tord l'estomac. Je veux leur demander ce qu'ils ont fait de lui, je veux exiger qu'ils le ramènent. J'invente un ordre de mon père, n'importe quoi qui puisse le faire revenir.

Et puis, quelque chose me brouille la vue, quelque chose de fort, quelque chose qui fait mal, quelque chose d'aussi humide que la pluie.

Une voix familière qui ne sait qu'ordonner tranche l'air :

— Rentre là-dedans !

Je plisse les paupières. L'aube se lève péniblement et m'aide à recouvrer la vue. Alors, mes yeux éclatent en mille morceaux : Wallace est en face de moi.

Mon cœur a un raté, et cette chose humide qui me brûle les yeux depuis dix secondes finit par se décrocher pour me laisser enfin respirer. Personne ne peut le remarquer tellement je suis trempée, mais ce n'est pas une goutte de pluie. C'est bien plus. Une goutte de mon cœur vient de tomber et j'ignore pourquoi. Elle éclate sur le sol et se mêle à la pluie, à la terre, et à la boue sous mes pieds.

Les gardes me font signe d'entrer et referment la cellule derrière moi. J'attends qu'ils s'éloignent pour oser à nouveau respirer. Je n'en reviens pas d'avoir eu si peur. Wallace est vivant et je ne l'ai pas reconnu.

— Ça va mieux, hein ? me questionne-t-il sur un ton léger.

Je ne réponds rien. Les mots sont bloqués dans ma gorge, mes idées suspendues ; je les retiens de peur qu'elles ne blessent quelqu'un. J'ai eu si peur pour lui.

— Mon odeur. Ils m'ont emmené prendre une bonne douche. Et j'en ai pris une deuxième en arrivant... Bon sang, quel orage ! Je n'ai jamais vu un déluge pareil ! dit-il en secouant ses cheveux mouillés.

Les gouttes de pluie tambourinent sur les vitres de la cellule dans un vacarme assourdissant. Mon cœur palpite aussi vite que la décence le permet ; j'ai envie de rire, de pleurer, et même les deux en même temps. Wallace n'est pas mort, il est bien vivant. Je sens son odeur, une bonne odeur de savon, ses cheveux sont propres, et ses vêtements – un simple tee-shirt blanc et un jean – ont été lavés.

Ce n'est plus le même. En fait... je crois qu'il y a même de la beauté chez lui. Ses bleus et ses plaies commencent à s'estomper, et surtout, il est rasé. Son visage paraît vraiment différent sans cette affreuse barbe.

Pour la première fois depuis que je m'occupe de lui, nous sommes debout tous les deux, et je m'aperçois qu'il fait une tête de plus que moi.

— J'ai… j'ai amené de la pizza, dis-je maladroitement.

Un coup de tonnerre éclate et je sens la même chose à l'intérieur de mon corps. Je suis foudroyée, je crois que je vais rester plantée là pour le restant de ma vie. Je ne comprends pas ce qui m'arrive.

Il ne parle pas.

Ne bouge pas.

Me regarde.

Je regrette aussitôt d'avoir mis mon kimori en satin noir et or. C'est trop.

— C'est très gentil. J'ai tellement faim ! Je n'ai pas de film, mais j'ai encore ça, lance-t-il en sortant un vieil XPod. On peut écouter de la musique, si ça te dit.

— Oui, dis-je, un peu réticente.

— On n'est pas obligés, si tu n'aimes pas…

— Non, j'aime, mais quel genre de musique tu écoutes ?

— Oh, un peu de tout, pourquoi ?

— Je… je crois qu'il ne vaut mieux pas, alors.

Je ne devrais pas être là, ce n'est pas un Japonais, je ne dois pas sympathiser avec lui. Mais quelque chose chasse cette pensée de ma tête et ne veut pas écouter.

— Pourquoi ? Y'a rien de mal à écouter un peu de musique ?

J'hésite :

— En histoire… (Je respire un grand coup avant de poursuivre.) En histoire de la planète, nous avons appris que certaines musiques étaient « mauvaises » et pouvaient créer des déséquilibres.

— Quoi ? Mais de quelles musiques parles-tu ? demande-t-il en secouant la tête.

Je vois bien qu'il ne me croit pas.

— Des musiques qui ont beaucoup de vibrations, elles agiraient sur le cerveau, et même… sur le corps.

Il rit :

— Toutes les musiques agissent sur le cerveau et sur le corps, c'est pour ça qu'on les écoute !

Il a beau être physiquement irrésistible, c'est un rustre. Ses idées m'effraient. Il n'a aucune conscience du danger qui plane sur lui.

— Qu'est-ce que vous écoutez, alors ?

— De la MPO : musique programmée par ordinateur. Elle est bonne pour nous, conçue pour nous faire du bien. Il en existe plusieurs sortes, selon ce que l'on souhaite améliorer.

— Tu veux dire que ce sont les ordinateurs qui créent tout ce que tu écoutes ?

— Oui. Il y a de la musique pour aider à s'endormir, et… c'est radical, les harmonies ont été conçues spécialement pour ça, plus personne ne prend de somnifères ! De la musique pour se dynamiser, si tu es un peu fatigué… Ou de la musique pour se concentrer, les ondes agissent directement sur le cortex.

— C'est incroyable, je me demande à quoi ça ressemble, dit-il sur un ton plus qu'ironique. Moi, j'ai juste… de la musique pour vibrer. Mais je vois que ce n'est pas au programme, lâche-t-il presque méchamment avant de ranger ses écouteurs dans sa poche.

Je me sens bête. Il y a un monde entre nous. Un monde que je n'ai pas le droit de franchir. Un monde qu'il ne connaîtra probablement jamais puisque sa vie ne tient qu'à un fil.

Il prend une part de pizza, me la propose, mais je refuse et le laisse manger seul.

Je me sens comme une petite fille qui attend qu'on lui dise ce qu'elle doit faire. Mes jambes sont en béton et je n'arrive plus à bouger. Je voudrais partir, mais tout mon corps refuse.

Et puis, mes lèvres se mettent à bouger toutes seules, et à cet instant, je sais que je vais trop loin :

— Est-ce que…
— Quoi ?
— Est-ce que vous… courez, parfois ?
— Pardon ?
— Est-ce que tu as le droit de courir ?
— Je suis vraiment tombé chez les fous ! réplique-t-il en secouant la tête. Bien sûr que je cours ! Tu n'as pas le droit de courir non plus ou tu es juste un peu demeurée ?
Je reçois une avalanche de couteaux en pleine figure.
Cette fois, le sang coule. Dans mes veines. Ça bouillonne et mes jambes sont à nouveau capables de partir.
J'ouvre la porte pour m'enfuir quand deux bras d'acier m'enlacent et me retiennent :
— Pardon, Miya. Pardon…
Je reste figée sur place.
Toutes les secondes du monde se cristallisent, prêtes à éclater à la moindre respiration.
Ses bras entourent ma taille, je sens son souffle dans le creux de ma nuque, la chaleur de son corps, la puissance de ses bras, et tout mon corps se liquéfie.
Ne dis plus jamais mon prénom, ne le dis plus jamais, plus jamais, plus jamais, et ne me touche pas comme ça.
Mais il ne me lâche pas.
Et je ne peux plus bouger.
Il y a tellement de tension dans cette pièce que la cellule pourrait éclater au prochain éclair.
— Excuse-moi, je n'aurais pas dû dire ça… Mais quand je te vois, dans ce monde plein d'interdits, ça m'énerve, j'ai l'impression que… que c'est toi la prisonnière. Reste, s'il te plaît, reste, Miya, murmure-t-il contre mon oreille.
Le vent s'est engouffré dans la cellule. J'ai froid, j'ai chaud ; mon corps lutte contre une tonne d'émotions, et je dois me surpasser pour m'écarter, le laissant sans le vouloir face à la porte.
Nous nous fixons un instant.

Je sais qu'il y pense.

Mais il ne bouge pas.

Je lui laisse encore une seconde, après, il sera trop tard.

— Ferme la porte, me dit-il fermement.

Ses yeux croisent les miens avec une intensité féroce et nos pupilles s'entrechoquent tandis que la tension grimpe encore de quelques volts.

Je ferme la porte sans le quitter des yeux et sans comprendre. C'était probablement sa seule chance de s'enfuir et il l'a laissé passer.

Il s'assoit.

Je m'agenouille près de lui. Prends son bras pour désinfecter les plaies.

Et compte les secondes entre nous.

— On a le droit de courir.

Ses yeux regardent la forêt. On dirait qu'ils contiennent toutes les couleurs de l'océan.

Je verse un peu d'antiseptique sur un morceau de coton. Tamponne doucement son bras et tente de calmer mon cœur qui ne sait plus où aller. J'ai perdu le fil conducteur de ma vie et l'immensité du monde qui s'ouvre à moi me fait peur.

— On a le droit d'écouter de la musique.

Je l'écoute. Sa voix me bouleverse. L'intensité de son regard me bouleverse. L'émotion tapie en moi palpite et se transforme en une douleur chaude qui s'enroule autour de mon cœur. Je comprends que nous sommes privés de tant de choses. Que la vie, c'est beaucoup plus. Qu'il faut profiter de tout. Que je ne pourrai jamais rattraper le temps perdu. Et que ça me fait mal d'entendre tout ce que je rate.

Pendant qu'il me parle des courses, des films, de la musique et des gens qui se touchent ou de ceux qui s'embrassent, je vois à la lueur qui brille dans ses yeux qu'il aime ça ; même si rien n'est parfait dans son monde, je sens qu'il ne voudrait rien changer.

Je lui raconte les autres règles ; cette fois, il m'écoute sérieusement et comprend parfois pourquoi c'est ainsi et pourquoi nous aimons ça ; l'égalité, la paix, la sérénité.

Nous rions des comparaisons de nos deux continents, et je ne vois pas le temps passer. Les minutes et les secondes sont pulvérisées. Plus rien n'existe.

La terre s'est figée autour de nous, elle attend que nous fassions connaissance.

Je suis là, dans ce bloc de verre incassable qui nous isole du reste du monde, et je sens que quelque chose en moi se réveille. Une étincelle enfouie au plus profond de mon être est en train de s'allumer.

Je ne veux pas l'éteindre, mais j'ai peur de ce qu'elle pourrait éclairer.

20

Christina est tellement belle.

Sa robe blanche, ornée de dentelles et de broderies sur les manches, a un tombé impeccable. Un grand chapeau de paille abrite sa longue chevelure blonde et des anglaises recouvrent ses minces épaules. Elle porte un joli collier de perles blanches ainsi que des fleurs en tissu rose qui ajoutent à son bustier une subtile touche d'élégance.

Parfaite.

Je me suis mise à la sortir de plus en plus. D'abord quelques minutes pendant que je faisais mes devoirs, puis des heures entières pendant lesquelles je jouais avec elle, tout doucement, bien sûr.

Ce jour-là, il faisait très chaud. J'avais peur qu'elle fonde dans ma chambre, alors Virginia et moi sommes allées nous promener près du petit lac, derrière la maison. J'avais emporté un plaid que ma mère avait cousu spécialement pour elle.

Je l'ai allongée dessus et me suis mise à la coiffer.

— Ça va, tu n'as pas trop chaud ?

— …

— Tu me dis, si tu sens que ça te gratte, on rentre.

— …

Je m'étais installée à l'ombre, je ne suis pas stupide, quand même.

Tout aurait dû bien se passer.

21

Quand je pars pour le lycée, j'ai le sourire aux lèvres.

Tout me semble différent ; les couleurs, les odeurs et les sons me paraissent plus vrais, ma tête est remplie d'histoires et d'anecdotes que Wallace m'a racontées sur l'Amérique, et chaque détail prend un sens nouveau.

Je me demande qui vit le plus : est-ce lui, alors qu'il fait des choses tellement mauvaises pour son esprit et son corps ? Ou moi, qui suis privée de tant de choses pour mon bien ?

J'aimerais en parler à toutes les personnes que je croise, leur demander ce qu'elles préféreraient si elles avaient le choix. Mais je ne peux pas exprimer ces idées à voix haute, même à mes amis. Je serais considérée comme quelqu'un qui penche vers l'ennemi. Souhaiter le retour aux anciennes valeurs ne ferait que nous pousser à nouveau vers le chaos, et ce serait injuste envers les gens qui se sont battus pour instaurer ces nouvelles règles qui nous protègent.

Je regarde par la fenêtre du bus et aperçois des enfants marchant dans la rue. Ils voudraient sûrement courir, mais leurs mères les tiennent fermement par la main comme des chiens en laisse. Ce n'est pas naturel.

Oui, mais le naturel est mauvais. Si tout le monde se comporte naturellement, c'est le chaos assuré. Alors que je descends du bus, plongée dans mes pensées, je retombe sur terre brutalement : Sakirō est au bout de la rue.

Je l'avais presque oublié. Il vient vers moi, mais je vois à son air mal à l'aise qu'il n'avait pas prévu de me rencontrer ; j'ai raté le premier bus, ce matin.

— Salut, me dit-il.

Je n'ai pas envie de lui répondre. Si je n'étais pas d'humeur aussi joyeuse – et si je vivais en Amérique –, je lui cracherais à la figure.

— Je dois y aller, on se verra plus tard…, lance-t-il en voulant s'échapper au plus vite.

Il s'éloigne.

Je reste figée, mais un son rauque prend son élan et sort de ma gorge sans que je puisse le contrôler :

— Quand ? crié-je.

Il s'arrête et j'enchaîne :

— Quand vas-tu me le dire en face ?

Surpris, il se retourne. Je sais qu'il ne s'attendait pas à cette réaction de ma part. Dans ce monde feutré, les vérités sont tues, les émotions enfouies, le contrôle est maintenu. Jamais un mot plus haut que l'autre, m'expliquait ma mère.

Je m'approche de lui. J'ai besoin qu'il me le dise en face. Je ne compte pas lui simplifier la tâche, je veux qu'il en bave comme il m'en fait baver.

— Je… je suis désolé, bredouille-t-il.

— Continue ! ordonné-je, les larmes aux yeux.

— Je ne suis pas prêt… je suis désolé, Miya, si je t'ai fait croire…

La réalité m'explose en pleine figure.

S'il m'a fait croire ! C'est moi qui me serais fait des idées ? Les mots enflent dans ma tête, tambourinent sous mon crâne, ils veulent sortir et tentent de se frayer un chemin vers l'extérieur, mais on n'efface pas dix-sept ans de maîtrise de soi comme ça, et rien ne sort. Ses mots continuent à me griffer la peau, mes larmes remontent et laissent place à de la rage. J'ai envie de l'étrangler.

— Tu plaisantes !

— Tu as mal interprété mes intentions.

— On avait des projets, tu ne te rappelles pas ? Une maison, des enfants… on avait même choisi les prénoms !

Une boule dans ma gorge est en train de grossir et menace d'exploser.

— Excuse-moi, Miya, je vais être en retard, il faut que…

Le coup est parti tout seul.

Ma tête explose.

Mon premier contact physique avec Sakirō est cette gifle qui me brûle encore les doigts.

Incrédule, il porte la main à son visage et regarde l'immense tableau d'affichage derrière moi sur lequel les lettres de mon prénom commencent sûrement à apparaître :

M.I.Y.A. S.A.I.T.O, délit n° 6 – Violence sur autrui –

Tout mon corps se fige.

Pour la première fois de ma vie, j'ai enfreint une règle.

Je ne me reconnais plus.

C'est comme si nous étions deux, maintenant, dans ce corps, et j'ignore qui est cette nouvelle fille qui tente de prendre le contrôle.

Sakirō s'éloigne.

Je me retourne pour voir le tableau.

Mon Dieu, qu'ai-je fait ? Une vie entière d'interdits et de mises en garde n'aura pas suffi. Ma mère me disait toujours qu'il ne fallait jamais enfreindre une règle, pas une seule fois, que si l'on commençait, on ne pouvait plus s'arrêter, et alors les ténèbres pourraient nous engloutir.

Quand j'étais petite et que nous marchions main dans la main avec ma mère, je regardais toujours le tableau ; j'arrêtais de respirer cinq mètres avant, j'avais très peur de voir mon nom. C'était comme passer devant un gros monstre qui pouvait nous avaler d'une minute à l'autre, et je serrais si fort la main de ma mère que ses articulations blanchissaient.

Durant toute mon enfance, l'angoisse m'a fait me tenir à carreau. Pendant toutes ces années, j'ai grandi avec cette peur au ventre qui m'a aidée à façonner mon attitude pour qu'elle soit irréprochable. Et quand je n'ai plus eu peur pour moi, je me suis mise à avoir peur pour mes parents. Peur de découvrir un jour leur nom sur ce tableau.

***

— Miya ! Enfin, tu es là, vite ! Le cours va commencer ! s'exclame Debbie en m'entraînant.

Nous marchons si vite que j'ai l'impression de courir. Je n'ai pas le temps de lui expliquer ce qui s'est passé même si je sens bien qu'elle meurt d'envie de savoir pourquoi je suis en retard. Nous entrons en classe d'histoire du visage juste avant que la porte ne se referme, et maître Takada nous distribue nos devoirs sur les visages répugnants.

J'ai eu 18. *Merci, Sakirō.*

— Passons à l'examen de fin d'année. Vous avez quatre heures pour répondre aux questions.

J'avais complètement oublié cet examen. Encore un peu et j'aurai la nonchalance de Dan.

Un vide se creuse dans ma poitrine et quelqu'un s'applique à y jeter des kilos de peur. Je ne peux pas rater cet examen et finir l'année sur un échec. Je ne peux pas encore décevoir mes parents.

Je passe plus d'une heure à retracer l'évolution du visage depuis la création de l'Homme. J'ai beaucoup de mal à me concentrer : ma main me brûle, et je réalise que mon nom est inscrit sur le tableau des personnes à redresser. Comment mes parents vont-ils réagir ? Je secoue la tête pour tout oublier et me focaliser sur mon devoir.

J'enchaîne avec un exercice où il faut relier les différents visages à leur pays d'origine. *Facile.*

La troisième partie est la plus délicate : la morphopsychologie. Il me reste un peu plus de deux heures pour disserter sur la connaissance du caractère d'une personne d'après les traits de son visage et ses formes corporelles.

Je sors épuisée. J'ignore si ça vient de l'examen ou de ma matinée désastreuse, et je rêve de rentrer chez moi.

—Miya, dit Akemi en me rattrapant. Ça va ?

—Évidemment que ça va ! répond Debbie. Miya n'a jamais raté un examen depuis qu'elle est à l'école ! Qu'est-ce que tu as mis à la question 18 ? Le visage malais ou le…

Elle s'arrête net devant nos visages blêmes.

Akemi la regarde, stupéfait.

—Je ne parlais pas de l'examen, dit-il, gêné. J'ai vu… son nom.

Debbie me regarde. Ces quatre petits mots ne veulent dire qu'une seule chose et elle le sait très bien. Tout le monde à Kamakura le sait.

—Miya, dis-moi que c'est faux !

Je baisse les yeux.

—Qu'est-ce que tu as fait ?

Elle se plante en face de moi.

—Rien de grave, c'est juste un avertissement. (Je tourne la tête, évite son regard accusateur.)

—C'est grave et tu le sais très bien.

Non, je ne le sais pas. Nous ne savons pas précisément ce qu'il se passe. Je sais juste qu'ils nous envoient une décharge dans le cerveau, ça, je l'ai sentie, mais c'est tout. J'ignore quelles sont les conséquences à long terme. Personne ne le sait. Personne n'a jamais enfreint toutes les règles.

—C'est bon, Debbie, je ne vais pas continuer. (Je tente de maîtriser ma voix, qui est en train de perdre toute assurance.) Je peux très bien me contrôler.

—Alors pourquoi es-tu sur ce tableau ? demande-t-elle, plus furieuse que je ne l'aurais pensé.

—J'ai giflé Sakirō.

Akemi sursaute et porte une main à sa bouche.

—Oh ! dit Debbie, qui commence à se détendre un peu, je vois.

— Je ne veux plus en parler, d'accord ?

— Oui, je comprends. Viens, allons manger, j'ai le cerveau en feu !

Nous marchons tous les trois jusqu'à la cafétéria sans parler. Je me sens bizarre, comme si je n'étais plus la même personne. Je voudrais revenir en arrière, mais c'est impossible et je ne sais même pas jusqu'où je devrais remonter. Avant la gifle ? Avant les bras qui m'enlacent dans cette cellule ? Avant mes quinze ans ?

Ou simplement avant ma naissance ?

— Excuse-moi, Miya, ça ne doit pas être facile pour toi, me dit Debbie.

J'approuve d'un hochement de tête. Je ne veux pas en parler, j'ai peur de me mettre à pleurer et de ne plus pouvoir m'arrêter. Je sais que j'en suis capable à présent et je ne veux pas effrayer mes amis davantage.

Maintenant que ma colère est retombée, je me sens ridicule d'avoir perdu le contrôle et je me jure que ça ne se reproduira plus.

Je n'enfreindrai plus une seule règle.

Il me semble que tous les regards sont braqués sur moi pendant le déjeuner, des regards accusateurs et moqueurs.

Sauf un.

Dan me sourit. Ce garçon est vraiment étrange ; peut-être croit-il que je suis comme lui, maintenant que j'ai franchi une des limites.

Non, je ne suis pas comme ça. J'aime l'ordre, les règles, et le respect.

Jamais je n'enfreindrai une autre règle.

22

— Ne bouge pas, Constance, ne bouge surtout pas.

— Tu parles à ta poupée, maintenant ? demande Katsuo, incrédule.

Ses amis éclatent de rire.

— Je vous présente ma sœur, elle est complètement folle !

Des rires inondent l'espace entre nous. C'est comme s'ils me griffaient le visage.

Mon frère et ses amis sont venus m'embêter. Je jouais tranquillement, pourquoi fallait-il qu'ils viennent ? Si près ?

Katsuo a voulu montrer à quel point il était supérieur. Il est venu sur le plaid, m'a arraché la poupée des mains et l'a lancée aux autres. Ils ont commencé à se la faire passer en riant.

Je criais : « Attention ! Elle est très fragile ! » Mais plus je criais, plus ça les excitait. Et ils ont continué.

Ils la jetaient avec plus d'élan à chaque fois, la lançaient si fort que certains la rattrapaient juste à temps par les cheveux en arrachant ses magnifiques mèches blondes.

La douleur me vrillait la poitrine. Ma poupée en porcelaine ! Une seule chute et elle se briserait à tout jamais.

— Arrêtez ! Arrête, Katsuo !

Je suppliais.

Mes yeux se sont embués de larmes, les larmes sont devenues des sanglots, les sanglots des spasmes. C'était aussi dur pour moi que s'ils avaient tenu la vie de mes parents entre leurs mains maladroites et brutales.

Si je n'avais aucun contrôle sur les autres garçons,

tous plus âgés que moi, j'espérais au moins en avoir sur Katsuo.

Mon Frère, mon Sang, ma Famille.

Mais il ne m'a pas écoutée. Il ne m'a jamais écoutée.

23

En sortant du lycée, je décide d'aller directement au temple parler à mon père.

Je ne veux pas qu'il l'apprenne par quelqu'un d'autre. Et même si j'ai peur de sa réaction, je dois le lui dire en face. Je sais bien qu'ensuite, plus rien ne sera comme avant. Que je ne serai plus sa petite Miya. Sa préférée. Il attache tellement d'importance aux règles, à l'éducation et à l'étiquette.

Mais je ne peux pas revenir en arrière. C'est fait.

C'est fait et je ne regrette même pas.

J'essaie de me remémorer le code. Ça fait longtemps que je ne suis pas venue ici.

3. 2. 6.

3 noires, 2 blanches et 6 croches.

Le temple est situé sur les hauteurs de Kamakura, et son accès est interdit à toute la population. Seuls les moines peuvent entrer et sortir.

Les moines et mon père, le jardinier.

Quand j'étais petite, je l'accompagnais souvent lorsqu'il venait travailler ici. Mon père avait entièrement confiance en moi, il savait que je n'allais pas me mettre à crier, sauter, ou détruire les plantations comme la plupart des enfants l'auraient fait. J'étais déjà très mûre pour mon âge, et consciente de la beauté et de la fragilité des fleurs, des êtres et de la vie.

J'adorais l'accompagner. Les moines étaient ravis de me voir et me faisaient toujours un petit cadeau en me faisant croire à quelque chose de spécial : une fraise guérisseuse, une fleur magique, une pierre sacrée… Je les suivais dans les jardins et les aidais pour les petits travaux pendant qu'ils me racontaient des tas d'histoires zen. Je me souviens de celle de l'île [1].

C'était une île où tous les différents sentiments vivaient : le Bonheur, la Tristesse, le Savoir… et bien d'autres. Un jour, on annonça aux sentiments que l'île allait couler. Ils préparèrent donc tous leurs bateaux et partirent.

Seul l'Amour resta.

L'Amour voulait rester jusqu'au dernier moment.

Quand l'île fut sur le point de sombrer, l'Amour décida d'appeler à l'aide.

La Richesse passait à côté de l'Amour dans un luxueux bateau. L'Amour lui dit :

— Richesse, peux-tu m'emmener ?

— Non, il y a beaucoup d'argent et d'or sur mon bateau. Je n'ai pas de place pour toi.

L'Amour décida alors de demander à l'Orgueil, qui passait aussi dans un magnifique vaisseau.

— Orgueil, aide-moi, je t'en prie !

— Je ne puis t'aider, Amour. Tu es tout mouillé et tu pourrais endommager mon bateau.

La Tristesse étant à côté, l'Amour lui demanda :

— Tristesse, laisse-moi venir avec toi.

— Oh… Amour, je suis tellement triste que j'ai besoin d'être seule !

Le Bonheur passa aussi à côté de l'Amour, mais il était si heureux qu'il n'entendit même pas l'Amour l'appeler.

Soudain, une voix dit :

— Viens, Amour, je te prends avec moi.

C'était un vieillard qui avait parlé. L'Amour se sentit si reconnaissant et plein de joie qu'il en oublia de lui demander son nom.

Lorsqu'ils arrivèrent sur la terre ferme, le vieillard s'en

1. *Le conte de l'amour et du temps.*

alla. L'Amour réalisa combien il lui devait et demanda au Savoir :

—Qui m'a aidé ?

—C'était le Temps, répondit le Savoir.

—Le Temps ? s'interrogea l'Amour. Mais pourquoi m'a-t-il aidé ?

Le Savoir sourit, plein de sagesse, et répondit :

—C'est parce que seul le Temps est capable de comprendre combien l'Amour est important dans la vie.

Un bruit de verrou me sort de mes pensées. L'immense porte en bois s'ouvre en grinçant.

—Oh ! Miya-*san* [1] ! Ça fait si longtemps que tu n'es pas venue… Comme tu as changé ! Laisse-moi voir… Tu… tu es magnifique !

—Merci, Miaki.

—Viens ! Entre vite ! Je suis tellement content de te voir ! Mais… (sa voix perd ses inflexions) je vois sur ton visage que tu as l'air soucieuse.

Je ne peux rien lui cacher. Il me connaît depuis que je suis toute petite.

—Ce n'est rien de grave, j'espère ?

Je secoue la tête. Difficile de mentir à un moine. Je n'ai pas envie de brûler en enfer.

—Je vais te conduire jusqu'à ton père, viens…

—Merci, dis-je en m'inclinant.

Je le suis dans les jardins. Il y a ici toutes les espèces du monde sur des kilomètres d'allées. C'est un endroit hors du temps, baigné par la lumière du soleil et les multiples senteurs de fleurs et de plantes qui se mélangent pour donner cette odeur si particulière que l'on ne retrouve nulle part ailleurs. C'est un parc immense, un vrai labyrinthe où il est impossible de se retrouver pour un néophyte. Toute la journée, les moines jardinent, méditent ou marchent

1. Suffixe honorifique en japonais.

dans les allées, toujours dans le plus grand silence. Tout ça me donne l'impression que le ciel est plus léger ici. Que la vie s'est réduite à l'essentiel. Et que les problèmes de l'autre côté de ce mur sont dérisoires face à l'immensité de l'univers.

Je lève la tête et inspire une bouffée de cette bonne énergie en suivant Miaki dans les allées.

— Cette année, les magnolias n'ont pas donné les fleurs escomptées, soupire-t-il en les caressant d'une main au passage. Avec la disparition des saisons, il est de plus en plus difficile de maintenir les espèces… (Il secoue la tête. Prend un air grave.) Lorsque les arbres seront tous abattus, les animaux tous exterminés, alors l'homme découvrira qu'il ne se nourrit pas d'argent…

Grâce à lui, je connais tous les noms de fleurs, leur période de floraison et la façon de les tailler. Miaki a toujours une anecdote à raconter et il a donné des prénoms à toutes les fleurs présentes dans le parc. J'ignore comment il fait pour tous les retenir.

Quelquefois, il fait ses propres expériences, de *curieuses* expériences, comme ces roses, par exemple, auxquelles il diffuse de la musique apaisante.

Je l'interroge du regard. Il plisse les yeux et répond d'un air malicieux, le sourire en coin :

— Elles ont besoin d'écouter de la bonne musique pour s'épanouir.

Jc ris et il ajoute :

— « L'homme est grand qui sait conserver son cœur d'enfant. »

— C'est de toi ?

— Non, malheureusement. C'est de Meng Zi, un penseur chinois.

J'aime beaucoup Miaki. Il n'est pas comme les autres moines. Il y a… de la modernité en lui, et un côté un peu fou pour un moine qui me plaît bien.

— Ton père est là-bas, Miya-*san.* (Il me sourit et s'incline.) Bonne chance…

J'esquisse un léger sourire, trop tendue à l'idée de rencontrer mon père. Je sais qu'il n'aime pas être dérangé lorsqu'il s'occupe des plantes. C'est son moment de méditation. Il passe des heures à tailler les rosiers, et réfléchit plusieurs minutes avant de les couper d'un geste doux et précis, juste au bon endroit. Il est le seul à obtenir des roses aussi épanouies. C'est un grand jardinier.

Je m'arrête derrière lui. Il y a tellement de tension en moi qu'il a sûrement déjà tout compris.

— Tu vois ces roses…, me dit-il en se relevant, mais sans se retourner.

Je hoche la tête. Reste derrière lui.

— Pendant des années, je m'en suis occupé. Tous les après-midi, je suis venu, je leur ai parlé, je les ai écoutées, même… Et je les ai nourries, arrosées, protégées de la pluie, du vent, ou de la neige.

— Papa…

Impossible de parler. Toutes les phrases que j'avais préparées en chemin se sont enfuies. Comme moi, elles ont eu peur de sa réaction et sont parties en courant, loin du temple. Mon père continue, il me parle des roses, et je vois très bien où il veut en venir, j'attends juste le moment où il prononcera les mots qui font mal. Les mots qui resteront plantés dans mon cœur à jamais.

— Elles m'ont donné beaucoup de soucis, mais… elles ne m'ont jamais déçu.

Bingo.

— Les roses sont magnifiques, reprend-il alors que j'essaie de retirer le *d*, le *é*, le *ç*, et le *u* de mon cœur. Et tu sais pourquoi, Miya ?

Il se tourne vers moi.

— Non, je…

— Parce qu'elles ont des épines. Elles ne sont pas juste

belles, elles… (il est très ému, tout à coup) elles savent aussi se défendre. (Il me regarde enfin dans les yeux. Je retiens mon souffle.) Comme toi.

Il saisit son sécateur, tranche une rose d'un coup sec et me la tend.

Je la prends. Cherche ce que je pourrais lui dire. Mais je viens de comprendre qu'il sait déjà. Qu'il sait et qu'il accepte.

—N'enfreins plus jamais une règle, Miya. Jamais. Les roses sont magnifiques lorsqu'elles poussent droit. Dès qu'on les coupe (il me désigne la rose que je tiens) ou qu'on les sort de leur milieu naturel, elles meurent.

24

Il n'y aura donc pas de mariage.

Pas de bague, pas de robe longue ni de demoiselles d'honneur, pas de petits fours… Pendant une année, j'ai cru que j'allais me marier avec Sakirō, que nous aurions une belle maison, deux enfants merveilleux et une vie paisible.

Mais tout ça n'aura existé que dans ma tête.

Mes yeux coulent et mon mascara laisse d'étranges traces noires et dorées sur mes pommettes. Les larmes emportent la poudre d'or de mes cils, et avec elle, toute la douleur que j'avais emmagasinée.

Ça ne passera jamais. J'ignore comment surmonter ça.

Je décroche une à une les photos de Sakirō épinglées à mon paravent et les range dans une vieille boîte à chaussures. Tous ces souvenirs, tous ces moments passés avec lui, toute une vie.

Toute *ma* vie.

Sakirō et moi à la plage, c'est la toute première photo de nous ; j'avais du sable dans l'œil et il essayait de l'enlever en me versant un seau d'eau sur la tête, c'était encore pire ! Sakirō qui vient de gagner son premier concours de tir à l'arc, il pose fièrement à côté de ses parents. Mes treize ans : nous sommes assis l'un à côté de l'autre devant sa maison, et il mesure déjà vingt centimètres de plus que moi.

Je tombe sur une photo de nous beaucoup plus récente et je glisse par terre. Ce jour-là, il m'avait dit à quel point il m'aimait et qu'il ne voudrait jamais me quitter.

Je l'avais cru. *Idiote.*

Un sentiment affreux me provoque en duel ; et s'il avait rencontré quelqu'un d'autre ? Gemmna ? Cette blonde qui lui tourne autour depuis si longtemps. Je crois que je ne m'en remettrai jamais s'il m'a quittée pour une autre.

Je commence à déchirer les photos une à une. En tout petits bouts. Minuscules. Un voile noir plane au-dessus de ma tête et tombe sur mes plus beaux souvenirs. Des souvenirs qui n'ont plus leur place. Je prends soin de déchirer chaque photo à l'endroit exact où se situe son visage, le coupant en deux dans le sens de la longueur. Ça me soulage, mais ça ne dure pas. C'est tout ce que je peux faire. Détruire les restes d'une histoire qui finit bêtement.

Qui finit et je ne sais même pas pourquoi.

Il a rencontré quelqu'un, c'est sûr. Je me retiens d'appeler Debbie. Je voudrais savoir ce qu'elle en pense, mais je n'ai pas envie d'en parler. Je veux rester seule avec cette boîte de confettis qui résume ma vie amoureuse. Une belle farce et attrape.

Je tire les rideaux. Trop de lumière.

Et ce mot qui ne me quitte plus depuis tout à l'heure, dont les lettres s'égrènent une à une dans ma tête :

p o u r q u o i ?

Elles apparaissent petites ou immenses, dans l'ordre ou dans le désordre, tourbillonnant et défilant les unes après les autres dans le bourbier qu'est devenu mon cerveau.

Je suis laide, je me sens laide. Et si fatiguée, tout à coup. Je vais dormir une petite éternité et après on verra, ça ira mieux, non ? Le temps résout tout, dirait ma mère.

J'ai envie d'arracher ce masque qui m'étouffe. Je passe mes doigts dessous, j'ai besoin de savoir à quoi je ressemble. Ils tremblent au contact de ma peau. Je sens les contours de mon visage, ils ont l'air réguliers, ma peau paraît douce et lisse, c'est bon signe. Mes pommettes sont hautes, et j'essaie de m'imaginer ce que ça peut donner, mais je m'endors.

Quand je me réveille, la nuit commence déjà à tomber et il pleut. Je mets quelques secondes avant de me souvenir que l'on est vendredi soir et que je dois aller voir Wallace.

Je passe mon visage sous l'eau pour effacer les traces de mascara, puis remaquille légèrement mes yeux d'une poudre bleu électrique avant d'enfiler un kimori en soie turquoise. J'écarte les *shōji*, descends dans la cuisine et prends une portion de ce que ma mère a préparé pour nous.

La pluie a cessé, mais le chemin qui mène aux cellules est toujours boueux. À cet instant, je réalise que c'est sûrement la dernière fois que je vois Wallace. Demain, après la Cérémonie des visages, si tout se passe bien, j'entrerai à la Cour et je serai alors dispensée de ma tâche de citoyenne. Je me demande qui s'occupera de lui. Ma mère, peut-être.

Je marche le long des arbres aussi lentement que possible pour savourer ce moment. J'aime ce paysage, le pont, les grands pins, les bambous et l'odeur puissante de cette forêt si dense qu'elle semble ne jamais finir.

Ma paume sur la vitre. Une dernière fois.

— Bonsoir, Miya.

Il me sourit. Un sourire irrésistible qui illumine tout son visage.

— Bonsoir.

— Ça sent bon, qu'est-ce que c'est ?

Sa façon de prononcer ces mots détruit toute tension. Tout paraît si simple, si normal avec lui que je m'autorise à me détendre un peu. On dirait qu'il apprécie chaque minute. Même ici. Emprisonné et coupé de tout.

— C'est un *gyudon*. Un plat traditionnel que ma mère cuisine très bien.

— J'ai hâte de goûter.

J'ignore comment il fait pour être toujours d'aussi bonne

humeur. À sa place, je serais prostrée dans un coin, j'aurais perdu l'usage de la parole et peut-être même le contrôle de mon cerveau. Nous ne sommes pas égaux face à l'adversité. Comment fait-il ? Comment peut-il supporter tout ça ? Il y a quelque chose qui rayonne en lui quelles que soient les circonstances, et je l'admire pour ça.

Oui. C'est un criminel, et je l'admire.

Encore une pensée que je n'oserai pas écrire dans mon journal.

Nous nous asseyons face à face sur le sol en béton.

—Alors, demain, c'est le grand jour ?

—Oui, soupiré-je.

—Tu n'as pas l'air ravie ?

—Non.

Je n'en reviens pas de lui dire ça. Je n'arrive pas à en parler à ma meilleure amie et je m'apprête à me confier à un inconnu. C'est parfois plus facile de parler de soi à un étranger, on peut dire en quelques minutes des choses qui nous pèsent depuis des années. Et puis, à qui pourrait-il le répéter ?

—J'ai peur… ma vie va changer et ça m'effraie.

—Changer ?

—Oui, je vais faire mon entrée à la Cour…

Il hausse les sourcils.

—La *Cour* ?

Je hoche la tête.

—Dans mon monde, ça n'existe plus depuis… environ un siècle ou deux !

—Le gouvernement qui s'est formé après la guerre a choisi de revenir à d'anciennes traditions.

—Et que vas-tu faire à la Cour ?

—Je vais poursuivre mes études : apprendre les sciences, continuer d'étudier l'histoire de la planète, et bien d'autres matières…

—C’est un peu comme nos universités.

—Oui, sauf que là, je suis logée dans un palais, avec des dames de compagnie, des valets, des gardes…

—Ouais, rien d’extraordinaire !

Je ne comprends pas qu’il puisse être blasé à ce point. C’est quand même exceptionnel d’étudier dans ces conditions.

—Je plaisante, Miya.

—Oh… dis-je, confuse, je ne suis pas habituée à ce genre d’humour.

—Excuse-moi, j’ai l’habitude de manier l’ironie avec brio ; dans mon monde, c’est presque devenu un sport national.

Je baisse les yeux.

Une seconde meurt, et dame tristesse arrive sur la pointe des pieds.

—Je… je ne pourrai plus venir, après. (Il relève la tête, mais ne dit rien.) Après la Cérémonie, je ne serai plus obligée de m’occuper des prisonniers.

Obligée, ce mot sonne faux et je le regrette aussitôt. Ce soir, en regardant Wallace manger, je ne me sens pas obligée de quoi que ce soit.

—Je suis content pour toi, me dit-il froidement.

—Ce n’est pas ce que je voulais dire…

—Je sais.

Un silence gêné nous tient à distance l’un de l’autre.

J’ignore comment l’aider. J’ignore comment lui rendre sa liberté. Et j’aimerais pouvoir le faire sortir d’ici pour qu’il puisse retourner en Amérique, mais… c’est un crime d’avoir franchi les frontières et il sera jugé pour ça.

—Bon, changeons de sujet, lance-t-il, puisque c’est notre dernière soirée ensemble…

Sa voix vibre et je le coupe :

—Je suis désolée.

—Ouais, toutes les bonnes choses ont une fin, hein ? (Ses yeux verts me transpercent. Me tuent. Je ne fais pas le poids.) Tu as fait un super boulot, je crois même que tu m'as sauvé la vie ! (Sa voix trahit une multitude de sentiments, il passe une main dans ses cheveux, semble lutter contre l'émotion qui l'a pris au dépourvu, et se ressaisit.) Tu devrais y aller, je… je n'ai plus besoin de toi pour manger, je suis quasiment guéri… Tu n'as pas besoin de moi… C'était sympa de te rencontrer.

Je ne sais pas quoi dire. Je regarde le sol en béton, les murs qui ont pris la teinte des ténèbres, le futon. Tout sauf lui.

Il reprend :

—Merci de m'avoir soigné. Vraiment… Merci.

—Je ne suis pas obligée de partir tout de suite…

Je n'aime pas la tournure que prend cette soirée, on dirait qu'il m'en veut, mais je ne suis pas responsable de son arrestation.

—Comme tu veux, me dit-il sèchement.

Ce n'est pas une invitation à rester.

Je rassemble le peu de fierté qu'il me reste et me lève. Je ne pourrai jamais effacer le monde qui se dresse entre nous.

Je regrette tellement.

—Tant que l'Empereur pourra apprendre de toi, tu resteras en vie, lâché-je avant d'ouvrir la porte.

—Ah ? Merci du tuyau…

—Je dois y aller.

Je pose ma main sur la vitre et attends que la porte s'ouvre.

1

2

3 secondes m'étouffent.

—Attends !

Je me fige devant la porte. J'espère.

Je ne sais pas ce que j'espère.

—Bonne chance pour demain, ajoute-t-il.

Je souris.

Ce n'est pas ce que j'espérais. *Mais*… j'ai l'habitude.

—Merci.

—C'est drôle, ajoute Wallace, je ne connaîtrai jamais ton vrai visage.

25

— Je pense qu'elle a un peu chaud, dit Katsuo.

— Elle pourrait aller se baigner ! lance un de ses amis.

— Non ! hurlé-je.

Mais Katsuo ne m'écoute pas et il tend ma poupée au-dessus du lac.

Les autres garçons l'encouragent. Tapent des mains. Scandent son prénom. Je pleure tellement que je ne vois plus très bien ce qu'il se passe. Mes larmes sont brûlantes de haine. J'ai le cœur brisé.

Et puis, j'ai chaud, trop chaud, et ce n'est pas normal. J'ai l'impression de brûler de l'intérieur. Comment se fait-il qu'ils ne le voient pas ?

Je suis tellement en colère contre mon frère, même si je sais qu'il bluffe : il ne peut pas la jeter dans l'eau, elle a trop de valeur, papa serait furieux.

Il la jette dans l'eau.

Je mets une seconde à réaliser.

Puis je m'approche de lui et le pousse. Je vois flou, je ne maîtrise plus rien. Ma main brûlante de colère s'écrase sur son dos. Il crie tandis que sa chemise prend feu, et il tombe dans le lac.

Les « amis » de mon frère partent en courant.

Plus personne.

Le monde se tait.

Debout sur le ponton, je regarde la surface de l'eau.

Des éclaboussures, de la mousse blanche, des bulles.

Puis, l'eau redevient lisse.

Calme.

Une première seconde de paix me traverse.

Comme tous les enfants de Kamakura, mon frère ne sait pas nager.

26

Mon monde se désintègre lentement. Mes croyances partent en fumée comme des photos brûlant dans une cheminée, laissant une odeur amère derrière moi.

Mon père est rentré plus tôt aujourd'hui : comme le gouvernement l'impose, nous devons respecter un couvre-feu la veille de la Cérémonie des visages. Ils tiennent à ce que l'événement soit une réussite : impossible de découvrir derrière ces masques des adolescents au regard fatigué et à la mine froissée.

Après le repas, ma mère me fait essayer la robe qu'elle a cousue pour la Cérémonie. Bleue. Comme l'océan. Comme les yeux de Sakirō.

Je me prête aux essayages, mais je ne suis pas là. Ce n'est qu'une enveloppe. Mon âme est ailleurs. Loin, perdue, égarée. Et je me rends compte que la Cérémonie de demain ne m'intéresse pas du tout.

— Tu es magnifique, Miya, me dit ma mère.

J'entends à peine sa voix, pourtant, elle est juste à côté. Elle pose quelques épingles pour les dernières retouches et me prie de ne pas bouger. Mais j'étouffe. On dirait qu'elle me plante les épingles directement dans la gorge. C'est insupportable.

J'étouffe et ce n'est même pas à cause de la robe. Il y a une énorme erreur. Je ne suis pas de ce monde. Je ne suis pas au bon endroit. Je prie pour que quelqu'un s'en aperçoive et me ramène là où je devrais être : « Miya, il y a eu une terrible erreur, nous sommes profondément désolés pour les torts que cette situation a pu te causer. Prends cette enveloppe, tu y trouveras tout ce qui devait t'appartenir : un mariage, une belle maison, des enfants, dans un monde plus libre. Au fait, voilà à quoi tu ressembles ! »

— Miya ?… Miya ? C'est bon, tu peux l'enlever, j'ai fini depuis cinq minutes !

La voix de ma mère me ramène dans un monde que j'essaie d'oublier. Pourquoi tout s'écroule-t-il maintenant ?

Je quitte la robe sans me regarder dans le miroir. Aucune importance. Je pars me coucher.

Mais j'ai mal. Une douleur dans la poitrine qui grossit et écrase mes poumons. Pourquoi ne suis-je pas comme Debbie ? Je devrais être ravie de ce qui va arriver.

J'ai perdu mon amour et je me suis perdue par la même occasion. Mon cœur est en train de s'assécher, de se craqueler ; bientôt, je n'aurai plus une goutte de vie à l'intérieur, je n'aurai plus envie de rien, comme ma mère quand j'étais petite. Une heure passe. La plus longue de toute ma vie. Je sens que je n'arriverai jamais à dormir, ce soir. C'est impossible.

Je ne veux pas.

Je ne peux pas.

J'entends le vent dans les arbres, le bruissement des feuilles comme si le ciel tremblait. Comme s'il en avait quelque chose à faire de moi.

Les fleurs sont fanées, la lune s'est éteinte, les animaux sont morts et les mots me tuent. Tout s'assombrit dans mon monde. J'ai fermé la porte, je n'ai plus rien à perdre. La vie peut être magnifique ou tragique ; j'ai choisi la tragédie. Je me condamne à vivre en mon unique compagnie.

Plus d'amour.

Plus d'espoir.

Ils vont m'obliger à rester là. Je serai là pour eux, pour mes parents ; je serai une enveloppe, une parfaite enveloppe, s'il le faut. Mais vide, et ça, ils ne le verront jamais.

J'éteins, j'allume, j'éteins.

Je rallume.

Impossible de fermer les yeux, c'est comme si j'avais aussi perdu le sommeil. *Reviens ! J'ai besoin de dormir et d'oublier !*

Et puis, il fait trop chaud. Je rejette les draps au pied du lit, retourne l'oreiller pour poser la tête du côté frais. Mais rien n'y fait. Je pense à demain et m'imagine dans cette robe bleue en train de révéler mon vrai visage à tout le monde. *À tout le monde sauf à Wallace*. C'est donc ça qui me dérange ? Non. C'est idiot.

J'éteins.

J'essaie de dormir, j'essaie vraiment, mais mon enfance résonne : je revois ma mère, calme et sublime, qui me prend par la main tandis que nous marchons le long de l'océan. L'air marin lui fait du bien. L'eau scintille sous les derniers rayons du soleil, et j'aime l'odeur de sel qui s'en dégage. J'aime que ma mère me tienne par la main. Parce que c'est interdit. Parce que les démonstrations affectives en public sont interdites. Pas de démonstrations, moins de sentiments. Moins de sentiments, moins de peine lorsqu'il faut quitter ses parents. Moins de peine, moins de souffrance quand vient leur mort.

Je lui raconte mes journées à l'école, les notes, les amies, et elle m'explique ce qu'elle faisait à mon âge pendant que nous jouons au cerf-volant. Elle ose me parler des bons côtés du monde avant la guerre, et tout son visage s'illumine quand elle évoque son rêve de découvrir l'Amérique.

Je vois ma vie défiler jusqu'à aujourd'hui. Je sais que c'est la fin de la première partie et que demain j'en entamerai une autre. C'est comme ça pour tout le monde dès que la Cérémonie a lieu. Ils ont beau nous faire croire que tout est normal, que tout ira bien, c'est faux. Les choses changent, et il est parfois très dur de s'adapter. Ça l'est pour moi. Mes rêves se sont enfuis, et je n'ai pas essayé de les rattraper. À quoi bon ? À quoi ça sert de rêver ? Ne serais-je pas plus légère sans ces rêves qui sont devenus comme des boulets accrochés à mes chevilles pour me rappeler que je n'ai pas la vie que je voulais ?

Soudain, je suis foudroyée par une idée.

Une idée folle.

Une idée inconcevable.

Je veux voir mon visage.

Je sais que tout ira mieux ensuite.

Mais non… pas maintenant, je ne peux pas tricher, pas après avoir attendu tant d'années. C'est idiot.

Je sais que beaucoup de jeunes ont triché. Je le sais même si personne n'en parle et je me demande si Debbie l'a fait. Je suis presque sûre que c'est le cas, mais je suis déçue qu'elle ne m'en ait pas parlé. Elle ne m'a pas fait confiance, pas pour ça. Normal, je suis la fille du chef de la police. C'est dangereux. Je suis dangereuse. Et si elle était amie avec moi juste pour se protéger ?

Je chasse cette idée de mon esprit.

Ça craque dans ma tête. C'est la limite qui craque. La limite entre le bien et le mal, la limite entre ce qu'il faut et ce qu'il ne faut pas faire. Je me répète : *encore ce soir et je saurai*.

Il faut que je sois forte.

Je mets l'oreiller sur ma tête, ferme les yeux très fort comme si ça allait suffire à m'endormir. Mais ça continue de craquer dans ma tête, et je ne vais pas pouvoir résister. Je n'en peux plus de résister.

C'est atroce, mais je vais échouer.

La veille.

27

Une deuxième seconde remplie d'horreur me submerge.

La réalité m'apparaît dans toute sa laideur : le monstre qui a voulu faire du mal à ma poupée est mon frère, et je suis en train de le tuer.

Je saute.

Je ne sais pas nager non plus.

J'ouvre les yeux et vois Katsuo endormi au fond de l'eau. Par chance, ce n'est pas très profond, et l'étrange énergie qui vibre en moi me donne la force de le soulever. L'eau me fait du bien, surtout à mes mains dont les paumes sont devenues rouge vif.

En battant des pieds, j'arrive à nous remonter à la surface et à reprendre mon souffle. Katsuo tousse, crache de l'eau et s'étale sur la berge.

Mon père arrive et me tend la main pour m'aider à sortir. Affolé, les traits crispés, il ne comprend pas ce qui s'est passé.

Je ne comprends pas non plus.

Personne ne peut comprendre.

Katsuo est sauvé.

J'explique à mon père que Céleste est au fond de l'eau. Il n'hésite pas une seconde : il plonge et ressort avec ma poupée dans les mains. Elle est dans un sale état.

Ensuite, il nous emmène à l'hôpital et donne trois billets à l'infirmière pour qu'elle ne parle pas de ce qui s'est passé. Comme j'ai pleuré pour de vrai, elle me fait une nouvelle injection contre l'émotion. C'est toujours très douloureux : elle pique juste un peu à droite de la nuque et le liquide contracte et glace toutes mes veines.

Mon frère a une légère brûlure dans le dos, exactement là où je l'ai poussé.

Mais il ne faut rien dire.

Nous sommes trois, maintenant, à jouer au jeu des secrets.

28

Je sors de la maison aussi discrètement que possible.

J'évite la dernière marche de l'escalier – je sais qu'elle craque toujours –, puis j'ouvre lentement la porte en la soulevant presque pour éviter qu'elle ne grince.

Dehors, la nuit est magnifique ; le ciel d'un bleu velouté est piqué d'étoiles, et la lune, pleine et argentée, étend ses reflets sur la forêt pour créer des ombres étranges qui semblent se moquer de moi.

J'hésite, mais mon corps fait le reste : mes jambes suivent la lisière de la forêt, enjambent le ruisseau, parcourent le chemin de terre. Je ne fais pas plus de bruit qu'un petit animal lorsque j'arrive près des blocs.

Je retiens ma respiration. Je peux encore faire demi-tour.

Pourquoi ? Je ne sais pas. J'ignore ce qui me retiendrait de franchir une nouvelle règle, d'autant plus que même si mon nom apparaît une nouvelle fois sur le tableau, grâce au couvre-feu imposé ce soir, personne ne le verra.

Ma mère a peut-être raison ; lorsqu'on enfreint une règle, on ne peut plus s'arrêter. Je pensais qu'il s'agissait d'histoires inventées pour que les enfants se tiennent bien, mais maintenant que je suis là, prête à commettre une nouvelle entorse au règlement, je me sens comme une criminelle qui ne peut plus s'arrêter de faire le mal. Pourtant, je ne peux m'empêcher de me demander quel mal il y a à vouloir voir son propre visage. Je pense que c'est à cause des idées de Wallace si je raisonne comme ça, aussi, c'est la personne la mieux placée pour le faire.

J'entre.

Il se réveille en sursaut.
—Qui est là ? demande-t-il, encore endormi.
—C'est moi, Miya, chuchoté-je.
Je sais que si quelqu'un me voit ici maintenant, je serai exécutée sur-le-champ, fille du chef de la police ou pas. Je tressaille.
—Qu'est-ce qu'il y a ?
Il fait nuit, mais la pleine lune me permet de distinguer les contours de son visage.
—Je veux que tu m'aides.
—Quoi ?
—Je veux que tu regardes mon visage.
Il ne dit rien.
—C'est toi qui me l'as proposé. Je suis prête, maintenant. Je veux savoir à quoi je ressemble.
—Pourquoi ? Tu sauras demain, de toute façon.
—Pour savoir où je vais aller.
—Mais c'est interdit. Pourquoi prendre ce risque ?
Je ne réponds rien. J'ignore pourquoi je prends ce risque, mais je ne veux pas revenir en arrière. Tant pis pour les conséquences.
—J'ai apporté une bougie, il faudra faire vite : si quelqu'un nous voit… (Je secoue la tête.) Il vaut mieux ne pas y penser… Je l'allume et tu regardes sous le masque. Ensuite, je soufflerai la bougie, ça ne prendra que quelques secondes… Il ne faut pas attirer l'attention avec de la lumière, tu comprends ?
J'ai parlé d'une traite et mon assurance m'étonne. Wallace me regarde, stupéfait. J'ai l'impression de le convaincre de braquer une banque.
—Tu as tout prévu ! dit-il sur un ton moqueur.
—Oui. Tu vas m'aider ? Tu dois m'aider !
—Holà ! Holà ! Du calme…
Wallace a le don de me faire sortir de mes gonds. J'ai envie de l'étriper parce que j'ai très peur de ce que je suis

en train de faire, parce que je n'ai pas beaucoup de temps avant que quelqu'un ne nous surprenne et ne nous tranche la gorge, et surtout, surtout, surtout, parce que j'ai peur de ce qu'il pourrait voir ; alors, même si je dois chuchoter, j'ai envie de hurler.

— Dépêche-toi !

— D'accord, je vais le faire. Mais tu réponds à une question d'abord.

— Vite !

— Pourquoi moi ?

Je ne m'attendais pas à ça. Je bafouille :

— Tu es la seule personne qui puisse le faire. Tu n'es pas d'ici, et… je sais que tu seras franc, c'est ça le plus important.

— O.K., allume la bougie, dit-il en se passant une main sur le visage.

À cet instant, je le trouve vraiment irrésistible, j'ai presque envie de sentir à nouveau ses bras autour de ma taille. *Idiote et folle.*

Mes mains tremblantes saisissent la boîte d'allumettes, je l'ouvre maladroitement et j'en sors une que je racle contre le couvercle. Elle s'allume dans un léger crépitement, puis s'éteint aussitôt. J'essaie de toutes mes forces de contrôler le tremblement de mes mains et en allume une deuxième. Cette fois, elle brille et enflamme la mèche.

À la lueur de la bougie et des rayons argentés de la lune, Wallace s'approche de moi et pose ses mains sur mon visage.

Inconsciemment, je recule.

— Miya ?

— Pardon… continue.

Je prends sur moi. Être si près d'un garçon dans le noir n'a pas à me mettre mal à l'aise. *Calme.*

Il pose doucement ses doigts sur mon visage, je frissonne en sentant la chaleur de sa peau tandis qu'il décolle lentement la fine pellicule de Kératex et que je reçois une décharge dans le cerveau.

— Vite, lui dis-je.

J'ai tellement peur que quelqu'un nous surprenne.

Il me regarde pendant une seconde qui me paraît durer une éternité. C'est la première fois que quelqu'un me regarde vraiment. Je scrute son visage, guettant la moindre indication qui pourrait me rassurer tant les secondes semblent interminables. Son visage est fermé, mais je crois déceler de la surprise et de la stupéfaction dans ses yeux. Il ne sourit pas, ce qui est mauvais signe.

— O.K., éteins, dit-il d'une voix froide.

Je souffle la bougie.

À nouveau l'obscurité.

Les ténèbres.

Le doute.

Un silence écrasant, et je me sens idiote d'avoir montré mon visage à un inconnu. Avant tout le monde. Avant la Cérémonie. Avant mes propres parents.

C'est une misérable tricherie. La culpabilité me vrille la poitrine, je tombe bien bas. À cause de Sakirō. À cet instant, je lui en veux terriblement. Il m'a brisée.

Je voudrais que Wallace me parle et me rassure, mais il n'en fait rien. C'est atroce, c'est moi qui suis obligée de demander.

— Dis-moi comment je suis, dis-je en essayant de prendre le ton le plus neutre possible. (Il baisse les yeux.) Réponds, je t'en supplie, continué-je, la voix brisée.

— C'est bon, tu n'as pas à t'en faire…

Je suis soufflée par sa réponse. J'espérais un peu plus d'enthousiasme de sa part. Je me suis montrée nue devant lui, enfin, seulement le visage, mais c'est encore pire, c'est mon vrai moi, c'est plus qu'un corps nu. J'ai mis ma pudeur de côté, j'ai pris un risque immense, tout ça pour l'entendre dire : « C'est bon. » C'est bon quoi ? Qu'est-ce qu'il en sait si je n'ai pas à m'en faire ?

Je n'ose pas lui poser la vraie question, la seule qui compte vraiment : est-ce que je suis belle ?

Wallace a l'art de m'irriter. Un de plus que je détesterai, et la liste ne fait que commencer.

J'ai honte de moi. Mon comportement est indigne de nos coutumes, je n'aurais jamais dû venir ici pour lui demander de faire ça.

— Merci, dis-je d'une voix blanche en remettant mon masque le plus vite possible.

Il ne bouge pas.

Ne dit rien.

Ne me retient pas.

Je me lève. Et sors. Écrasée par des kilos de douleur et de honte. C'est un miracle que je tienne encore debout.

Mes yeux mettent un peu de temps à s'habituer à l'obscurité, et la panique me gagne lorsque j'entends un froissement de tissu dans les arbres. J'ai un haut-le-cœur en pensant que quelqu'un m'a peut-être vue. Pétrifiée, je regarde alentour et crois distinguer une ombre qui s'enfonce dans la forêt. Il me faut une minute pour me ressaisir et repartir en marchant le plus vite possible pour rentrer. Vexée. Pressée. Anéantie.

J'entre dans la maison sans m'occuper du bruit que je fais, monte dans ma chambre et m'écroule sur le lit. J'ai encore envie de pleurer, mais je suis trop en colère pour ça. Demain, je ferai ce que l'on me dira. Je suivrai le protocole comme une machine. Belle, à la Cour. Pas belle, à la Campagne.

Je me doute bien que ça n'a rien d'une Campagne. Les sans-visage n'ont rien. Pas de maisons, pas de nourriture, pas de médecins… Ils sont abandonnés dans la nature, c'est ça, la vérité. Ce que personne n'ose dire tout haut.

Ils sont exclus. Ils nous font croire qu'ils vivent une vie saine à la Campagne, que c'est bon pour eux, mais leur vie s'arrête ici. Plus de perspectives d'avenir parce qu'ils sont laids ou en mauvaise santé, comme mon oncle. Ils passent de l'autre côté, mènent une vie misérable tandis que les samouraïs chargés de notre sécurité veillent à ce qu'ils restent dans les montagnes, loin de la ville. Il ne faut pas nous mélanger. C'est comme ça qu'ils obtiennent l'égalité.

Cette fois, je m'endors rapidement. J'aurai une sale tête demain, mais ça m'est égal. Debbie et toutes les autres filles ont dû se coucher très tôt pour avoir le visage le plus reposé possible. Moi, il ne me reste que quelques heures avant le lever du soleil.

Je fais un rêve étrange où ma mère me fait boire une potion pour que je sois jolie. Je suis petite, je porte mon kimori préféré – un rose à l'époque –, et alors que je me réveille plus tôt que d'habitude, je la vois verser de la poudre cachée dans sa bague dans mon lait du matin. Elle ne sait pas que je la regarde et me sourit naturellement quand j'entre dans la cuisine.

Je me réveille et mets du temps à me défaire de ces images. C'était tellement précis, tellement réel, que je ne sais pas si c'est un rêve ou un souvenir d'enfance.

29

Depuis l'accident, mon frère ne me parle plus.

Pire, il m'évite.

Ma mère ne comprend pas ce qu'il se passe entre nous. « Ça leur passera », lui répond mon père comme s'il s'agissait d'une simple querelle fraternelle.

Ce n'est pas une simple querelle. Mon frère me prend pour un monstre.

Parce que je l'ai poussé ?

Même pas.

Parce que, l'espace d'une seconde, j'ai hésité avant de me jeter à l'eau pour le secourir ?

Non plus. Ce serait trop simple.

Il me hait parce qu'il pense que j'ai un pouvoir monstrueux dans les mains.

La brûlure dans son dos a été vite justifiée auprès des autorités : un dysfonctionnement de sa chemise autochauffante. Ils disent pourtant qu'il n'y a aucun danger à porter ces vêtements et qu'il est impossible qu'ils prennent feu.

Je dis que mon père n'a pas souhaité poursuivre en justice l'entreprise de textile qui fabrique ces chemises, comme le réclamait ma mère.

Que mon père sait.

30

J'entends beaucoup d'agitation en bas.

Des bruits de vaisselle, de tiroirs, de portes qui claquent. Il n'est que sept heures trente, mais je suis sûre que ma mère a déjà tout préparé ; elle est toujours parfaitement organisée. Toute sa vie, elle a fait passer le bonheur des autres avant le sien, et je l'admire pour ça, je n'ai pas eu cette qualité. J'ai voulu faire passer mon bonheur en premier et je me suis trompée sur toute la ligne. Le déshonneur, c'est tout ce que j'apporte.

Aujourd'hui, Debbie viendra se préparer chez nous. C'est une idée de ma mère, je crois qu'elle cherche à ce que je me sente davantage concernée. C'est vrai que je n'ai pas montré beaucoup d'intérêt pour la sélection de ma robe ou de ma coiffure, lui laissant le choix final. Je suis sûre que tout sera parfait, de toute façon. Pour elle, en tout cas.

Je n'ai pas à m'en faire. Cette simple phrase flotte depuis hier soir comme un drapeau dans mon cerveau vide. Elle est restée agrippée à moi toute la nuit et m'a réveillée ce matin. Elle m'a fait mal au début, mais à force de l'entendre, de me la répéter, je ne ressens plus rien.

Je me lève péniblement et file dans la salle de bains. J'ai droit au double du volume d'eau habituel. Avant, j'aurais sauté de joie à l'idée de rester si longtemps sous la douche ; aujourd'hui, je dois me forcer.

Je lave mes cheveux deux fois et applique un peu d'après-shampooing pour qu'ils brillent avant de sortir et d'enfiler mon peignoir blanc.

La vapeur de la douche a opacifié le miroir, je l'essuie de ma manche et découvre un visage au regard voilé de tristesse tandis que des idées m'assaillent. *Bientôt, je verrai mon visage ; bientôt, je serai complète. Je saurai qui je suis, je ne verrai plus le visage de Wallace, je verrai celui de Sakirō à la Cour... Je n'ai pas à m'en faire... Je n'ai plus d'avenir... Mes parents seront fiers de moi si je fais de bonnes études malgré tout.*

Machinalement. Mécaniquement. Un geste après l'autre.

On frappe à la porte.

— Entre...

— Tu es prête ? me demande ma mère.

— Presque, je n'ai plus qu'à sécher mes cheveux.

— Laisse, je vais t'aider. Assieds-toi.

Je me laisse faire. Ça m'arrange. Je ne sais plus ce que je dois faire, alors, je la laisse prendre les choses en main. Si ça ne tenait qu'à moi, je resterais dans ma chambre pour les trente prochaines années.

Pourquoi ? Pourquoi est-ce que ça m'arrive maintenant ? Une rupture, un avenir brisé, une rencontre avec un étranger, et j'ai l'esprit tout chamboulé. J'ai toujours été parfaite, respectueuse, obéissante, sage, et voilà que ça vibre en moi, que quelque chose cherche à tout faire voler en éclats. J'essaie de contenir tout ça, mais je sens que je ne vais plus pouvoir tenir. Des bouts de verre me piquent la poitrine, j'ignore combien de temps ma peau pourra résister. Je ne veux pas de tout ça. Enfin, si... mais pas comme ça.

Je ne sais pas ce que je veux. Je veux Sakirō. Je veux ce que j'ai perdu. Je veux la vie dont je rêvais.

J'aimais que ma vie soit toute tracée et maintenant que toutes les choses qui se dessinaient pour moi sont détruites, je ne sais plus où aller. Je suis perdue et il faut que je retrouve mon chemin, que je réintègre ma vie. J'ai l'impression d'en être sortie et d'être devenue la spectatrice d'un mauvais film.

— Tes cheveux sont magnifiques, me dit ma mère. Tu te souviens, quand tu étais petite, dès que je te coiffais et que tu t'asseyais sur ce tabouret en métal, tu me demandais si tu serais jolie plus tard ?

— Maman…

— Laisse-moi finir. Quoi qu'il arrive à la Cérémonie, quel que soit ton visage, Miya, je serai là pour toi.

Les paroles de ma mère me donnent des frissons, peut-être à cause de l'intensité qu'elle y met.

Je la regarde, je vois les années sur son visage, le silence qui s'installe un peu plus chaque jour et les rêves qu'elle a dû abandonner pour nous. Qui est-elle ? Pourquoi ces paroles ? Je crois que l'on ne sait jamais vraiment qui sont nos mères.

— Passe-moi les peignes. Nous serons très fiers si tu pars étudier à la Cour, mais…

Elle s'arrête dans son geste.

Je relève la tête.

Elle est magnifique. Elle a de la chance d'être aussi belle. C'est sûr, je ne serai pas comme ça. Incantations, prières, herbes sauvages… rien ne pourra me rendre aussi belle que ma mère. Ses yeux ont un éclat si particulier, on dirait qu'ils contiennent toute la pureté du monde, et ça me bouleverse. Ma mère me bouleverse. J'aurais tant voulu être comme elle.

Après tout ce que j'ai fait ces derniers jours, je me sens tellement laide à l'intérieur que je suis sûre de l'être à l'extérieur.

Elle reprend en chuchotant :

— Je veux que tu saches que rien n'est juste.

— Qu'est-ce que tu veux dire ?

— La beauté est injuste, la laideur est injuste, et le monde dans lequel nous vivons (elle marque un temps et regarde derrière elle pour vérifier qu'il n'y a personne) est… une erreur.

Ma mâchoire s'ouvre et se referme, je veux parler, mais je n'y arrive pas : il n'y a pas de pire offense que de critiquer le gouvernement. Jamais je n'ai entendu ma mère tenir de pareils propos.

Elle pose un doigt sur ma bouche pour m'indiquer que la conversation s'arrête là, et je ravale un flot de questions en me demandant si j'ai bien entendu.

La sonnette retentit.

Nous descendons ouvrir, mais je ne cesse de penser aux paroles de ma mère ; elles sont comme un coup de massue sur mon crâne. Je tombe de haut. Je ne la reconnais pas, elle a toujours prêché pour que je respecte et aime ce monde, et là… je ne peux pas croire ce qu'elle m'a dit. Je vais me réveiller, c'est sûr. Mais quand ? Je vais me réveiller, Sakirō va m'épouser, je découvrirai mon visage avec plaisir, et ma mère… sera ma mère… une femme douce, respectueuse et sans histoires.

— Salut, ma belle ! s'exclame Debbie en entrant.

— Salut, Debbie.

Je salue Karen, sa mère, qui a les bras chargés de robes, et l'aide à porter les sacs dépassant de ses mains.

— Comme je n'arrivais pas à me décider, je me suis dit que l'on choisirait le jour même, déclare Karen.

— Tu as bien fait, répond ma mère en me jetant en coin un regard amusé.

Curieuse femme, cette Karen. On dirait qu'elle vit à travers sa fille. Je me demande ce qu'elle va devenir quand Debbie sera à la Cour.

— Montre-nous ce que tu as apporté, dit ma mère.

— Maman, passe-moi la rose. Je crois que c'est celle que je préfère, mais ma mère préfère la bleue, elle dit que ça fait ressortir mes yeux… Qu'en pensez-vous ? demande Debbie en mettant une moitié de chaque robe devant elle.

Elle sait très bien que la bleue fait ressortir ses yeux. Ils sont magnifiques. Elle aime juste l'entendre.

— Debbie, la bleue te fait des yeux incroyables !

— C'est vrai ? Tu trouves ?

— C'est magnifique. Un très joli bleu, affirme ma mère.

— Mais la rose, c'est plus féminin, non ?

— La bleue.

— La bleue, renchérit ma mère.

— D'accord, la bleue alors.

Karen émet un long soupir de soulagement.

— Enfin ! dit-elle en se laissant tomber sur une chaise. Ça fait des semaines que nous n'arrivons pas à trancher ! Je vais enfin pouvoir respirer et passer à autre chose.

— Alors, Miya, qu'est-ce que tu vas porter ? me demande Debbie. Elle n'a rien voulu me dire, ajoute-t-elle à l'intention de ma mère.

— C'est vrai, Miya ? s'étonne ma mère, une pointe de déception dans la voix.

— On… on n'a pas vraiment eu le temps d'en parler…

Ma mère sort de la cuisine et revient avec une housse. Elle fait glisser lentement la fermeture Éclair et laisse tomber la protection par terre.

— Voilà, dit-elle timidement.

De la surprise se peint sur tous les visages.

Les yeux de ma mère pétillent.

Je crois que je n'ai jamais vu cette robe de ma vie. Je ne me rappelle pas l'avoir choisie ; elle n'était pas dans les propositions de ma mère, j'en suis sûre, je ne l'aurais jamais sélectionnée : pas parce que je ne la trouve pas belle, mais parce que… elle l'est trop. Elle est superbe, mais très rouge. Un rouge profond sur un tissu de soie, avec des motifs d'oiseaux qui s'envolent, tous dans les tons dorés. Elle est magnifique et n'importe qui serait magnifique en la portant.

Debbie a la mâchoire qui se décroche. Sa mère déglutit. Elles pensaient forcément avoir la plus belle robe ; ce n'est pas méchant de leur part, nous avons toujours été beaucoup plus pauvres que leur famille.

Je n'en reviens pas. Cette robe est une folie.

Ma mère me la tend, et je vois qu'elle rougit légèrement.

— Maman… elle est sublime, chuchoté-je.

Elle hoche la tête, me priant d'accepter.

— Allez ! Allez vite vous habiller ! dit Karen en tapant des mains.

J'embrasse ma mère sur la joue, et nous montons dans ma chambre. Face à la joie et à la détermination de Debbie, ma nervosité s'envole, et je décide de faire tout mon possible pour me montrer impliquée.

— Tu te rappelles, Miya, quand on était petites ?

— Bien sûr que je me rappelle. Tu voulais toujours être la Lady et que je sois ta dame de compagnie !

— Arrête, ça ne se passait pas comme ça ! rit-elle.

— Si. Ça se passait exactement comme ça.

— Mais non, c'est toi qui voulais absolument être ma servante !

— C'est ça…

— Bon, sans rire… on y est, maintenant, dit-elle en s'asseyant sur le lit.

Pour la première fois, je sens une note d'inquiétude dans sa voix.

— Ça va bien se passer, Debbie.

— Tu crois ?

— Mais oui, tu es magnifique, tu as les plus beaux yeux de tout le Japon !

— Tu me le jures ?

— Je te le jure !

— Aide-moi, s'il te plaît, dit-elle en essayant de déboutonner sa robe.

— Oui, m'dame *Lady* !

Nous nous habillons pudiquement chacune de notre côté. Je ne sais pas comment sont les autres jeunes de notre classe aujourd'hui, mais pour nous, c'est un jour rempli d'émotions, de peur, de trac, et de joie, aussi. Pendant des années, nous nous sommes préparées à ça. Tous nos jeux, toutes nos discussions tournaient autour de cette Cérémonie. Lorsque j'allais jouer chez Debbie, nous faisions semblant de porter des robes de princesse, de défiler devant la Cour – elle voulait toujours que je fasse l'Empereur ! – et de danser parfaitement le menuet.

— Prête ? demande Debbie.

— Je crois, oui.

— Tadam ! lance-t-elle en se retournant.

— Tu es magnifique, elle te va parfaitement !

Debbie se regarde dans le miroir et lisse le tissu de sa robe ; il est d'un bleu profond, avec des iris sur le bord des manches.

— Ta robe est grandiose, s'exclame Debbie, je suis jalouse de tes manches, elles sont si larges ! Le tombé est impeccable !

— Merci, dis-je, plus gênée que ravie.

Cette robe est ample, la soie caresse ma peau et glisse sur mon corps à chaque mouvement, comme pour me rappeler ce que je dois faire et où je vais. C'est une enveloppe de douceur et de fraîcheur, et je dois admettre que je me sens très bien dedans. Le tissu rouge est si lumineux que l'on dirait qu'il vient d'être peint, et les oiseaux me rappellent que je vais prendre mon envol moi aussi. Je suis sûre que ce n'est pas un hasard si ma mère a choisi ce motif.

Lorsque nous redescendons, des cris d'approbation nous accueillent, mon père les a rejointes et s'incline devant nous avant de préparer son appareil photo. C'est toujours lui qui prend les clichés ; chaque bal, chaque rentrée scolaire, chaque anniversaire… Je ne peux plus compter les photos que j'ai aux côtés de Debbie. Elle est comme une sœur pour moi.

Nous prenons la pause l'une à côté de l'autre, et je dois batailler pour ne pas me dire que c'est la dernière fois que nous sommes ensemble et heureuses.

Dehors, les nuages de la veille ont laissé place à un magnifique soleil. L'air tiède du matin m'emplit les narines, et j'en respire une grande bouffée pour me donner du courage.

Trac.

Appréhension.

Deux émotions qui ne me quittent plus.

Nous attendons sur le perron le père de Debbie, qui doit passer les prendre. J'aperçois les cellules du coin de l'œil, mais je n'ose pas regarder dans cette direction. *Je n'ai pas à m'en faire.*

Leur superbe berline franchit l'allée, faisant crisser les gravillons sous ses roues. C'est dans cette magnifique voiture noire que Debbie arrivera au palais.

Elle me serre dans ses bras avant d'y monter. Elle est magnifique. Elle pétille, et je lis de la joie, de l'excitation et de l'impatience dans son regard.

Je suis tout le contraire.

Le bleu de sa robe me fait penser à l'océan. Sa vie sera parfaite, elle a toutes les cartes en main pour réussir. Elle est brillante à l'école et n'a pas gâché son avenir avec une amourette construite sur un malentendu.

Bonne chance, Debbie.

C'est étrange, je me parle comme si je vivais mes derniers jours. Je n'ai pourtant pas prévu de me suicider.

La cérémonie est un suicide, me souffle une voix dans ma tête.

Ce monde est une erreur.

Deuxième partie

31

Je me penche pour entrer dans la voiture et m'assieds en essayant de ne pas froisser ma tenue. Dire que je suis nerveuse est un euphémisme. Mes mains sont moites, et je n'ose pas les essuyer sur ma robe de peur de la tacher.

Des dizaines de voitures arrivent au palais dans la matinée. Mon père est stressé, il ne cesse de râler après les autres conducteurs ; ma mère reste calme, elle regarde par la fenêtre et ne montre aucune émotion, comme à son habitude.

Un bouchon s'est formé trois cents mètres avant l'entrée du palais, et mon père ralentit. J'essaie d'ouvrir complètement la fenêtre mais elle reste bloquée ; la climatisation est en panne, j'ai peur de transpirer à grosses gouttes et d'arriver trempée, les cheveux collés sur le front.

La queue diminue lentement. Une vingtaine de minutes s'écoule pendant lesquelles personne n'ose parler, comme si prononcer une seule phrase allait changer le cours des choses. Mal à l'aise, je me tords les doigts en priant pour que l'on en finisse au plus vite.

Dehors, des commerçants s'arrêtent pour regarder passer les voitures. Certains nous font signe, des petites filles se hissent sur la pointe des pieds pour apercevoir les futures Ladies et s'émerveiller de leurs robes.

Enfin, c'est notre tour. Trois samouraïs postés devant l'immense portail blanc du palais s'approchent, et l'un d'eux nous demande nos invitations. Après un bref coup d'œil dans la voiture, il nous fait signe d'avancer et de nous garer près de l'aile gauche.

Nous roulons lentement sur une allée interminable de graviers blancs, bordée d'une impeccable pelouse verte – on dirait de la moquette – et de fontaines majestueuses. Tout est magnifique ici, et parfaitement entretenu, comme si chaque gravier était à sa place.

Comme si tout était figé depuis des siècles.

Mon père gare la voiture et nous marchons en direction du palais, toujours dans le plus grand silence. Une femme d'environ cinquante ans nous attend sur les marches de l'escalier. Elle porte un tailleur strict de couleur crème et un foulard en soie jaune autour du cou.

— Bonjour, je suis Takara Yami, dit-elle en nous saluant brièvement, je m'occupe des Ladies pendant toute la Cérémonie. Suivez-moi.

Elle nous emmène dans une pièce bondée où tout le monde attend les instructions. On nous propose un jus de fruits pour patienter, mais je préfère ne pas le boire ; j'ai le ventre tellement noué que je ne pourrai rien garder.

Mes parents échangent quelques banalités avec ceux de Debbie. Je reste près d'eux – je n'ai pas envie de parler aux autres filles –, scrutant la salle à la recherche d'Akemi : j'ai besoin de sa présence à mes côtés pour que tout ça devienne complètement réel, mais je ne le trouve pas.

J'ai l'impression de flotter entre ma vie d'avant et celle qui m'attend. Instinctivement, je me rapproche des fenêtres ; j'étouffe déjà.

Puis j'aperçois Debbie en grande conversation avec Yumi, une fille de notre classe. Je suis toujours assez réticente à l'idée d'entrer à la Cour, mais la présence de mon amie me rassure, elle semble comme un poisson dans l'eau dans ce monde de luxe.

Toutes les filles ici ont l'air nerveuses ; elles se regardent, se comparent, parlent à voix basse. Je sens bien qu'elles sont surprises par ma tenue et chuchotent à mon sujet, mais ça m'est égal maintenant, je me suis habituée à cette robe ; c'est la suite des événements qui me préoccupe.

— Salut, Miya, me dit Gemmna, une fille de ma classe.

— Salut.

— Très jolie, ta robe.

— Merci, la tienne est superbe aussi.

Je sais qu'elle se moque pas mal de mon compliment, mais la politesse veut que je le lui retourne.

— Ton père est toujours chef de la police ?

Je hoche la tête.

— Je me demande ce que ta mère a dû faire pour t'acheter une robe pareille ! lâche-t-elle avant de tourner les talons.

Je mets quelques secondes avant de comprendre ce qu'elle insinue. Quelle peste ! J'espère que je ne serai plus dans sa classe.

Nous attendons que l'on nous explique le protocole. Personne ne sait exactement comment ça se passe, c'est seulement le jour J que nous l'apprenons vraiment.

Michizō, un représentant officiel d'une soixantaine d'années, nous annonce qu'une séance photo va avoir lieu avant que nos parents ne rejoignent la salle de Cérémonie. Il porte un étrange costume trois-pièces rayé beige et rose, et une grosse bague à la main droite qu'il n'arrête pas de faire rouler autour de son doigt.

— Nous avons l'immense honneur d'accueillir cette année, pour la vingtième Cérémonie des visages, le célèbre… photographe… Yoshi Isherwood ! s'exclame Michizō, aux anges.

Les parents applaudissent, les filles sautillent. Apparemment, elles le connaissent, il a dû photographier toutes les stars de la planète.

— C'est le plus grand photographe de mode du Japon, me chuchote une fille.

Je me retourne et reconnais Junko, ma voisine.

— Oh, merci. J'avoue que je ne suis pas très au courant de la mode.

Elle me sourit et rejoint ses parents.

L'excitation est à son comble, les filles prennent la pose sous l'œil expert du photographe, qui leur demande de prendre des positions très précises avec les mains près de leurs visages pour mettre en valeur le masque une dernière fois.

Je suis nerveuse et mes respirations sont devenues si imperceptibles que je me demande si je n'ai pas acquis la faculté de vivre en apnée.

À mon tour.

Clic.

Ça y est. C'est dans la boîte. Le dernier souvenir de mon enfance : mes parents, moi, et mon visage qui partira à la poubelle dans quelques heures.

Puis Michizō annonce que les familles sont priées de se rendre au repas servi dans la salle de réception. Tout le monde s'agite, dernières embrassades mère-fille ; les pères, plus pudiques, se contentent d'une brève accolade.

Je retrouve mes parents. Je voudrais leur demander ce qu'ils en penseraient si je choisissais de renoncer à la Cour, mais je n'ose pas, j'ai le cœur au bord des lèvres.

Mon père me serre fort, je crois qu'il est très ému même s'il fait tout pour le cacher. Ma mère m'embrasse.

— N'oublie pas, Miya, quoi qu'il arrive, je serai là, me chuchote-t-elle dans le creux de l'oreille pour que mon père n'entende pas.

Michizō nous presse, et je n'ai pas le temps de la questionner.

— Mesdemoiselles, écourtez vos adieux, s'il vous plaît ! lance-t-il en tapant dans ses mains, nous avons du travail ! Il ne faut pas faire attendre l'Empereur !

C'est seulement maintenant que je réalise qu'il n'y a que des filles, ici. Les garçons ont dû être reçus dans une autre salle.

Nous quittons nos parents sans savoir quand nous les reverrons ; certaines filles, très émues, ont presque les larmes aux yeux.

Pas moi.

J'ignore pourquoi.

Je flotte au-dessus de la scène et scrute froidement les personnes présentes. Mon regard tombe sur Debbie ; ses yeux brillent d'excitation, elle est magnifique dans sa belle robe bleue, et la voir si heureuse me redonne du courage.

On nous conduit ensuite dans une salle immense où un ensemble de musique de chambre joue une suite de Bach. Une dizaine de baies vitrées nous séparent d'un magnifique jardin fleuri dans lequel des dames de compagnie commencent à installer des tables et des chaises. J'aimerais tant marcher pieds nus sur l'herbe fraîche et retrouver l'innocence de mes sept ans ! À cette époque, rien n'avait d'importance, je vivais pour jouer, tout était si simple.

De retour à la réalité, je remarque qu'il y a des caméras un peu partout dans la salle, ce qui me rend encore plus nerveuse. J'avais oublié que la Cérémonie était diffusée sur les écrans géants de la ville. Quand, petites, nous regardions les images avec Debbie, nous trouvions ça amusant et nos commentaires sur les filles et leurs robes allaient bon train. Aujourd'hui, c'est notre tour, et c'est nettement moins drôle.

Une caméra zoome sur moi. Mal à l'aise, je tourne la tête.

— Ne bougez pas ! Nous voulons des portraits de face, aboie le caméraman.

J'ai l'impression d'avoir reçu une centaine de gifles dans la figure. Je n'ai jamais aimé être prise en photo, encore moins être filmée. Je fais ce qu'il me dit, mais je déteste cette situation. Mes paumes sont tellement moites que je crois voir des gouttes de sueur tomber par terre. C'est ça qu'il veut filmer ?

Ensuite, tout s'enchaîne très vite. Michizō et Takara referment les portes, et deux dames vêtues de kimonos blancs nous demandent de nous aligner en file indienne. On nous explique que la Cérémonie débute sur une danse, et nous passons une heure à apprendre les pas d'un menuet.

— Vous ferez votre entrée à la Cour sur ce menuet de Bach, mémorisez bien les pas, explique Takara d'un air pincé. À la fin de la danse, vous vous posterez en file indienne devant l'Empereur. Répétons maintenant ce moment. (Elle fait un signe de tête aux musiciens.) C'est un instant très solennel, et je vous prie d'observer les règles à la lettre. La beauté de la Cérémonie dépend de la précision de vos gestes, pensez-y ! conclut-elle.

Elle se tient aussi droite qu'un piquet quand elle parle, voire plus, le menton très relevé.

— Ah, j'oubliais ! Comme le veut le protocole, je suis obligée de vous demander s'il y a des demoiselles parmi vous qui ne souhaitent pas participer à la Cérémonie.

Ses yeux sont deux mitraillettes prêtes à tirer sur tout ce qui bouge. Je doute que quelqu'un ait le cran de lever la main.

Des chuchotements s'élèvent de notre groupe. Les filles se regardent, se tournent pour voir si l'une d'entre nous ose sortir du rang ou lever la main.

Je tremble.

Je suis déjà sortie du rang puisque je flotte au-dessus de leurs têtes depuis une heure, mais personne ne semble le remarquer. Je pourrais peut-être m'évader par la fenêtre ?

— Personne ? demande-t-elle d'une voix plus que glaciale.

Alors, une fille fait un pas en avant. C'est Junko.

— Avance ! lui ordonne Takara.

Elle approche doucement, tête baissée. Puisqu'elle refuse de participer à la Cérémonie, elle devra rester masquée et servir la Cour toute sa vie. Les rares personnes qui font ce choix deviennent les dames de compagnie des filles admises en première année.

— Tu es sûre ? poursuit Takara. Tu sais quelle vie t'attend si tu ne participes pas à la Cérémonie ?

Junko hoche la tête.

— Très bien. Michizō, emmène-la !

Ses mots me font l'effet d'un coup de guillotine.

Quand Junko passe à côté de moi, j'ai l'impression qu'elle me regarde. Je voudrais lui dire quelque chose, mais je ne sais pas quoi, je me demande ce qui l'a poussée à faire ce choix. Il est vrai que ses parents ne sont pas très beaux, elle a dû avoir peur d'être laide et envoyée à la Campagne chez les sans-visage. Pourtant, elle a de très bonnes notes à l'école, et je sais qu'elle voulait devenir médecin. Si elle renonce à ses études, elle pourra dire adieu à ses rêves.

— Bien, reprenons, continue Takara. Quand Michizō appellera votre nom, vous sortirez du rang et, de la démarche la plus élégante possible, vous irez vous poster devant l'Empereur. Vous vous agenouillerez jusqu'à ce qu'il vous dise de vous relever. Je vous préviens, ça peut être *très* long. Tenez bon ! Ensuite, vous vous tiendrez debout, immobile, pendant qu'un membre d'honneur ôtera votre masque. Y a-t-il des questions jusque-là ?

— Ça fait mal ? demande Gemmna.

Cette remarque n'est là que pour la couvrir, je suis sûre qu'elle a déjà regardé son visage.

— Non, réplique Takara, agacée. Je continue : une fois le masque enlevé, l'Empereur vous regardera attentivement et prononcera la…

Sentence me vient à l'esprit.

— … décision.

Des chuchotements dans la salle.

— Taisez-vous, ce n'est pas fini ! Vous devrez alors vous tourner devant la salle pour que tout le monde puisse voir votre vrai visage. Un membre d'honneur vous tapera sur l'épaule pour vous indiquer que vous pouvez arrêter et sortir.

Elle nous explique que le couloir de droite mène à la Cour et celui de gauche à la Campagne. J'essaie de mémoriser tout ce qu'elle nous dit, j'essaie, mais j'ai vraiment du mal, je suis dans du coton, tout mon cerveau est vaporeux, et les mots ne semblent plus s'imprimer dans ma mémoire.

Je cherche Debbie des yeux, mais je ne peux plus la voir : elle se trouve dans la même file que moi, à quatre filles d'intervalle.

Pour finir, nous répétons chacune notre tour le protocole, avec tout le ridicule que cela comporte : Michizō fait semblant d'ôter notre masque, et nous nous agenouillons devant Takara, qui jubile dans le rôle de l'Empereur. Seules deux jeunes filles n'y arrivent pas et doivent recommencer plusieurs fois pour obtenir « la précision du geste », comme n'arrête pas de nous le répéter Takara.

Je me demande où est Junko et si ses parents sont au courant de son choix.

Deux femmes entrent et nous proposent de minuscules sandwiches ainsi que des rafraîchissements. J'hésite, puis refuse ; je reste persuadée que je ne peux rien avaler et profite de cette pause pour aller voir Debbie.

— Ça va ? demandé-je.

— Oui, et toi ?

Sa voix tremble et son sourire ne tient pas. Je ne pensais pas qu'elle serait aussi fébrile.

— Debbie, tu n'as pas à t'en faire, c'est toi la Lady, O.K. ?

Elle sourit et glousse légèrement.

— Merci, Miya.

Le quatuor cesse de jouer.

Michizō nous fait savoir que c'est l'heure. Nous nous rassemblons toutes derrière la porte dans un brouhaha de tissus et de talons hauts, et attendons le signal pour entrer.

Le silence tombe.

Comme un couperet.

32

Les musiciens entrent les premiers et s'installent au fond de la salle.

Nous entendons à travers les portes les applaudissements de nos familles qui ne font qu'accroître notre stress. Les premières notes de musique résonnent, et Takara nous fait signe d'entrer chacune notre tour pour nous poster en ligne face aux spectateurs.

La Cérémonie commence.

Nous avançons sous les regards du public et de milliers de personnes qui regardent la Cérémonie sur les écrans géants de la ville. Les caméras sont braquées sur nous, les projecteurs nous éblouissent, mais nous devons garder le sourire et avancer sans montrer notre gêne.

Nous sommes parfaitement alignées au moment où le quatuor à cordes termine son morceau.

Le public applaudit chaudement.

J'aperçois mes parents assis au deuxième rang, à côté de ceux de Debbie. Puis les musiciens entament le menuet, et nous commençons à danser.

Mon cœur bat trop fort. Je me sens mal. Comme je n'ai rien mangé depuis hier soir, je suis toute cotonneuse et m'imagine en train de m'évanouir en pleine Cérémonie. Ce serait ridiculement terrible.

L'Empereur, un homme d'une quarantaine d'années, est assis sur un élégant fauteuil doré dont le cuir beige semble prêt à craquer tellement il est rebondi. Son kimono d'un blanc immaculé contraste avec ses longs cheveux noirs, qu'il porte laqués et relevés sur la tête. Il nous regarde danser avec un visage qui ne laisse paraître aucune émotion. À ses côtés, M. Rawk, vêtu d'un kimono noir, la main posée sur son sabre, prêt à nous couper la tête au moindre faux pas. Je suis ravie de ne pas devenir sa belle-fille, au moins un point positif dans tout ça.

Nous dansons le plus gracieusement possible. Je voudrais que le menuet dure encore, mais les musiciens plaquent les dernières notes, et le silence retombe sur la scène.

Nous nous plaçons de nouveau en file indienne sous l'œil critique de Takara. Un léger rictus sur son visage indique que nous avons réussi à faire un alignement précis.

Je me tiens droite, une ligne imaginaire traverse mon corps de la tête aux pieds. J'essaie de respirer calmement et d'être le plus docile possible, même si à l'intérieur de moi, tout remue.

Michizō nous appelle d'une voix atone. La première fille à s'élancer est Gemmna. On sent bien à sa façon de se tenir qu'elle a une haute estime d'elle-même.

Elle s'agenouille comme convenu devant l'Empereur qui la regarde un instant avant de lui toucher l'épaule pour lui indiquer qu'elle peut se relever. Alors, Rawk avance et lui ôte le masque pour le tendre à Michizō, qui se tient juste derrière, un grand panier en bambou dans les mains en guise de poubelle.

Le premier masque est jeté. Toute l'assemblée retient son souffle.

Gemmna est belle. L'Empereur sourit. Sa voix résonne :

— Bienvenue à la Cour.

Elle se tourne fièrement devant le public qui applaudit. Les caméras zooment sur son visage. Ses parents ont l'air si émus et si soulagés que j'en oublie mes mauvaises pensées. Rawk vient lui toucher l'épaule, et Gemmna part presque en sautillant vers le couloir de droite.

Les choses se déroulent de la même façon pour la deuxième et la troisième candidate.

La quatrième fille est belle, mais se trompe de couloir. Takara manque s'étrangler. Le protocole continue.

J'ai des fourmis dans les jambes. Je rêve de m'asseoir. Rien qu'une seconde, une seule seconde, ce serait merveilleux.

Cinquième fille, sixième, septième, huitième…

Et si j'étais laide ? Si Wallace n'avait pas osé me dire la vérité ? Ça expliquerait pourquoi il était si froid.

— Campagne ! déclare l'Empereur avec indifférence.

La pauvre fille se voûte, elle ne s'attendait pas à ça. Il est très rare de ne pas être admise : maintenant que les naissances sont génétiquement modifiées, la laideur n'existe presque plus, sauf pour les anciennes générations.

Je vois ses épaules trembler, elle doit se tenir debout devant toute l'assemblée. Les minutes semblent exploser. Même si je ne la connais pas, j'ai beaucoup de peine pour elle, et Rawk ne lui fait pas de cadeau : il la laisse affronter le regard du public pendant de longues minutes.

Je ne vois pas bien, mais je crois que son nez est très étroit et ses yeux trop rapprochés, ce qui lui donne un petit air de fouine.

Il fait de plus en plus chaud ou est-ce moi qui me sens de plus en plus mal ? C'est dur de tenir debout pendant des heures sans rien dans le ventre. J'aurais dû manger l'une de ces miettes censées être un sandwich.

Enfin, la pauvre fille est priée de sortir par la gauche. Un silence nous écrase tous, mais Takara fait signe d'enchaîner rapidement, et Michizō appelle la suivante.

— Belle !

— Belle !

— Belle !

— Belle…

L'atmosphère se détend à nouveau. C'est une succession de jolies filles, et l'Empereur retrouve le sourire.

Au tour de Debbie.

Elle avance d'un pas mal assuré tandis que Takara grimace devant son manque de grâce. Puis elle s'incline devant l'Empereur qui la fait attendre longtemps, comme pour la punir d'avoir manqué de précision.

Tout remue dans mon ventre. Ça remue et ça remonte. J'en ai assez, j'ai envie d'arracher mon masque et de dire à Debbie qu'elle peut se relever, mais c'est impossible. Les choses ne peuvent pas se passer comme ça.

Lorsqu'elle se redresse et que Rawk lui ôte le masque, je vois de la terreur sur le visage de l'Empereur.

Non. C'est impossible. Pas Debbie.

— Campagne ! hurle l'Empereur avec mépris.

Mon cœur se décroche.

Tout explose à l'intérieur de moi.

C'est inconcevable. Pas mon amie. Pas Debbie. Elle ne vit que pour son entrée à la Cour depuis qu'elle est en âge de parler.

Un cri d'angoisse déchire la salle, tout le monde se retourne : c'est Karen, sa mère.

Debbie se place face au public, ses épaules commencent à trembler, et, pour la première fois de sa vie, elle se met à pleurer. Du coin de l'œil, j'aperçois les gens dans la salle qui grimacent ou baissent les yeux tandis qu'elle sanglote et secoue la tête comme pour dire non.

Puis elle fait un pas en arrière.

Rawk a un léger sourire, on dirait qu'il prend plaisir à faire durer ce moment.

« Ça suffit ! » ai-je envie de crier. Ça dure trop longtemps, et Debbie est obligée de se tenir face au public, face à ses parents qui ont le visage déformé par la surprise et la honte ; pire, je crois voir une lueur de dégoût dans leur regard.

Je ne comprends pas. Elle ne peut pas être laide à ce point.

Enfin, Rawk vient taper sur son épaule pour qu'elle parte, pour toujours, loin de ce palais où les personnes doivent impérativement être belles.

Mais Debbie ne bouge pas.

Une,
deux,
trois secondes suffisent à noyer la salle.

Il tape une seconde fois, plus fort.

Elle reste immobile, le visage couvert de larmes aussi grosses que des gouttes de pluie qui commencent à mouiller le haut de sa robe. Des larmes de tristesse, d'horreur et de peur. Rawk lui ordonne de partir, mais elle refuse encore une fois et l'écarte d'un geste vif. Surpris, il est déséquilibré une seconde et manque de tomber dans le panier contenant les masques. La foule s'agite, des murmures réprobateurs s'élèvent de la salle, deux gardes s'approchent pour l'emmener de force, mais elle s'écroule par terre et ils ont du mal à l'attraper.

C'est horrible.

Takara est à deux doigts de faire une syncope, son front se durcit, une veine palpite sur sa tempe, et je vois qu'elle n'ose même pas regarder tellement le spectacle manque d'esthétique et de « précision ».

Debbie se débat, elle secoue la tête et pousse un cri si rauque qu'il semble venir directement des entrailles de la terre. Elle ne calcule plus, ne s'occupe plus de l'étiquette, du maintien, ou de l'esthétique : elle est rouge, le visage gonflé par les larmes, et, plaquée au sol, elle hurle comme un animal.

L'espace d'une seconde, j'aperçois son visage. Sa peau est recouverte de boutons, de plaques rouges, de taches marron ou violettes qui suintent comme si quelque chose avait moisi sous ce masque.

Et je suis plantée là, impuissante, à voir mon amie déchirée par la tristesse, traînée brutalement par les gardes, jetée dehors comme un vulgaire sac-poubelle : elle n'est pas digne d'être ici.

« Campagne ! » a hurlé l'Empereur.

Campagne, c'est pourtant un joli mot. C'est comme ça qu'ils trompent tout le monde. Ils auraient pu dire poubelle, mais alors, tout le monde aurait compris et les gens se seraient révoltés. Campagne, c'est mieux. Pourquoi Debbie se plaindrait-elle puisqu'elle va partir vivre à la Campagne ?

Sa mère sort en pleurant. Ce monde me dégoûte.

Encore deux candidates et c'est mon tour.

Je voudrais rejoindre Debbie. Je ne veux pas de cette élite de la beauté.

Je n'ai pas à m'en faire.
Je n'ai pas à m'en faire.
Je n'ai pas à m'en faire.

— Miya Saito !

J'ai l'impression d'être appelée pour l'abattoir.

Ils ne m'auront pas.

Mes parents, encore sous le choc, me font un léger sourire d'encouragement. J'avale ma salive et essaie de recouvrer mon calme en pensant à un lac tranquille, en vain. J'avance avec toute la grâce dont je suis capable sous les faibles applaudissements du public en pensant au jeu que ma mère m'imposait quand j'étais petite pour que j'apprenne à me tenir droite : je devais faire le tour de la maison avec un livre sur la tête sans le faire tomber. J'imagine les livres sur mon crâne, mais ils m'écrasent. Il y a trop de poids sur ma tête. J'étouffe. J'étouffe. J'étouffe. Je voudrais desserrer un peu l'encolure de ma robe, mais je ne peux pas. Mes jambes font ce qu'elles peuvent, elles sont en coton ou en béton, je ne sais plus bien, et j'avance, le cœur battant.

Je m'incline devant l'Empereur qui me fait attendre trop longtemps. Les muscles de mes cuisses me brûlent, mon estomac gargouille, et je suis à deux doigts de tomber. Enfin, il m'indique de me relever, et Rawk s'approche.

Je hais cet homme. Des images de lui en train de trancher la tête de la pauvre femme me parviennent, puis je vois le visage déformé de Debbie rouler par terre dans une mare de sang.

Je ferme les paupières un instant. Tente de recouvrer mes esprits, mais l'angoisse me tord l'estomac, et j'ai envie de vomir. Je vais vomir sur un membre d'honneur. Je dois me ressaisir.

Je n'ai pas à m'en faire.

Mes parents ont les yeux braqués sur moi. Ils attendent de moi que je sois parfaite, que je sois la petite Miya qui obéit, la petite Miya qui récite ses leçons, la petite Miya qui marche avec des livres sur la tête, qui fait tout ce qu'on lui dit et qui boit de la poudre le matin dans son thé.

J'essaie de me contenir, j'essaie, j'essaie… de toutes mes forces. Je veux leur faire plaisir, je voudrais… *oh ! comme je voudrais !* leur faire plaisir… mais l'étincelle qui s'est allumée au fond de moi l'autre jour a pris de l'ampleur, et je ne sais pas comment l'éteindre. J'aime profondément mes parents, mais je sens que ça bouillonne au fond de moi, que ça monte, ça monte, ça monte, et que je vais vomir.

Je vomis un mot :

— Non !

Rawk est surpris et me décoche un regard foudroyant. À nouveau, des mouvements et des cris de surprise dans le public.

Après une seconde qui appuie de toutes ses forces sur mes épaules, l'Empereur se lève et se poste devant moi. C'est une première qu'il descende de son fauteuil pendant une Cérémonie.

—J'ai changé d'avis, dis-je le plus respectueusement possible pour limiter les dégâts.

—Vous me faites perdre mon temps, rétorque-t-il, les dents si serrées que je peux presque les entendre grincer.

Je retrouve un peu de lucidité et m'incline.

—Je suis désolée, je préfère servir la Cour, ce serait un honneur pour moi.

—Tu es la fille d'Ichiro Saito ?

—Oui.

Il hésite. Le public retient son souffle.

—Par respect pour ton père, j'accepte. Qu'il soit fait selon son souhait. Emmenez-la !

Rawk recule, les poings serrés, il me déteste et aurait bien voulu m'envoyer à la Campagne, loin de son fils.

Je quitte la salle de Cérémonie dans un silence de mort. J'ignore si je dois sortir à gauche ou à droite. J'ose un regard vers Takara qui me fait signe de m'éclipser rapidement par la gauche.

Je passe la porte et reçois deux choses en pleine figure : une bouffée d'air et la prise de conscience de ce que je viens de faire. Il est trop tôt pour me demander si j'ai fait le bon choix ; je n'avais rien prémédité, je l'ai fait, c'est tout. Parce que je n'en pouvais plus. Parce que je ne pouvais pas aller plus loin dans cette mascarade.

Je suis conduite dans une petite salle où se trouve Junko. On nous explique qu'à la fin de la Cérémonie, nos parents seront autorisés à venir nous parler pendant cinq minutes.

Nous nous regardons timidement à travers nos masques ; nous ne saurons jamais ce qu'il y a dessous. C'est peut-être mieux comme ça.

Elle veut savoir ce qui est arrivé à Debbie, mais je n'ai pas envie d'en parler. J'esquive habilement la question et lui demande ce qui l'a poussée à refuser la Cérémonie.

— Ça fait longtemps que nous y pensons, avec mes parents. Ils avaient peur que je sois laide et envoyée à la Campagne, ce qui aurait été pire pour nous puisque ça signifie ne plus jamais se revoir. Je pense que c'est un honneur de pouvoir servir la Cour. Au bout de quelques années d'ancienneté, j'aurai quelques jours de congé et je pourrai aller les voir une fois par semaine.

Des applaudissements nous parviennent de la salle et nous indiquent que la Cérémonie est terminée. Des bruits de chaise, des cris de joie, des rires. Puis, tout redevient calme. Immobile.

Quelques minutes s'écoulent avant que nos parents n'arrivent.

Je me demande comment les miens vont réagir. C'était ma décision, pas la leur. Je n'avais rien prévu et je n'ai pas pu les préparer à cette situation.

Ils entrent.

Je vois tout de suite à ses traits crispés que mon père m'en veut. Il ne s'approche pas de moi et reste devant la porte pendant que je parle à ma mère, le cœur piétiné.

— Miya, pourquoi as-tu fait ça ?

— Je ne veux pas devenir comme ça.

À cet instant, je ne sais pas si je parle des personnes à la Cour ou des sans-visage. Peu importe. Ce n'est pas blanc ou noir, c'est gris que je choisis. Il y a toujours un entre-deux possible et c'est mon choix.

Ma mère me donne un sac d'affaires et me serre dans ses bras. Je ne sais pas si, quand elle disait qu'elle serait toujours là pour moi, ça englobait aussi ce choix.

Je regarde mon père. Il baisse les yeux. Déçu.

— Papa, dis-je, la voix brisée, en tendant la main vers lui.

Mais il ne vient pas.

Et il tourne la tête.

— Ça lui passera, finit par dire ma mère en me passant la main dans les cheveux.

Elle m'embrasse une dernière fois.

— Prends soin de toi et donne-nous de tes nouvelles dès que tu le pourras, ajoute-t-elle avant de le rejoindre.

Mes yeux s'embuent de larmes. Je les retiens de toutes mes forces, je les bloque et les étouffe à l'intérieur de mes canaux lacrymaux.

Je veux assumer dignement les conséquences de mon choix.

33

Wallace

Je l'ai vue deux fois.

La première fois, j'ai eu peur. Il y avait comme un décalage entre son visage et ce que je percevais. Il m'a fallu un peu de temps pour comprendre qu'elle portait un masque. Un masque imperceptible qui épouse les traits du visage comme une seconde peau, mais qui ne laisse rien paraître des traits qui se cachent dessous. Rien.

Ces masques leur permettent de bouger les muscles, d'avoir des expressions, de sourire, de grimacer… comme un vrai visage. Comment une simple feuille de Kératex peut-elle autant induire en erreur ?

Elle m'a expliqué que ces masques étaient beaux et créés par ordinateur pour être tous légèrement différents afin d'avoir une identité propre, mais égale en beauté.

Drôle d'idée, me suis-je dit. Et puis, j'ai pensé à mon monde. J'ai pensé que des filles trop belles sont la proie de maniaques, que des hommes les violent, que d'autres en font le commerce.

J'ai pensé que les personnes moins belles ont du mal à trouver un travail, un conjoint et même des amis. Qu'elles se sentent inférieures et doivent avoir beaucoup plus de courage que les autres puisque rien ne leur est donné facilement. Elles deviennent souvent amères et jalouses, ce qui mène encore à de la violence.

L'idée de vivre dans un monde où l'égalité est maîtresse est le rêve de toute nation, mais aucune ne peut réussir ça.

Personne, sauf si l'on y met le prix. Un prix qui est pire que toutes les injustices de mon monde.

Je suis prisonnier d'un pays qui a dicté ses propres règles pour anéantir la différence. Et le pire, c'est que tout le monde y croit. Elle est même persuadée de vivre dans un monde agréable, Miya.

La deuxième fois que j'ai vu son visage, j'ai encore eu peur. Peur de ce qu'ils pourraient lui faire s'ils la voyaient telle qu'elle est vraiment.

34

Nous suivons Michizō dans un interminable couloir.

D'immenses fenêtres drapées de rideaux en velours aux couleurs baroques renvoient la lumière du jour, et une odeur d'encens alourdit l'air. Un silence feutré et pesant fait résonner nos pas. Personne n'ose parler.

Au bout du couloir, nous descendons un escalier étroit en colimaçon qui, en quelques marches, nous emmène dans un monde bien loin du luxe du palais. Tout est gris et brut, ici : le sol est en béton, les murs sont recouverts d'un simple crépi jauni par les années, le plafond s'effrite par endroits. L'éclairage se tarit au fur et à mesure que nous descendons, et une forte odeur d'humidité s'enroule autour de nous, imprégnant déjà nos vêtements.

Un dernier couloir – très étroit, cette fois – mène à nos chambres. Des visages masqués apparaissent aux embrasures des portes, les filles nous observent, et leurs regards me donnent froid dans le dos.

Ici, il n'y a plus la lumière du jour, seules quelques ampoules qui fonctionnent encore éclairent le couloir. Plus de fenêtres, plus de portes, plus d'ouvertures sur l'extérieur ; on dirait que nous sommes piégées six pieds sous terre. Je me demande si les garçons qui ont conservé le masque sont aussi mal traités. Ils doivent être logés dans l'aile droite du palais.

J'entends Junko renifler, et ça me fait de la peine. Moi, je n'ai pas peur, j'échappe à la vie au palais et à la vue de Sakirō, c'est tout ce qui compte.

— C’est ici que vous logerez, annonce Michizō. Pas de jalouses, les chambres sont toutes identiques. Vous avez chacune une penderie avec toutes les tenues dont vous aurez besoin pour le service. Je vous laisse vous installer et je reviendrai tout à l’heure vous expliquer la suite.

J’entre dans la première chambre libre. Je ne sais pas si je dois rire ou pleurer. De toute ma vie, je n’ai jamais vu un endroit aussi sale et… petit. J’entends Junko renifler de l’autre côté de la mince paroi, et la rejoins.

— Eh, Junko…, dis-je en m’asseyant près d’elle sur le lit. Sèche tes larmes ou ils vont venir te faire une injection.

Elle veut me parler, mais ses sanglots grossissent et l’étouffent.

— C’est affreux, dit-elle, je ne m’y habituerai jamais !

Quelqu’un s’approche de nous.

— Qu’est-ce que tu croyais, *princesse* ? Tu t’attendais à un palace ?

Je me retourne et aperçois une fille un peu forte en habits de servante, appuyée contre l’embrasure de la porte.

— Moi, c’est Peggy. Bienvenues en enfer !

Sa voix résonne, pleine d’amertume et de cynisme.

— Ça va, Peggy, laisse-les, lance une autre fille.

Je la reconnais et m’exclame :

— Lila, c’est toi ?

— Miya ? Mais qu’est-ce que tu fais là ? demande-t-elle, incrédule, en regardant mon badge.

— Bah…

Lila a deux ans de plus que moi, c’est une fille sympa, nous étions dans le même lycée. Je ne savais pas qu’elle travaillait ici.

— Il faudra que tu me racontes tout ça…

Peggy repart en ricanant.

— Elle n’est pas méchante, enchaîne Lila, elle est juste… Je crois qu’elle n’a pas eu une vie facile. Le mieux, c’est de l’ignorer si tu ne veux pas avoir d’histoires. Et cette fille ?

— C'est Junko, c'est… c'était ma voisine. Elle a du mal, elle a perdu une vie merveilleuse…

— On a toutes perdu une vie merveilleuse. C'est toujours mieux que d'aller chez les SV. C'est pas terrible ici, mais c'est mieux que rien. On s'y fait, tu verras. Sèche tes larmes, Junko, Michizō va bientôt arriver et il n'aime pas les pleureuses.

— Qu'est-ce qui va se passer, maintenant ? demandé-je, un peu anxieuse.

— Tu vas devoir dire adieu à ta belle robe et passer une tenue de semaine, dans le placard.

— Et ensuite ?

— Ensuite, Michizō va venir et il vous attribuera une Lady. Dans le jargon, on dit plutôt une « Baby ».

— Une *Baby* ?

— Oui, c'est comme ça qu'on les appelle, parce qu'une fois là-haut, tu verras qu'elles ne savent pas plus s'occuper d'elles qu'un nouveau-né !

— Ça n'a pas l'air dramatique.

— Non, enfin… ça dépend sur qui tu tombes. Tu dois être disponible vingt-quatre heures sur vingt-quatre pour elle, te plier à toutes ses volontés même s'il s'agit de lui masser le dos à deux heures du matin ou de lui trouver des fraises en plein hiver. Un dernier conseil : soyez discrètes, ne faites pas d'histoires. Il faut se fondre comme des ombres, c'est comme ça que l'on s'appelle entre nous.

Junko ravale un dernier sanglot.

— Je dois aller me préparer, soupire Lila.

— Oui, moi aussi, dis-je en regagnant ma chambre.

Une ombre.

Voilà ce que je vais devenir.

J'ouvre le placard de la penderie ; il y a une paire de ballerines noires, des chemises, six robes longues grises identiques et une blanche. Probablement les six jours de la semaine et la blanche pour le dimanche ou les cérémonies spéciales.

J'enlève ma robe, la soie glisse une dernière fois sur ma peau, et j'enfile un habit de domestique. Le contraste est frappant ; le tissu est rêche, il gratte, et c'est affreusement laid.

Michizō arrive dans le couloir et nous appelle pour nous attribuer des filles ; je serai la dame de compagnie de Gemmna ; Junko celle de Kate, une fille de Kamakura qui n'était pas dans le même lycée que nous et qui redouble sa première année.

— Par ici, mesdemoiselles, dit Michizō.

J'inspire.

Je suis prête. C'est toujours mieux que de devenir une SV.

Nous remontons l'escalier en colimaçon, traversons le couloir aux rideaux baroques et tournons à droite.

— Voici la salle de réception, annonce Michizō. C'est ici que les membres de la Cour prennent leurs repas. Vous commencerez votre service dès ce soir.

Deux énormes tables rectangulaires se font face, et toutes les chaises sont drapées de voiles blancs. D'immenses lustres suspendus à un plafond laqué beige éclairent la salle – leurs cristaux scintillent et reflètent les derniers rayons du soleil sur le sol en marbre –, et les vases posés sur les tables débordent de fleurs. Du luxe, du luxe, et du luxe.

— Les cuisines sont juste derrière, dit Michizō en désignant une porte à gauche du couloir.

Nous quittons l'impressionnante salle de banquet et la visite continue ; il nous dirige vers un immense escalier en pierre qui nous emmène au premier étage.

— C'est ici que se trouvent les appartements des Ladies. Leurs prénoms sont inscrits sur les portes, comme vous pouvez le constater, et je vous invite à repérer la vôtre afin de ne pas perdre de temps tout à l'heure quand elles vous appelleront.

Je me demande où elles sont. Probablement sorties dans le parc, avec ce temps magnifique. Ici, il fait frais, et même si le soleil brille dehors, l'épaisseur des murs du palais transforme les couloirs en chambre froide.

Gemmna, j'ai repéré sa chambre ; facile, c'est la dernière du couloir.

Je vois Junko qui cherche encore et je l'aide discrètement à trouver la sienne.

— Voici vos cartes magnétiques. Elles vous permettront d'ouvrir les chambres et de recevoir les appels des Ladies par un simple bip, explique Michizō. Vous devrez faire le ménage tous les matins pendant l'heure du petit déjeuner et vous ne toucherez leurs affaires personnelles qu'avec des gants. Ensuite, vous apporterez votre aide en cuisine.

Ménage, vaisselle, service... Un avenir bien différent de celui auquel je rêvais. J'espère que nous aurons tout de même des moments de liberté, je pourrai peut-être lire les livres que j'ai apportés et apprendre l'histoire de mon côté.

— Vos après-midi sont libres puisque les Ladies sont en cours, mais vous devez quand même rester disponibles. Vous avez à votre disposition un salon où vous pouvez vous détendre et vous retrouver. C'est aussi là que vous dînerez.

Il nous tend des badges avec notre prénom inscrit dessus.

— Vous devrez toujours les porter, les Ladies ne sont pas censées se rappeler vos prénoms.

À cet instant, un martèlement de talons nous provient de l'escalier : elles approchent. Il y a des rires, des chuchotements, des mots qui résonnent plus fort que d'autres contre les murs. Lorsqu'elles arrivent à notre hauteur, certaines nous saluent, d'autres ne nous regardent même pas et entrent en riant dans leurs chambres.

Ce sont les mêmes filles qui étaient au lycée avec moi il y a quelques jours, sauf que je ne les reconnais pas, j'ai à peine vu leur vrai visage pendant la Cérémonie.

Elles sont toutes très belles et pleines d'assurance. À peine ont-elles refermé les portes de leurs chambres qu'un concert de bips retentit.

Des dizaines de dames de compagnie arrivent, nous sommes toutes appelées et nous nous bousculons dans le couloir pour entrer rapidement dans nos chambres respectives.

J'accroche mon badge.

J'éteins ma carte, qui s'est mise à sonner.

Et je frappe.

35

— Entre !

Je pousse la porte et arrive dans un petit vestibule qui donne sur sa chambre. Les murs sont parés de papier peint bleu turquoise, et une moquette grise d'une épaisseur hors norme recouvre le sol. Je n'ai jamais vu une chambre aussi luxueuse et aussi lumineuse. Elle est entièrement décorée dans un style occidental avec des meubles en bois laqué blanc qui ont dû coûter une fortune. Des corbeilles de fruits et de sucreries en tous genres recouvrent presque la totalité de son bureau, et il y a déjà des papiers de bonbons et de chocolats qui traînent par terre ou sur la table de nuit.

Gemmna est assise sur son lit, l'air éreinté. Elle est blonde, ses traits sont fins – surtout son nez –, et ses yeux bleus font ressortir son teint de porcelaine. Elle a exactement le visage que j'imaginais.

Derrière elle sont entassées des dizaines de valises pleines à craquer ; certaines, déjà ouvertes, débordent de vêtements de luxe qui s'étalent sur la moquette. Elle a dû dévaliser tous les magasins du Japon avant de venir.

— Miya, bien… Je me contenterai de toi, soupire-t-elle, ôte-moi mes chaussures, tu veux. Il fait une chaleur incroyable dehors, et mes pieds ont gonflé.

Je n'aime pas le ton qu'elle prend avec moi. Oui, je suis sa dame de compagnie, mais j'étais, il y a quelques heures, une lycéenne comme elle.

— Très bien, dis-je en m'efforçant de garder mon calme.

— C'est inutile de me répondre, fais ce que je te demande, c'est tout ce qui m'intéresse.

La colère bouillonne déjà en moi. Je me demande si je vais réussir à la supporter. Il le faudra bien ; de toute façon, je n'ai plus le choix.

— Aïe ! Tes mains sont brûlantes ! gémit-elle.

— Désolée.

Je sais. Enfin, non, je ne sais pas. Depuis quelque temps, lorsque je suis en colère, mes mains se mettent à chauffer comme si elles brûlaient de l'intérieur. Ensuite, elles me démangent tellement que je dois me gratter jusqu'au sang.

— Il va falloir que tu t'habitues, Miya. Tu n'es plus rien, ici, tu sais. Mais tu peux être heureuse d'être tombée sur moi, ajoute-t-elle en enlevant sa robe sans aucune pudeur.

Heureuse avec elle ? Alors les autres, ça doit être quelque chose !

Gemmna a toujours été jalouse de moi parce que je sortais avec Sakirō, je suppose qu'elle sera ravie d'apprendre qu'il est à nouveau libre.

— Ne reste pas plantée là ! Aide-moi à me préparer.

J'essaie d'éteindre le feu qui monte en moi ; j'essaie, je verse des seaux d'eau, je jette des serpillières humides, j'arrose, j'arrose, j'arrose, mais ça ne sert à rien, la colère s'enroule autour de mon cou et me serre la gorge avec une intensité féroce.

Je prends sur moi et l'aide à passer sa robe de soirée ; une robe bustier longue et fluide dans une couleur orangée. Je tiens le tissu du bout des doigts pour qu'elle ne sente pas la chaleur de mes mains. Elle est magnifique – la robe. Les traits de Gemmna sont très beaux, c'est sûr, mais il y a quelque chose en elle qui gâche le tableau.

— Qu'en penses-tu ? me demande-t-elle.

— Je croyais que je n'avais pas le droit de parler ?

— Attention, Miya, tu pourrais payer pour ton insolence. Tu ferais mieux de ne pas trop la ramener, sinon j'irai me plaindre à l'Empereur.

— Qui te dit que tu seras autorisée à lui parler ?

— Je vais le séduire, c'est évident, affirme-t-elle en faisant tourner sa robe.

Elle s'approche du miroir et s'immobilise.

Je me demande ce qu'elle fabrique.

Elle plisse les yeux, pousse ses lèvres en avant comme pour se faire une plus grosse bouche. Je crois qu'elle s'observe. Elle est tellement ridicule !

Je file en cuisine, laissant Gemmna se contempler. Elle est si absorbée par son image qu'elle n'a même pas remarqué mon départ. Si c'est ça avoir un visage à soi, ça ne m'intéresse pas. Avec les masques, personne ne perdait son temps à se regarder, ça ne nous venait même pas à l'esprit de nous arrêter devant un miroir, encore moins d'y passer du temps à ne rien faire.

À peine arrivée dans les cuisines, j'étouffe déjà ; la chaleur ici est presque suffocante et contraste vraiment avec la froideur des couloirs.

J'avance vers Junko, qui essuie une pile d'assiettes, en tirant sur l'encolure de ma robe pour gagner un peu de fraîcheur.

— Ça va ? Tout s'est bien passé avec la tienne ?

— Kate, chuchote Junko. Oui, très bien.

— Tant mieux, rétorqué-je.

Son ton semble forcé, j'ai l'impression qu'elle ne veut pas vraiment en parler.

— Ta princesse, elle est mal tombée, si tu veux mon avis, me lance Peggy, qui lave la vaisselle à côté.

— Ça va, réplique Junko.

— Cette peste de Kate, c'est la pire ! continue Peggy en frottant une casserole de toutes ses forces. Je l'ai eue, moi aussi. Oh ! Elle m'en a fait baver, et je suis pourtant une dure à cuire ! Alors, ta Junko, elle ne va en faire qu'une bouchée !

Cette fille me met mal à l'aise, mais je n'ai pas le temps de m'apitoyer : il nous reste seulement une demi-heure pour manger avant de commencer le service.

Nous rejoignons toutes notre « salon », qui est en fait une salle toute simple, sans peinture ni rideaux, avec de grandes fenêtres donnant sur le parc. Je m'approche et regarde au-dehors ; ça ne fait que quelques heures que je suis ici, mais j'ai l'impression de n'avoir pas vu la lumière du jour ni respiré une bouffée d'air frais depuis des siècles.

Je m'assieds à côté de Junko, et Lila nous rejoint.

— Ça va ? demande-t-elle.

— Oui. Gemmna n'a pas l'air commode, mais bon, rien de grave. Et toi ?

— Ça va. Je suis avec Saika cette année, elle a l'air vraiment sympa. J'espère qu'elle ne changera pas trop.

Un rire nous provient de la table d'à côté.

Peggy.

Elle déjeune seule et ajoute :

— Elles changent toutes !

Lila tourne la tête et me fait signe de ne pas m'occuper d'elle.

Je note qu'elle n'a pas ôté ses gants pour manger, Lila s'en aperçoit et me chuchote :

— Elle a été brûlée il y a longtemps… Ses parents sont morts dans l'incendie. Je crois qu'elle est au palais depuis qu'elle a treize ans.

Alors, mon sentiment de malaise pour Peggy se transforme en tristesse, et je comprends mieux pourquoi elle est si dure.

— Et toi, Junko ? demande Lila.

— Je suis avec Kate, bredouille Junko, qui semble toujours au bord des larmes.

Nous prenons un repas sommaire. Puis Michizō nous prie de venir pour commencer le service.

Je concentre toute mon attention sur les plats que je dois servir : les assiettes sont trop chaudes, elles me brûlent les doigts, et je lutte pour ne pas tout renverser.

Chacune sert les plats de sa Lady. Le repas se passe sans problème, les filles bavardent d'un côté, les garçons de l'autre. Dan, Chris, Akemi… doivent être ici, mais je ne sais même pas à quoi ils ressemblent ; je ne sais pas à quoi ressemble mon meilleur ami.

Je sens des regards braqués sur moi. Je ne relève pas la tête, je ne veux pas les voir, pas maintenant, je veux juste tirer un trait sur mon passé. Plus rien n'existe désormais, je suis devenue l'ombre de Gemmna dans un monde rempli de visages inconnus. En une journée, j'ai tout perdu : ma famille, ma maison, mon avenir et l'amour de ma vie. Il ne peut plus rien m'arriver, mon destin est tout tracé. Plus de rêves, plus d'espoir, plus de liberté. De corvée en corvée, je vais me vider de toute substance. Ils vont nous presser jusqu'à ce qu'il n'y ait plus la moindre goutte de vie en nous, et alors, nous deviendrons aussi grises et aussi fripées que nos robes.

Un jour, je serai vieille.

Un jour, je regretterai toute ma vie.

Je me demande ce que deviennent Wallace et Debbie. J'ose rêver et les imaginer heureux et libres, profitant de la vie comme ils le souhaitaient ; Wallace écoutant de la bonne musique, et Debbie avec une garde-robe à faire pâlir toutes les princesses du monde. Ça me fait du bien de rêver, même si c'est peu probable.

Le service et la vaisselle terminés, je prie pour que Gemmna n'ait plus besoin de moi ce soir : je suis trop fatiguée pour la supporter, j'ai mal aux jambes d'être restée debout toute la soirée à servir les plats et à attendre pour débarrasser.

Nous descendons l'escalier qui mène à nos chambres, ou plutôt à nos cellules, en silence. Toutes les filles sont exténuées, et nous n'avons qu'une seule idée en tête : dormir.

— Où est Junko ? demandé-je.

— Kate l'a appelée, me répond Lila. Elle avait envie d'un bain et d'un massage.

C'est injuste, Junko a mérité de se reposer ; cette première journée a été plus qu'éprouvante tant au niveau physique que psychologique : c'est un énorme changement pour nous et nous n'avons même pas le temps de nous y faire.

Je salue Lila et m'écroule sur mon lit sans prendre la peine de me déshabiller. Le sommeil me gagne immédiatement, mais je me réveille un peu plus tard en grelottant. Je fouille dans le placard à la recherche de quelque chose de chaud qui pourrait me couvrir.

En vain.

Je me recouche et tire au maximum la couverture élimée sur mon ventre.

Je vais m'habituer.

36

Lorsque le réveil sonne, j'ai l'impression que je viens juste de m'endormir.

Il me faut quelques secondes pour me rappeler où je suis et ce que je dois faire. Alors, tout me revient en bloc : la Cérémonie, mes parents, Debbie, dont les cris ont déchiré l'air, Gemmna, et moi. Enfermée ici. Pour toujours.

Je me frotte les yeux et étire lentement mon dos courbaturé à cause du matelas trop mou et du froid. Puis, je me lève pour aller à la salle de bains, où déjà quelques filles se douchent dans un silence à peine troublé par le clapotis de l'eau.

J'entre dans une cabine libre, ouvre le robinet et retiens un cri au contact des premières gouttes tout juste tièdes. Je me lave rapidement, n'étant pas d'humeur à rester longtemps sous l'eau froide.

En sortant, je croise Peggy, déjà habillée et gantée. Elle me bouscule en passant et ne s'excuse pas, évidemment.

De retour dans ma chambre, je m'habille avec une robe et une chemise propres, me coiffe d'un *mage* rapide avant de m'asseoir une minute sur le lit pour réfléchir.

Je regarde mon sac posé dans un coin de la pièce. Je n'ai encore pas déballé mes affaires ; mes vêtements, mes livres, mes cahiers… tout ça ne me servira peut-être jamais. Cette fois, je réalise ce que j'ai fait et dois lutter contre ma petite voix intérieure pour écraser toute la tristesse qui monte en moi ; c'est un pic à glace pointé sur ma poitrine prêt à me transpercer au moindre regret.

Dans un élan de courage, je me lève et pars rejoindre les autres filles pour le petit déjeuner. Je remonte cet horrible escalier en colimaçon qui semble s'enrouler autour de moi pour m'étouffer davantage, et je suis l'interminable couloir en me tenant les bras tellement il fait froid. Je me sens terriblement seule entre ces murs d'une épaisseur hors norme qui étouffent les bruits et nous coupent des rayons du soleil, du vent, de l'air.

De la vie.

— Salut, Miya, tu as bien dormi ? me demande Lila.

— Pas vraiment, dis-je en m'asseyant près d'elle, il fait un froid de canard et le lit est…

— Trop mou ! me coupe Lila. Tu t'y feras, tu verras.

J'admire sa bonne humeur. Elle est déjà là depuis deux ans, je ne sais pas comment elle fait pour supporter tout ça.

— Où est Junko ? demandé-je.

— Je ne sais pas, je ne l'ai pas encore vue, ce matin.

— J'espère qu'elle n'est pas avec Kate.

— Elle est mal tombée, soupire Lila. Kate n'est pas facile et son redoublement ne l'a pas arrangée.

Nous prenons notre petit déjeuner en silence, chacune perdue dans ses pensées, quand Takara entre dans la salle, vêtue d'un tailleur-pantalon bleu ciel et d'un foulard orange, un dossier à la main. Toutes les filles se lèvent en même temps et s'inclinent.

— Mesdemoiselles (elle fait un rapide signe de la tête pour nous indiquer de nous relever), je viens vous annoncer qu'une soirée aura lieu mardi afin que l'Empereur puisse faire connaissance avec les Ladies, et que vous êtes chargées de la décoration des tables. Vous allez suivre des cours d'*ikebana* avec Sayuri Khan, notre experte en décoration florale. Les leçons commenceront cet après-midi durant votre temps libre. Soyez ponctuelles, vous avez beaucoup de chance de pouvoir apprendre cet art avec Mlle Khan, et nous n'avons que trois jours pour que tout soit prêt. Je compte sur vous !

Elle sort et toutes les filles poussent de longs soupirs. Elles savent que la demande de Takara n'est pas un privilège mais une corvée de plus dans un emploi du temps déjà trop chargé.

Le petit déjeuner terminé, je monte faire le ménage dans la chambre de Gemmna. Il y a des vêtements partout ; sur les chaises, sur le rebord de la baignoire, par terre… Je ne sais même pas s'ils sont propres ou sales. Je les ramasse sans entrain en me demandant si j'ai bien fait de refuser de voir mon visage. Quand je pense à la déception de mes parents, de mon père surtout, ça me fait mal, et j'ai envie de revenir en arrière.

Je plie les robes qui me semblent propres et j'essaie de trouver une place dans le placard sur ses étagères déjà bondées. Comment peut-on avoir autant de vêtements ? Je ramasse les papiers de bonbons qu'elle a laissé tomber par terre, les chocolats à peine croqués qui traînent sur le bureau ou sur le rebord des fenêtres, et les fruits qui commencent à pourrir dans la corbeille.

Je réalise que j'ai oublié de mettre mes gants pour toucher ses affaires juste au moment où la porte s'ouvre.

— Tu n'as pas encore terminé ! râle Gemmna en se dirigeant droit vers la salle de bains.

Je soupire et enfile rapidement mes gants. Un dernier coup de chiffon sur lc burcau et je sors avant qu'elle ne trouve quelque chose à redire.

***

Je suis en train d'éplucher dix kilos de carottes dans la chaleur écrasante des cuisines quand Gemmna me sonne. La carte magnétique m'indique qu'elle se trouve dans le boudoir qui leur est réservé pendant leur temps libre du matin. Je me lave rapidement les mains, mais elles restent teintées, et je dois enfiler les gants pour dissimuler les traces orangées.

J'entre.

Gemmna est entourée d'un petit groupe de filles agenouillées sur des tatamis autour d'une table basse.

— Miya, tu en as mis du temps ! lâche-t-elle en déployant son éventail, j'ai invité quelques amies. Prépare-nous du thé. Dans les règles de l'art, bien sûr… Tu connais la cérémonie du thé, n'est-ce pas, Miya ?

Je hoche la tête.

— Bien, alors ne reste pas plantée là, dépêche-toi, ce n'est pas pour demain ! aboie-t-elle en faisant claquer son éventail.

Je serre les dents en les entendant rire. Tellement fort que j'en ai mal aux gencives. Cette fille est odieuse et j'aimerais la voir laver tous les sols du palais avec sa sale langue de vipère.

Je sors sous leurs rires moqueurs. Pourtant, je ne vois pas ce qu'il y a de drôle, on dirait qu'on leur a enlevé le cerveau en même temps que le masque.

Arrivée en cuisine, je fais chauffer de l'eau et prépare les ustensiles pour le rituel en les déposant sur un plateau de bois laqué rouge.

Une fois entrée dans le boudoir, je place délicatement tous les éléments en face de moi et salue. Je replace les bols pour former une ligne droite, sors la serviette et la fais claquer deux fois avant d'essuyer les contours de la tasse. Les conversations reprennent pendant que je fouette le thé sans vraiment prêter attention à leur discussion, qui ne tourne qu'autour de la soirée de mardi et des robes qu'elles vont porter.

— Je me demande quel genre de fille il aime, lance Gemmna.

— Qui ça ? répond Kate.

— L'Empereur, bien sûr.

— Moi, ce n’est pas lui qui m’intéresse, avoue Kate en agitant son éventail. La vie d’Impératrice doit être *tellement* ennuyeuse, soupire-t-elle. Tous ces protocoles…

— Ah bon ? Et peut-on savoir vers qui vont tes faveurs ?

Je sers un bol de thé à Kate. Tous les regards se posent sur elle. Elles attendent un scoop comme un chien attendrait son os.

— Sakirō.

Gemmna glousse, et je manque de renverser le bol sur les genoux de Kate.

— Fais un peu attention, petite idiote ! braille-t-elle.

— Ma chère Kate, je pense que tu as toutes tes chances ! renchérit Gemmna, plus satisfaite que jamais.

— Ah bon ? Et qu’est-ce qui te fait dire ça ?

— Tu ignores qu’il sortait avec une fille depuis quoi, deux ans ? lance-t-elle en me questionnant du regard derrière son éventail.

Je n’ose pas lever la tête. Je fais le tour des filles avec mes bols de thé et dois me retenir de toutes mes forces de les leur envoyer à la figure. J’essaie de faire vite pour ne pas entendre la suite, mais c’est trop tard, Gemmna se fait une joie de poursuivre :

— Il était fiancé à ma bonne, ici présente !

Ma bonne ! Je ne suis pas sa bonne ! Je suis… une dame de compagnie ! Une ombre… une… rien.

Kate me dévisage, incrédule, tandis que Gemmna lâche un petit rire affreux, où laideur et crétinisme se mêlent à de la méchanceté.

— C’est vrai ? me demande Kate, d’un air écœuré.

J’ignore si je dois répondre. Je serre les dents pour tenter de me contrôler.

— Eh bien, réponds ! insiste Gemmna, comme si elle avait tous les droits sur moi.

— Oui… *c’était* vrai.

— Oh, mais ça m’intéresse, dit Kate, que s’est-il passé ?

C'est tellement humiliant. Comme si ce n'était pas déjà assez dur pour moi de digérer ma rupture, de servir ces idiotes, il faut encore que je leur en fasse le récit pour les distraire. C'est trop pour moi. Je préfère partir. La seule grâce que je leur fais est de ne pas renverser le thé sur leurs jolis kimoris parce que ce sont mes amies qui devraient les laver ensuite.

—Miya, reviens ! tonne Gemmna, qui a du mal à croire que je la laisse en plan.

Je ne l'écoute pas et m'apprête à sortir.

—Miya ! Si tu franchis cette porte, je…

Je respire un grand coup.

Pauvre Gemmna, tu ne sais pas qui je suis. Je ne suis pas aussi docile que tu le crois, un feu brûle en moi qui pourrait bien te faire chauffer les oreilles si tu continues de me chercher.

J'ouvre la porte. Quel bonheur de ne plus respirer le même air qu'elles !

De retour en cuisine, je recommence à éplucher des légumes. Des centaines de légumes. Là, au moins, je suis tranquille. Je ne sais pas ce qu'elles ont toutes à vouloir manger des carottes, il paraît que ça donne bonne mine, mais l'adage comme quoi elles rendraient aimable est forcément une pure légende.

J'épluche, j'épluche, j'épluche, mais ça ne me calme pas. Un jour ici et je n'en peux déjà plus. J'essuie une larme avec mon poignet et laisse retomber mon couteau sur la table. Je repense à mon enfance où déjà, toute petite, Gemmna jouait de sa supériorité. Il fallait toujours qu'elle décide de tout dans la cour de récréation. Si je jouais à la balle, elle venait et s'en mêlait, incapable de se faire ses propres amies ; elle prenait ma place avec les miennes, qui n'osaient rien dire, et je m'effaçais, ne voulant pas d'histoires. Je me suis toujours débrouillée pour me fondre dans la masse.

Toujours.

Mais là… je ne sais pas, j'ai envie de fonctionner différemment. J'ai perdu le soutien de mes parents, les personnes que j'aime le plus au monde.

Je n'ai plus rien à perdre.

37

Wallace

Je ne sais pas pourquoi je n'ai pas bougé, ce jour-là.

Je sais qu'elle m'a laissé une chance de m'enfuir, et je n'ai pas pu. Je ne voulais pas lui faire de mal. Si son prisonnier s'était échappé, c'est elle qui aurait été punie.

L'énergie de ce silence m'aide à réfléchir. Je sais que l'amour n'existe pas, que c'est un piège qui nous aveugle et nous étouffe, qu'il est éphémère et qu'il ne faut pas s'arrêter de vivre pour ça. Le monde n'est pas tel que je l'avais imaginé quand j'étais petit. J'aurais aimé avoir une famille, une mère, un père, des frères et des sœurs, de l'amour… mais la vie en a décidé autrement.

À croire que j'avais trop reçu dans mes vies précédentes ; je suis dans celle-ci pour payer.

Maintenant qu'elle est partie, je dois penser à m'enfuir. Je longe les murs dans l'espoir de trouver une faille, un défaut, quelque chose qui me permettrait d'espérer m'échapper.

Je suis pris au piège dans un bloc de verre. Incassable. Je n'ai que ma musique et mes souvenirs pour me tenir compagnie.

Des souvenirs qui appartiennent tous à Miya. Elle a tout balayé sur son passage, je ne me souviens même plus de la vie avant elle.

Je la revois avancer dans son kimori noir et or. Je me rappelle chaque détail : ses gestes délicats pour nettoyer mes plaies, sa douceur pour me recoudre, son odeur délicate de camélia, je crois, et sa grâce. De toute ma vie, je n'ai jamais vu une personne aussi gracieuse. J'imagine que c'est inné dans cette culture qui m'échappe.

J'ai du mal à comprendre son monde, et leurs règles semblent tellement excessives que ça me paraît absurde. J'ai pensé, c'est vrai, qu'elle était peut-être folle et qu'elle me racontait des histoires. En voyant comme je l'avais blessée, j'ai su :

Que plus jamais je ne lui ferais de mal.

Qu'elle m'avait vaincu.

J'attends la nuit.

J'attends le jour.

J'observe, je compte les heures et même parfois les secondes qui menacent d'éclater dans ma tête. Combien de temps vais-je tenir enfermé ici ?

J'ai chaud et je plaque mon visage contre la paroi. Le verre frais refroidit ma joue instantanément, ma respiration couvre la vitre de buée, et je souris. Je crois que je deviens fou. Je tourne comme un rat en cage. Une belle cage, certes. Transparente, lumineuse, avec une vue magnifique sur le ciel, la forêt et sur la liberté qui m'échappe un peu plus chaque jour.

Alors, je m'allonge sur le dos et contemple les étoiles. Je rêve éveillé de Miya. Je la retrouve dans un autre monde, un monde où l'amour existe et surpasse tout. Elle est magnifique, elle me sourit, nos mains se touchent et je la prends dans mes bras. Je la serre contre moi pendant une éternité ; il pleut, il neige, trop chaud ou trop froid, peu importe, les saisons défilent et nous ne bougeons pas. Nous ne nous lâchons pas. Nous n'avons besoin de rien.

Je n'oublierai jamais la soie, le noir et l'or et l'odeur de camélia.

38

Vers midi, nous nous retrouvons dans le salon pour déjeuner avant le service des *Babies*. Ce mot ne m'amuse plus, maintenant. Je me sens prise au piège, écrasée par ces filles qui pensent que tout leur est dû et que nous sommes juste bonnes à les servir. Je me demande comment j'aurais été à leur place. Est-ce que moi aussi, j'en aurais profité ? Aurais-je abusé de la patience de ma dame de compagnie ? Non, jamais je ne pourrai devenir comme ça. Gemmna et Kate étaient déjà des filles pourries gâtées, leur admission au palais n'a fait que renforcer ce trait de caractère.

Je retrouve Junko et vois tout de suite qu'elle n'a pas l'air d'aller bien.

— Je n'en peux plus, Miya, je ne sais plus quoi faire… Elle n'est jamais contente, elle me demande des tas de trucs toute la journée, je n'ai même plus le temps de manger ou de dormir !

— Ça va passer, peut-être qu'elle en profite un peu, mais ça va se tasser…

Au même moment, je sens Peggy s'approcher avec un regard qui en dit long, mais par miracle, elle ne répond rien, et je lui en suis très reconnaissante.

Je pense aussi qu'il y a peu de chances pour que Kate se transforme en princesse modèle, mais je ne sais pas quoi lui dire d'autre pour la réconforter.

— J'espère, soupire Junko, parce que j'en ai vraiment marre. Servir la Cour, oui ; mais me faire traiter comme un chien, non !

— Tu pourrais peut-être en parler à Michizō ?

— Oui, c'est une bonne idée… Merci, Miya, répond-elle, le regard voilé par la douleur.

Elle a l'air vraiment furieuse, et je la trouve différente. Sa douceur est en train de partir, elle commence à se forger une carapace, et même si je sais que c'est nécessaire ici, je regrette l'ancienne Junko.

Nous entrons dans la salle de banquet et servons les plats à nos Ladies respectives. Comme d'habitude, l'assiette me brûle la main, et je plisse les yeux pour supporter la douleur qui monte et qui n'en finit pas puisque Gemmna s'est installée tout au fond de la salle.

À peine arrivée, je vois à sa mine renfrognée qu'elle m'en veut toujours pour tout à l'heure. Je n'ai pas le temps de poser l'assiette qu'elle me fait signe de la renvoyer.

— Je n'aime pas ça, lâche-t-elle d'une voix pincée sans même regarder son plat. Trouve-moi autre chose !

Ses copines ricanent bêtement.

Aïe ! J'aurais aimé poser l'assiette rien qu'une seconde. J'ai beau avoir des gants, ma peau est en train de cuire.

Je ravale ma fierté une fois de plus et retourne en cuisine en hurlant intérieurement de douleur. Je pose aussitôt l'assiette, secoue ma main et demande au cuisinier de me servir de la viande à la place du poisson. Il fait la grimace et s'exécute tandis que mes yeux se posent sur les carottes que j'ai mis des heures à éplucher, puis sur une très belle pièce de viande.

— Attendez ! Ce n'est pas la peine, lui dis-je alors qu'il sort péniblement une poêle.

Il me regarde étonné et avec des yeux ronds au moment où je pose la viande sur un plat en argent.

— *Ça…* c'est parfait.

J'essaie de faire vite, j'ai peur qu'il ne me laisse pas la prendre, mais il est tellement surpris qu'il n'arrive pas à m'interrompre. Je lui souris comme si tout était parfaitement normal et passe devant lui à la recherche d'une cloche pour couvrir mon plat.

Ça y est, j'y suis presque.

Tous les regards se tournent vers moi quand j'entre dans la salle. Je fais sensation avec ce plat rutilant servi sous cloche ; le top du top, le dernier chic, la classe française. Gemmna mérite bien ça, et cette fois, elle ne pourra rien dire.

Le brouhaha de la salle finit par s'éteindre au moment où j'arrive devant elle. Ses copines sont émerveillées ; normal, plus ça brille, plus elles sont contentes. Gemmna a presque l'air touchée et c'est tant mieux, je voulais vraiment me racheter pour ma mauvaise conduite dans le boudoir. Je ne peux pas me permettre de me la mettre à dos, il faut que je sois stratégique ; si je dois passer ma vie ici, autant que ce soit dans de bonnes conditions.

Je pose théâtralement le plat devant elle.

Et, dans un dernier élan de courage, je lève la cloche.

Gemmna sursaute face à cette magnifique pièce de porc.

Une tête, en fait. Elle hurle – Gemmna, pas le porc, enfin, je ne sais plus, c'est presque la même tête et je finis par les confondre.

Toute la salle éclate de rire. Gemmna se lève, furieuse et rouge comme un coq, elle recule dans un mouvement brusque qui fait tomber sa chaise, et sort sous les rires moqueurs de ses amies.

Oui.

Un immense sourire m'éclaire de l'intérieur. Je cloche de nouveau le plat et sors la tête haute en espérant que ça lui serve de leçon. Je ne cherche pas à la provoquer, mais à instaurer un climat de respect ; puisqu'elle me traite comme un chien, je lui rends la monnaie.

Le service est plus long que prévu, les Ladies mangent lentement et prennent tout leur temps pour savourer les mets délicieux qui leur sont servis – qui n'ont d'ailleurs rien à voir avec ce que nous avons pour le déjeuner.

En cuisine, je retrouve les autres filles ; Lila me félicite, mais Junko semble encore plus craintive.

— Tu n'aurais pas dû, Miya, elle va être encore pire avec toi, maintenant.

— Ça ne peut pas être pire, et je crois, j'espère, qu'elle va se remettre en cause et modérer un peu ses attentes.

— Bien joué, princesse ! me lance Peggy, t'es plus culottée que tu parais !

Je prends ça pour un compliment. J'ai gagné le respect de Peggy, et rien que pour ça, ça valait le coup. Elle me laissera peut-être tranquille aussi.

Nous n'avons pas le temps de finir la vaisselle, nous sommes déjà en retard pour le cours d'*ikebana*. Il faudra revenir plus tard, mais quand ? Notre emploi du temps est déjà tellement chargé. La bonne nouvelle, c'est qu'au moins, pendant ce cours, les Ladies n'ont pas le droit de nous appeler.

Des tables ont été mises dehors pour notre leçon et je remercie vraiment Sayuri Khan d'avoir pris cette initiative qui nous fait du bien à toutes. Les filles se détendent, même Junko retrouve un peu le sourire. Un léger vent frais fait bouger les branches des arbres et remue les odeurs délicates de lys, de roses et de pétunias qui attendent sur les tables.

Sayuri nous apprend à composer un bouquet de trois fleurs symbolisant le ciel, la Terre et l'Homme. L'*ikebana* est un art très important pour les Japonais.

— Il ne faut pas que ce soit symétrique, explique-t-elle tandis qu'elle fait le tour des tables et donne des conseils à chacune.

Sa douceur nous fait du bien, enfin une personne qui nous respecte.

— C'est très bien, Miya, parfait même, tu es très douée !

Je souris intérieurement ; c'est la première chose que je fais de bien depuis des siècles. D'instinct, j'ai su exactement où placer les fleurs. J'aurais aimé savoir aussi bien organiser ma vie.

— Il faut qu'il y ait de la profondeur et en plus de l'espace, ajoute Sayuri en corrigeant la composition de Junko.

Nous passons une heure à créer nos bouquets et à nous détendre. La bonne humeur générale est palpable, et je passe mon premier bon moment depuis que je suis ici.

Le cours terminé, nous allons placer nos *ikebanas* sur les tables du banquet avant de regagner les cuisines pour terminer la vaisselle.

***

Le repas du soir se passe sans accrocs. Gemmna m'ignore et mange tout ce que je lui apporte, c'est le principal.

Je me couche exténuée en me demandant si je ne devrais pas tenter de m'enfuir plutôt que de rester là. Je pourrais partir et rejoindre le groupe des sans-visage ? Je serais peut-être mieux là-bas, et j'essaierais de retrouver Debbie, j'ai tant de choses à lui raconter. Elle me manque.

Toutes ces questions tournent dans ma tête et m'empêchent de trouver le sommeil lorsque quelqu'un frappe à ma porte. Sûrement l'une des filles.

J'ouvre et trouve Michizō, la mine contrite.

— J'ai une mauvaise nouvelle pour vous, jeune fille.

Je ne vois pas ce qui pourrait être pire que cette journée. Je ne réponds rien.

— Gemmna s'est plainte de vous, de votre insolence, plus précisément, et elle a exigé que vous soyez punie.

Évidemment. À quoi je m'attendais en la provoquant ? À la minute où j'ai appris que je devrais la servir, j'ai su que rien ne serait simple.

— Elle a donc accepté de vous partager avec vos anciennes fonctions, poursuit Michizō.

— Je ne comprends pas.

— J'ai pensé que vous pourriez reprendre votre travail d'infirmière pour les prisonniers. Vous commencerez demain matin de très bonne heure. (Il tire sur son veston et l'ajuste. Chasse des saletés imaginaires sur ses manches.) Il faudra, bien sûr, que vous soyez là à partir de sept heures pour Mlle Gemmna. (Il relève la tête. Me regarde.) Cette punition vous convient-elle ?

— Euh… oui, c'est très bien, bredouillé-je, alors que les mots *prisonnier* et *infirmière* se heurtent dans ma tête.

— Bonne nuit, mademoiselle Saito.

— Bonne nuit, dis-je en m'inclinant.

Je reste plantée sur mon lit quelques minutes. J'ai du mal à croire ce que Michizō vient de me dire et je ne comprends pas pourquoi il me traite avec autant de respect. C'est peut-être un ami de mon père. J'ai la sensation qu'il savait très bien que ce ne serait pas vraiment une punition pour moi, même si je devrai être debout encore plus tôt.

Mon cœur palpite à nouveau, c'est comme s'il s'était remis à battre : je vais sortir d'ici, revoir mes parents, ma maison. Et Wallace.

L'excitation m'empêche de m'endormir rapidement, j'ai tellement hâte d'être à demain que mes pensées tourbillonnent encore un bon moment dans ma tête avant de s'estomper dans les brumes de mon cerveau.

39

Je saute du lit en me rappelant ce que je dois faire et enfile ma tenue le plus vite possible avant de monter en cuisine préparer un panier-repas.

Dehors, il fait encore nuit, le ciel profite de ses derniers moments d'obscurité, et un silence pesant semble recouvrir toute la planète.

Une voiture m'attend dans l'allée et me dépose devant les cellules. Les gardes ne sont pas encore arrivés, personne ne sait que je suis là. J'aimerais réveiller mes parents, mais je ne sais pas si c'est une bonne idée, si mon père a envie de me revoir. Il n'est que cinq heures et demie, alors je décide de commencer par Wallace et peut-être qu'ensuite j'oserai passer chez eux s'il me reste du temps.

Mon cœur tremble à l'idée de le revoir, j'ai tellement hâte que j'ai envie de courir. Pourtant, une pensée m'arrête. Pourquoi serait-il content de me voir ? Il est prisonnier de mon monde, je suis la fille de celui qui le retient enfermé ; il doit me haïr, c'est affreux.

Je reste plantée devant la cellule, incapable d'aller plus loin. J'en profite pour l'observer quelques minutes pendant qu'il dort. Il est beau. Très beau. Je commence même à aimer ses cheveux trop longs. Je me sens rougir de l'intérieur lorsqu'il bouge, pourtant, je n'arrive pas à le quitter des yeux, accrochée par la force qui émane de lui.

J'entre doucement.

Pose la nourriture près de son futon.

Et retiens ma respiration en m'agenouillant près de lui, mais ma présence le réveille.

— Miya ? C'est toi ?

— Oui.

Il se relève, en appui sur les coudes, une mèche tombant sur ses yeux.

— Qu'est-ce que tu fais là ?

— J'ai… j'ai été punie, j'écope d'un travail supplémentaire : m'occuper des prisonniers… de toi, dis-je, à la fois gênée et excitée.

— Punie ? Mais pourquoi portes-tu toujours ce masque ?

— Oh, ça… (Je tourne la tête, mal à l'aise.) Je n'ai pas voulu savoir. J'ai demandé à garder le masque et je suis devenue une dame de compagnie au palais.

Il se redresse complètement. S'assoit en face de moi.

Son regard est insoutenable. J'ai envie de m'approcher de lui, de toucher ses bras, son buste, sa taille. Vérifier. Me souvenir. Je suis folle. Je me sens à la fois si proche de lui et si différente.

— Mais tu ne peux pas ! Je t'avais dit q…

— Que je n'avais pas à m'en faire, le coupé-je, je sais, mais…

— Miya, tu ne peux pas te condamner à une vie de servante !

— Si.

— Non ! Et tes rêves ? Tes études ?

Il secoue la tête, semble ne pas comprendre.

Je n'aime pas la tournure que prend cette discussion. De toute évidence, il n'est pas content de me revoir. Je m'attendais à quoi ? « Ah, salut, Miya, sympa de passer ! Tout va bien dehors, dans la vraie vie ? »

— Tu n'as pas à te sacrifier, reprend-il, ça m'énerve, tu ne peux pas faire ce choix !

— Et pourquoi ? dis-je en haussant le ton plus que je ne l'aurais voulu.

Une boule d'émotion se forme en moi et remonte jusqu'à

ma poitrine, écrasant au passage mon cœur, mes poumons et ma gorge.

— Tu as une vie qui t'attend à la Cour ! Tu vas pouvoir faire de longues études, rencontrer un membre d'honneur, fonder une famille…

Les larmes montent et me brûlent les yeux. Que c'est pénible de pleurer ! Je déteste ça.

— Ce n'est peut-être pas génial comme vie, poursuit-il, je n'aime pas ton monde, mais c'est mieux que de devenir leur bonne !

Il se lève, visiblement agacé par mon attitude.

Je ne peux plus retenir mes larmes. Il me crie dessus. *Non !* Michizō avait raison, c'est une vraie punition. Ils sont tous contre moi, et mon cœur est fatigué. J'aimerais qu'il s'excuse, qu'il me prenne dans ses bras et retire ce qu'il vient de dire, mais rien de tout ça n'arrivera. Il ne ressent rien pour moi, il me souhaite de fonder une famille avec un membre d'honneur ! Quelques jours dans le sous-sol du palais et je perds complètement la notion de réalité, prête à me jeter dans les bras du premier prisonnier venu.

— Miya, écoute-moi…

Je tourne la tête, me lève pour partir, mais il m'attrape le menton et attire mon visage à lui.

— Il faut que tu enlèves ce masque. (Sa voix redevient plus douce.) Je suis désolé si j'ai été brutal, l'autre jour. C'est juste que…

Il s'arrête.

Je garde le silence.

Je tente de ne pas le regarder, mais mes yeux sont deux traîtres qui se lèvent pour s'accrocher aux siens et je ne peux plus bouger ; en me fixant ainsi, c'est mon cœur qu'il dévisage.

Des frissons remontent le long de ma colonne vertébrale et me donnent l'étrange sensation de me dissoudre dans l'air. Je tressaille sans le vouloir. Il s'en aperçoit.

— C'est juste que je n'avais jamais vu une beauté pareille, murmure-t-il. Tu es belle, Miya, à un point que le mot pour décrire ta beauté n'existe même pas.

J'ai un rire nerveux. Belle, à ce point ? Des années que j'espère ça, je le crois, maintenant, mais je m'en fiche. À quoi bon être belle si Sakirō ne veut pas de moi ?

Et je me fiche de Sakirō.

Je viens de comprendre.

À quoi bon être belle si Wallace…

À cet instant,

deux lèvres se posent sur les miennes.

Il m'embrasse doucement. Tendrement. Puis un peu plus fort.

J'oublie la douzième règle et la douleur qui irradie dans mon cerveau, et je m'abandonne à la douceur de ce baiser tandis que ses lèvres pleines se pressent contre les miennes, faisant déferler une vague de sensualité dans tout mon corps. Je le laisse faire, perdue dans la sensation. Il me touche avec une telle intensité que j'explose en mille morceaux ; je suis un nuage, je suis l'air, je suis tout.

J'ai cherché longtemps d'où venait ma peine. Je m'étais trompée sur toute la ligne. Parfois, les bonnes choses sont juste à côté, mais nous sommes incapables de les remarquer. Parce que ce n'était pas ce que nous avions prévu. Parce que ce n'était pas ce que nous cherchions. Parce que l'on a peur quand c'est totalement nouveau et inattendu. Je ne voulais pas de Sakirō, je ne voulais pas de cette vie toute tracée, je voulais *Vivre*. Et je ne sais pas pourquoi, je sens que choisir Wallace, c'est choisir la vie. Même si je ne devais vivre que pour cette minute intense, je referais exactement le même chemin, de la même manière.

Il m'embrasse sans retenue à présent, et deux ailes me poussent dans le dos pour me faire léviter à quinze centimètres au-dessus du sol. Nos lèvres ne peuvent plus se séparer. C'est impensable. Elles ont été créées les unes pour les autres.

Le jour se lève et les premiers rayons du soleil filtrent à travers les murs de la cellule tandis que ses baisers appuyés tentent de me raccrocher au sol, en vain. Ma peau brûle pour la sienne et nos souffles se mêlent à la perfection. Je ne savais pas qu'il était possible de se sentir autant fusionner avec quelqu'un.

Je ne savais rien.

Il m'embrasse encore une fois avec une infinie douceur, puis replace une mèche derrière mon oreille.

Nous restons face à face une seconde, gênés, intimidés, et, dans le silence feutré de l'aube, je n'entends plus que les battements de mon cœur qui dit : « Encore. »

Il faut que je parte, mais j'ignore comment faire pour m'arracher à lui, ça n'a pas de sens de partir.

— Je dois y aller, dis-je en rassemblant le peu de forces qu'il me reste, ils m'attendent à sept heures.

Wallace me serre contre son torse si parfait. À contrecœur, je finis par réussir à me détacher de lui. Il sourit et me caresse la joue.

— Vas-y, Miya.

Pourquoi me sourit-il comme ça ? C'est trop dur de partir !

— Je vais revenir, dis-je, les yeux pleins d'étoiles. Je te le promets ! Je vais trouver une solution et te faire sortir de là.

Et j'ajoute avant de sortir :

— Si j'avais su que c'était ça être punie, j'aurais enfreint les règles bien avant.

Quelques lumières brillent chez mes parents, mais je n'ai plus le temps de passer les voir.

Dans la voiture qui me conduit au palais, j'ai l'impression d'être assise un mètre plus haut. Tout me paraît plus beau : le ciel, le soleil qui se lève, les arbres : tout est sublime. Ça n'a jamais été aussi parfait, et je tente de mémoriser chaque seconde, chaque souffle et chaque baiser pour m'en souvenir aujourd'hui, demain, et même au siècle prochain.

40

Je gagne la cantine pour prendre un rapide petit déjeuner même si je n'ai pas vraiment faim. Je dois faire beaucoup d'efforts pour contenir le sourire qui s'étire en moi et ne pas crier à tout le monde ce qui vient de se passer.

— Salut, Miya, ça va ? me demande Lila.

— Salut, Lila.

Elle m'observe un instant. J'ai l'impression d'être un livre ouvert au chapitre le plus croustillant.

— Tu as l'air de bonne humeur, ce matin !

— Oui, enfin, non…

Je ne peux rien lui dire. Il faut que je surveille mon comportement. Si Gemmna apprend que je suis heureuse de soigner le prisonnier, elle me retirera aussitôt la punition, et je ne pourrai plus voir Wallace.

— On m'a donné du travail en plus.

— Gemmna ?

— Oui, elle s'est plainte à Michizō. Je dois donc m'occuper du prisonnier en plus d'elle ; j'ai dû me lever à cinq heures et je n'ai pas pu beaucoup dormir…

— Ma pauvre, c'est injuste !

— Oui, dis-je le plus tristement possible même si à l'intérieur de moi, tout se peint et s'irise de mille couleurs.

— Où est Junko ? demandé-je dans un éclair de lucidité.

— Elle arrive. Apparemment, elle n'a pas beaucoup dormi non plus, Kate n'a pas arrêté de lui demander des trucs.

— C'est injuste. Je ne pensais pas que les filles en profiteraient autant.

Un bip retentit.

— C'est moi, dit Lila, je dois y aller. À tout à l'heure et bon courage pour aujourd'hui !

— Merci, à toi aussi.

En la regardant s'éloigner, mes yeux se perdent dans le vague. Je pense à Wallace, à sa peau, à ses lèvres…

— T'as l'air bien gaie, aujourd'hui ?

La voix râpeuse de Peggy me ramène à la réalité. Elle passe près de moi avec son plateau et me lance :

— Si j'étais toi, j'effacerais vite ce sourire de ma jolie petite tête, princesse !

Je frissonne, on dirait que cette fille comprend tout ce qu'il se passe. Je la regarde s'éloigner avec sa démarche chaloupée quand ma carte émet un bip. Je soupire et me lève pour faire mon devoir.

***

— Alors, Miya, tu as dû te lever tôt ?

Je fais comme Gemmna me l'a demandé, je ne réponds pas.

— J'espère que le prisonnier n'est pas trop répugnant ?

Loin de là, ma belle ! Tu en crèverais de jalousie.

— Tu te laves, au moins, avant de me toucher ?! sursaute-t-elle au moment où je pose les mains sur sa robe.

C'est après toi que je me lave, pauvre gourde !

Je hoche la tête, toujours en prenant un air soumis, ça lui fait tellement plaisir. Mais je ris intérieurement de pouvoir la berner à ce point.

— Aujourd'hui, l'Empereur va nous rencontrer une par une. Il me faut mes bijoux. (Elle touche l'encolure de sa robe en se fixant dans le miroir.) Prends-les dans ma commode, le tiroir de gauche, dit-elle en agitant les doigts en direction du meuble.

Je l'aide à attacher toutes ses breloques. Je n'ai jamais aimé les bijoux, j'aime les choses naturelles, la légèreté et la simplicité. Elle enfile une parure vert émeraude qui semble peser une tonne ; j'ignore comment elle fait pour se sentir bien avec ce truc. En plus, je trouve qu'elle prend dix ans d'un coup. Je lui mets aussi ses boucles d'oreilles, mais j'ai peur de faire des cauchemars ; elles pendent tellement que ça lui déforme le lobe, on dirait qu'il va se déchirer.

— Alors, comment tu me trouves ?

Je ne sais pas si je dois répondre. Je hoche la tête en signe d'approbation.

— C'est bien, tu apprends vite. Je savais qu'une bonne punition te ferait du bien, c'est toujours comme ça avec le personnel, il faut lui montrer qui commande.

Je sais maintenant ce qui cloche avec Gemmna. Elle est laide. Laide à l'intérieur. Si laide que son âme doit ressembler à un paysage calciné rempli d'arbres morts, d'herbes brûlées, de fleurs pourries, où plus rien de bien ne peut pousser. Voilà comment je la vois.

Elle s'agite dans un tintement métallique.

— Il faut que je sois parfaite, Miya. Je ne compte pas rester membre de la Cour, je veux plus, j'ai toujours voulu plus…

Je pense qu'elle pourrait faire plus, oui, avec toute sa quincaillerie, elle ferait un magnifique sapin de Noël.

Elle sort et me laisse la chambre dans un état lamentable, mais je m'en fiche, je pense à Wallace et à ce baiser merveilleux.

Des dizaines de robes sont étalées par terre, j'en retrouve même dans les toilettes, je les ramasse et les replace sur leurs cintres en pensant à lui. Ici, seule, je peux enfin sourire. Je souris tellement que j'en ai mal aux maxillaires.

Ensuite, je passe l'aspirateur, nettoie les sanitaires, fais la poussière sans me départir de ma bonne humeur. Je n'ai même jamais été aussi gaie de toute ma vie. Peu importe les corvées qui m'attendent, une partie de moi vit une histoire merveilleuse, et je me dis que j'ai beaucoup de chance de connaître ça.

Quand tout est propre et rangé, j'éprouve la satisfaction d'un travail bien fait et descends dans le salon me reposer.

Vers dix-sept heures, je me prépare pour retrouver Wallace. J'aimerais porter une tenue plus jolie que cette triste robe, mais je ne peux pas. Tant pis.

J'ai tellement la tête ailleurs que je me trompe de couloir. Ce palais est un vrai labyrinthe dont je ne maîtrise pas encore toutes les subtilités. J'entends des voix d'hommes qui chuchotent et je ne sais pas pourquoi, je me cache dans une alcôve. Drôle d'idée. S'ils me surprennent là, ils croiront que je les espionne.

Je regrette aussitôt d'être ici.

Les voix se rapprochent et, malgré moi, j'entends leur conversation.

— Demain, dit l'un.

— Mais… c'est impossible, c'est trop tôt !

— Demain, je te dis, j'en ai assez de faire semblant.

— Je n'aurai pas le temps de tous les prévenir.

— Débrouille-toi, demain, je serai assis sur ce trône.

Je suis pétrifiée.

Je n'ose plus bouger.

Les hommes se quittent froidement, une porte grince, puis des bruits de pas viennent dans ma direction.

Je retiens mon souffle et m'enfonce le plus possible dans l'alcôve, espérant que la pénombre de ce couloir sera suffisante pour me cacher. Par chance, l'homme passe devant moi sans me voir tandis que j'écrase littéralement mon dos contre le mur.

Cette voix crispante, je la reconnaîtrais entre mille : c'est celle de Rawk.

J'attends encore quelques minutes avant d'oser sortir de ma cachette. Mon cœur tambourine si fort dans ma poitrine que tout le palais doit pouvoir l'entendre.

Quand j'ose enfin sortir, je vois une petite porte en vieux bois au bout du couloir. Je l'ouvre doucement ; elle donne sur la forêt, et j'aperçois un homme masqué qui court en se dissimulant derrière les arbres.

J'essaie de me répéter les phrases que j'ai entendues pour ne pas les déformer. « Demain, je serai assis sur ce trône. »

C'est impossible. Je tourne et retourne les mots dans ma tête. Rawk complote dans un couloir, son complice s'enfuit dans la forêt, le trône… Se peut-il qu'il veuille tuer l'Empereur ? S'il meurt, c'est Rawk qui, en tant que membre d'honneur et bras droit, devra lui succéder.

Je ne peux pas laisser faire ça. Je dois prévenir l'Empereur de ce qui se prépare, mais je n'ai pas beaucoup de temps. Il faut que je trouve un moyen de lui parler.

41

Mon bip sonne et me fait sursauter.

Pourvu que personne n'ait entendu. Je referme rapidement la porte et sors du couloir. La dernière personne que j'aie envie de voir est bien Gemmna. Qu'est-ce qu'elle veut encore ? Elle est habillée !

Je monte dans sa chambre et la trouve dans la salle de bains, penchée sur les toilettes.

—Ah… Miya, aide-moi, gémit-elle avant de rendre dans la cuvette.

C'est dégoûtant, mais je l'aide. Je lui tiens les cheveux tandis qu'elle vomit abondamment.

—C'est horrible, je ne pourrai jamais me rendre au rendez-vous de l'Empereur. Fais quelque chose ! crie-t-elle. Il doit bien y avoir un remède !

—Je ne suis pas médecin.

—Écoute, je te promets que si tu m'aides pour ce rendez-vous, je lèverai ta punition…

Quelle punition ?

Ah oui, celle-là ! Non merci, surtout pas.

—Je vais faire tout mon possible, ne bouge pas de là. Je pars chercher un médecin.

Enfin libérée, je me mets à la recherche de Michizō. Gemmna a juste une indigestion ; avec tout ce qu'elle mange, c'est normal, il n'y a pas de remède contre ça, un jour au lit et elle sera debout.

La seule personne que je trouve en bas est Peggy.

—Sais-tu où est Michizō ? demandé-je.

—Ça dépend…

— Comment ça ?
— Ici, tout a un coût, ma chérie, on n'a rien sans rien.
— Qu'est-ce que tu veux ?
— Ta robe.
— Ma robe ?
— Pas celle-là, idiote, l'autre… celle que tu avais en arrivant.
— Et tu penses en faire quoi ?
— Joue pas à la plus maligne avec moi, poupée. Tu insinues que je ne suis pas assez bien pour elle ? lance-t-elle en dodelinant de la tête.
Elle avance et me colle contre le mur.
Je suis étouffée par tout son corps, je ne vois pas comment elle pourrait rentrer dans ma robe, mais ce n'est pas ce que je voulais dire.
— Non, Peggy, calme-toi… c'est juste que… tu veux la mettre quand ? On est toujours enfermées là, à ce que je sache.
— C'est pas tes affaires. Elle me plaît, c'est tout. Je n'ai jamais vu un tissu pareil.
Sa main m'empêche de respirer. J'acquiesce dans un son à peine audible puisqu'elle ne me laisse pas vraiment le choix, mais qu'importe, je n'ai plus besoin de cette robe.
— Allons, allons, mesdemoiselles, que faites-vous ? Peggy ! s'exclame Michizō en arrivant.
— Une promesse est une promesse, lâche-t-elle quand il nous sépare.
Elle entre dans ma chambre.
Je tâte ma gorge et sens encore l'empreinte de ses doigts. Cette fille est folle, elle a essayé de m'étrangler pour une robe.
Je me ressaisis et interpelle Michizō :
— Il faut que je vous parle, c'est très important.
— Bien… Venez dans mon bureau.
Il me conduit dans un petit couloir à l'opposé de nos

chambres. Nous entrons dans une pièce assez sombre remplie de mannequins, de robes et de masques ; c'est un lieu étrange qui n'a rien d'un bureau, l'air y est lourd et sent le renfermé.

—Qu'y a-t-il ?

—Je me suis égarée dans les couloirs tout à l'heure et j'ai surpris malgré moi une conversation.

—Ce n'est pas bien malin de votre part…

—Je sais, je ne voulais pas, mais avec la fatigue… j'ai raté le couloir et lorsque j'ai entendu ces voix, j'ai paniqué et je me suis cachée.

—En quoi est-ce que cela me concerne ?

—Je crois que l'Empereur est en danger.

Son visage se crispe. Cette fois, il me prend au sérieux et je continue :

—Je pense que c'est un complot, l'un des hommes a dit que ce serait pour demain.

—Ça ne veut rien dire, il parlait peut-être de la soirée ?

—Il a ajouté qu'il serait assis sur le trône et qu'il en avait assez d'attendre.

Il marque un temps.

—En effet, c'est suspect. Vous avez bien fait de m'en parler, il ne faut courir aucun risque. Je vais avertir l'Empereur qu'un traître se cache dans le palais, et nous verrons ce qu'il faut faire.

—Attendez, ce n'est pas tout.

—Quoi d'autre ?

Je chuchote :

—J'ai reconnu l'une des voix.

—Vous êtes sûre ?

—Oui, absolument certaine, dis-je en baissant la tête. C'était M. Rawk.

Je sens Michizō frémir.

—C'est… c'est impossible…, dit-il, soudain terrorisé.

—Je suis certaine que c'était lui.

— C'est une accusation très grave ! C'est un membre d'honneur, l'Empereur lui fait entièrement confiance !

— Je connais bien sa voix, rétorqué-je, j'ai failli devenir sa belle-fille.

— Mon Dieu, si c'est vrai, ce serait terrible. Il faut le dire à l'Empereur, mais je ne suis même pas sûr qu'il nous croira. Il est très proche de M. Rawk. On risquerait d'être gravement punis, voire… *mortellement* punis. Porter une accusation pareille n'a rien d'anodin, dit-il en secouant la tête.

— Mais…

— Chut, il ne faut pas que cela se sache…

— Mais vous n'allez rien dire ?

Il ne répond pas.

— Si vous ne dites rien et que Rawk prend le pouvoir, vous serez responsable d'un meurtre, et je doute qu'il fasse un bon Empereur, il est bien trop cruel !

— Laissez-moi réfléchir. Venez, vous sortirez par cette porte, il ne faut pas que quelqu'un nous voie ensemble.

Il me dirige vers une petite porte à l'arrière. Je m'attendais à tomber sur un couloir, mais c'est une pièce minuscule, une sorte de débarras. J'ai juste le temps de comprendre que ce n'est pas une sortie quand je sens la porte se refermer derrière moi.

Suivie d'un bruit métallique.

42

Impossible d'ouvrir.

Je tambourine à la porte, en vain.

Il est parti et il n'y a plus personne en bas ; à cette heure-ci, toutes les filles sont en cuisine et dans ces murs épais, personne ne peut m'entendre depuis le premier étage.

Je m'écroule. Tente de réfléchir. Mais aucune réponse ne me vient, je ne comprends pas pourquoi il m'a enfermée. Est-ce pour que je ne parle pas à l'Empereur ? A-t-il peur à ce point de ne pas être pris au sérieux et d'être tué pour offense à un membre d'honneur ? Si c'est le cas, il va probablement attendre demain et quand il verra que j'ai dit vrai, il me libérera. Oui, mais alors, il sera trop tard.

Je grelotte. Il fait si froid que je reste recroquevillée sur moi-même et n'ose plus bouger. La tristesse me gagne quand je pense à Wallace : je lui avais promis de revenir. Je ne pourrai pas le voir ce soir et ça me fend le cœur. Et si je ne le revoyais jamais ?

Je secoue la tête pour chasser cette idée, ça ne peut pas se passer comme ça. Ça ne peut pas finir comme ça. Je me sens idiote de me retrouver là, j'aurais mieux fait de me taire. Il va falloir que je patiente jusqu'à demain, maintenant.

Des bruits de pas dans le couloir.

Je me lève et secoue la porte en appelant à l'aide. Quelqu'un vient bien dans ma direction. Le verrou s'ouvre.

Ouf, on me libère.

C'est Michizō.

Mais il n'est pas seul.

—Miya, tu me déçois beaucoup, tu sais, dit Rawk. Quand je pense que tu as failli faire partie de ma famille ! lance-t-il en sortant son poignard.

J'en reste bouche bée.

Je n'avais pas imaginé le pire. Mon sang se glace dans mes veines face au regard cruel de Rawk, et la seule idée qui me vient à l'esprit est que je ne reverrai jamais Wallace et qu'il ne saura jamais ce qui m'est arrivé.

Michirō reste en retrait. Il n'ose pas me regarder.

—Nous avons un vrai problème, Miya, reprend Rawk.

Je tremble de tout mon corps lorsqu'il s'approche de moi.

—Ce n'est pas bien d'écouter aux portes, tes parents ne t'ont jamais appris ça ? (Il secoue la tête. Pointe son couteau sur ma joue.) Sacré Ichiro, ton père a toujours préféré ses *expériences* à l'éducation de ses enfants…

Je retiens ma respiration.

Je ne comprends pas ce qu'il dit sur mon père.

Si je bouge, il me taillade la joue, même avec mon masque.

Je vois que la porte est restée entrouverte, mais je suis trop loin pour pouvoir m'enfuir. Rawk est si près de moi que je peux sentir son odeur. Une odeur de cuir, de transpiration et de métal qui émane de son armure et me donne la nausée. Il est imposant et répugnant. Pourtant, s'il n'avait pas été cruel, il aurait été beau.

Il rit et laisse glisser la lame le long de ma joue, le long de ma gorge, le long de ma poitrine. Il me torture et y prend du plaisir. Tout mon corps se fige. Je voudrais m'échapper. Je voudrais lui planter le couteau dans le cœur, mais encore faudrait-il qu'il en ait un. Mes mains bouillonnent, et mon corps entier se met à brûler. J'ai envie de crier, mais le seul son qui sort de ma gorge est un sanglot lorsqu'il plaque sa main sur ma bouche.

—Tiens ? Tu pleures ? Tu as sûrement besoin d'une nouvelle injection.

Je fais non de la tête, et mes larmes coulent de plus belle.

Il s'écarte tandis que Michizō m'attrape les bras et les bloque derrière mon dos. Je me débats mais il se révèle plus fort qu'il n'en a l'air.

—Déjà toute petite, tu avais besoin d'une dose plus forte que tes camarades, reprend Rawk en sortant une énorme seringue de sa poche.

J'essaie de crier mais je ne peux pas, sa main écrase ma bouche et m'étouffe.

—Je ne vais pas pouvoir te garder, Miya, lâche-t-il d'un air cruel en me tirant la tête en arrière par les cheveux.

—Pitié, dis-je dans un souffle, pas ça !

Il ne m'écoute pas et me plante violemment la seringue dans le cou.

Ce liquide, je le connais bien, je l'ai eu plusieurs fois quand j'étais petite parce qu'il ne marchait pas sur moi ; j'avais besoin de plusieurs injections contre les larmes pour que le produit agisse. C'est un poison glacé qui contracte chaque vaisseau, chaque cellule, chaque muscle. Je le sens couler dans mon corps et figer mes émotions comme si mes veines devenaient aussi dures que de la glace, et ça me fait affreusement mal.

Je me tords de douleur tandis que le liquide continue à se répandre dans tout mon organisme. Alors, en quelques secondes, mes yeux deviennent aussi secs que du sable, et même si je pleure toujours à l'intérieur, aucune larme ne peut désormais sortir.

J'ai la gorge sèche lorsqu'il me jette par terre sans prendre la peine d'enlever la seringue.

Je ne peux plus respirer.

Il veut me tuer.

Mais je ne veux pas mourir. Je veux une vie à moi. Je veux un mari, des projets, des enfants qui jouent dans le jardin même s'ils n'ont pas le droit de courir. Je veux tout ça.

Je veux Wallace.

Je voudrais tirer de toutes mes forces sur la seringue, mais mes muscles sont encore tétanisés, vides de sensations, et mes mains retombent lourdement sur le sol. Je dois attendre quelques secondes pour que les premiers effets se dissipent et m'y prendre à deux fois avant de parvenir à arracher la seringue et la lancer au sol.

Je respire à nouveau.

Ma gorge est en feu et je tousse sans pouvoir m'arrêter. L'injection est encore plus foudroyante que d'habitude, il a dû m'administrer une dose de cheval, ou alors, le sérum est différent.

Je chasse cette pensée. Reprends péniblement ma respiration.

—J'ai essayé de me débarrasser de toi une première fois, mais ça ne t'a pas suffi, poursuit-il.

J'ignore de quoi il parle. Toutes mes croyances éclatent dans ma tête. Je pose une main sur le mur pour tenter de me relever.

—Tu croyais peut-être que j'allais te laisser épouser mon fils ?

Il éclate d'un rire tonitruant.

Mes veines me brûlent et m'étouffent, c'est insupportable. Je dois faire un effort surhumain pour me redresser malgré le poison qui me paralyse encore. Mes os craquent et me donnent l'impression d'être sur le point de se briser d'une minute à l'autre ; je vois flou, mais je continue, je me relève doucement pendant qu'il parle.

—Je n'ai pas eu beaucoup de mal à le convaincre, tu sais, il est si… prévisible. C'est un faible, et je me demande comment il peut être mon fils, mais ça, c'est une autre histoire…

Comment quelqu'un peut-il devenir aussi cruel, incapable d'aimer, même son propre fils ?

— Michizō, elle est à toi !

Ce dernier semble terrorisé, pourtant il obéit. Il avance et me décoche un coup de poing dans le ventre qui me plie en deux. Mes organes sont déchiquetés, tout tourne autour de moi, et je n'ai pas le temps de me remettre qu'il m'assène déjà un deuxième coup, plus violent cette fois, juste derrière la nuque.

Je m'écroule devant la seringue. La douleur éclate, irradie dans tout mon corps, et je ne sais plus comment faire pour rester consciente. J'essaie de tendre les doigts pour attraper la seringue, mais Rawk s'en aperçoit et m'écrase la main avec son pied. Mes doigts émettent un craquement étrange, je hurle de douleur, puis il m'attrape par les cheveux, me relève et me force à le regarder en posant son couteau contre ma gorge.

Je sens la morsure de la lame sur ma peau. Cette fois, c'est fini, il va me trancher la gorge aussi facilement que l'on coupe un morceau de beurre. Ce n'est rien, pour lui. Mais pour moi, c'est tout. Wallace croira pour toujours que je l'ai trahi. C'est la seule pensée qu'il me reste. Il me croira en train de rire à la Cour, entourée de tous ces gens beaux et riches. Il croira qu'il n'était pas assez bien pour moi alors que c'est la seule personne vraie que je connaisse. La seule personne que j'aurais aimé connaître.

Alors que la lame s'enfonce dans ma peau, une personne dont le visage est caché sous une capuche entre.

Elle est armée.

Et elle tire.

Rawk lâche son couteau et s'écroule en poussant un cri de douleur. Une autre balle pour Michizō. Tout va très vite.

— Sauve-toi ! me dit-elle en m'aidant à me relever avant de disparaître.

Je rassemble les dernières forces qu'il me reste et remonte l'escalier en titubant. La montée me semble interminable, je me cogne contre les murs, rate une marche, laisse des traces de sang un peu partout.

J'ignore où est passée la personne qui m'a aidée, je n'ai pas vu son visage, mais je sais qui elle est.

Je n'oublierai jamais cette main gantée appuyant sur la gâchette pour me sauver.

43

Je suis presque arrivée en haut.

Depuis quelques marches, j'entends des voix, ou plus exactement des cris, des talons qui claquent, des sons métalliques atroces que je n'arrive pas à identifier.

Alors, je vois l'horreur ; des dizaines de sans-visage s'attaquent aux filles de la Cour, ils ont des griffes en métal à la place des mains, c'est une vraie boucherie. Les visages sont lacérés, le sang gicle, les hurlements stridents des filles résonnent longtemps dans l'air et me glacent le sang.

Je pense tout de suite à Junko et à Lila, en espérant qu'elles aient réussi à se cacher. Kate passe devant moi sans me voir, un filet de sang coule de son cuir chevelu, elle s'accroche à une chaise et a les yeux perdus dans le vague.

Les gardes tentent comme ils le peuvent de repousser les rebelles, mon frère est parmi eux, puis j'entrevois Sakirō juste au moment où il reçoit un violent coup de griffe à l'épaule. Une sans-visage me remarque et fonce sur moi. Les griffes métalliques qu'elle porte à la place des ongles brillent comme la lame d'un sabre et m'arrivent dessus sans que j'aie le temps de m'échapper. Je vais être défigurée avant même d'avoir connu mon vrai visage.

Je retiens ma respiration.

Le temps semble se suspendre, et, comme dans un ralenti au cinéma, elle s'arrête au dernier moment, à quelques millimètres à peine de ma joue.

Son regard me transperce, et elle se fige. Ses yeux s'agrippent aux miens, m'examinent, me jugent pendant une seconde qui dure une éternité. Puis elle retire sa main.

Je ne sais pas si je suis encore capable de respirer. J'ai tellement retenu ma respiration ces dernières heures que je ne sais plus comment faire. Elle se sauve en me jetant un dernier regard troublé qui me laisse avec une étrange sensation.

J'expire.

Enfin, les rebelles commencent à perdre la face et à s'enfuir. Le palais se vide, les cris sont remplacés par des sanglots, les sanglots par un épais silence, témoin de l'horreur. Les rideaux sont déchirés, les tables renversées, les filles recroquevillées et terrifiées.

Du sang partout.

Du rouge.

Dans toutes les déclinaisons.

Je cherche Peggy. J'espère qu'elle n'a rien. Je ne sais pas comment je pourrais la remercier pour ce qu'elle a osé faire pour moi et je me demande si elle appartient à ce groupe qui sème la terreur et l'horreur.

Sakirō s'approche, le bras en sang. Il se tient l'épaule.

— Ça va ? me demande-t-il.

Je hoche la tête. Je n'ose pas lui dire que son père est en bas, qu'il a voulu me tuer et qu'il est probablement mort. Je reste en face de lui, perdue dans son regard d'azur jusqu'à ce que ses yeux prennent une teinte d'horreur.

— Papa ?

Je me retourne et vois son père qui tient Kate par les cheveux, un couteau posé sur sa gorge. Il perd beaucoup de sang, mais apparemment, Peggy l'a seulement touché au bras, il ne mourra pas.

Je me crispe. C'est à cause de moi s'il est blessé et tient la vie de cette fille au bout de son couteau. Junko arrive juste derrière eux et s'arrête net, une étrange lueur dans les yeux. Sa main tremble. Elle tient une arme du bout des doigts.

—Pitié…, supplie Kate, terrifiée.

Ses yeux sont figés et des larmes commencent à rouler sur ses joues.

—Miya, comme on se retrouve ! dit Rawk d'une voix presque inhumaine.

—Laissez-la partir, dis-je en approchant.

Je ne le quitte pas des yeux, je ne veux pas qu'il s'aperçoive de la présence de Junko, quelques mètres derrière lui.

Je la supplie intérieurement de tirer.

Elle sait qu'elle est la seule personne à pouvoir faire quelque chose.

Sa main frêle se lève et vise.

Tire, Junko ! Sois forte. Juste une fois. Tire !

Elle tremble. Pleure. Reste figée.

À cet instant précis, je comprends que tout est perdu ; elle ne tirera pas.

Et je ne lui en veux pas.

—Papa, arrête ! Qu'est-ce que tu fais ?! s'écrie Sakirō.

—Je prends le pouvoir, et ton idiote de petite amie a failli tout faire rater !

Des samouraïs arrivent dans le couloir. Junko est surprise, elle sursaute, puis lève le bras et tire.

La déflagration résonne longtemps dans l'air.

Le corps glisse et la surprise se lit sur tous les visages.

Kate tombe.

Morte d'une balle dans la tête.

Junko lâche son arme et s'enfuit. Rawk a le visage couvert de sang.

Il se retourne une seconde pour voir qui a tiré.

Et je sais que je dois fuir maintenant si je veux rester en vie.

44

Je cours aussi vite que je le peux pour sortir du palais ; c'est la première fois de ma vie, et mes jambes me paraissent affreusement lourdes. Une décharge me vrille le cerveau, mais je n'ai pas le temps de culpabiliser, il faut que je coure pour sauver ma peau même si je dois encore enfreindre une règle.

Je gagne la forêt, m'enfonce dans l'épaisseur des arbres tandis que des branches accrochent le bas de ma robe et que les ronces me déchirent la peau. J'essaie de contrôler mon souffle. J'essaie, mais je ne le peux pas, mes poumons sont en feu, et j'ai du mal à inspirer.

J'entends une meute de chiens arriver derrière moi. Ils sont très rapides, j'ignore si je pourrai leur échapper.

Je cours sans me retourner, chaque seconde compte, alors j'allonge ma foulée autant que je le peux en priant pour m'en sortir et mettre le plus de distance possible entre nous.

Les cubes de verre ne sont plus très loin.

Encore quelques mètres. Plus que quelques mètres et je serai chez moi.

Ma maison.

Mon père.

Ma famille.

5, 4, 3 malheureux mètres.

C'est à la fois peu et beaucoup.

Mais la meute m'a rattrapée, et je ne pourrai pas leur échapper. On dirait que les chiens n'ont pas mangé depuis des semaines tant ils ont l'air affamés et à bout. Je cours plus vite, mais c'est trop tard ; un chien arrive juste derrière moi et plante ses crocs dans mon mollet gauche. Je hurle. La douleur irradie dans tout mon corps et l'espace d'une seconde, je vois toute la forêt tanguer.

Rawk arrive avec ses gardes, les traîtres, et malgré le bruit, personne ne vient ; mes parents ne sont pas rentrés du travail, personne ne pourra m'aider.

— Rappelez les chiens ! hurle-t-il. Et amenez-la !

Wallace nous regarde, horrifié, impuissant, les mains plaquées sur la vitre.

— Alors, on dirait que tu t'es vite consolée de mon fils.

Les gardes m'attrapent et me maintiennent devant Rawk. Je lui crache au visage.

Il s'essuie sans broncher.

— Tu as du caractère, Miya, j'aime ça. Tu ferais une bonne Impératrice.

Il avance plus près et passe sa main sous ma robe. C'est comme un coup de poignard. Ses doigts se baladent sur ma poitrine, ils sont secs et me dégoûtent.

Wallace frappe de toutes ses forces contre les murs, il est fou de rage. Il crie. Hurle. Rawk s'en aperçoit et sourit. Ça l'amuse. C'est un jeu pour lui.

Je me débats, mais les gardes resserrent leurs mains sur mes bras tellement fort que ça me brûle la peau.

Rawk se rapproche encore. Il n'est plus qu'à quelques millimètres de mon visage lorsqu'il m'attrape le menton et m'embrasse puissamment. Une nouvelle décharge me vrille le cerveau, plus violente que les précédentes.

Je pleure à l'intérieur de mon corps et ravale mon dégoût. Je ne veux pas lui faire cette joie, je ne veux pas lui montrer qu'il m'a anéantie.

— Ça t'a plu ? lâche-t-il en s'essuyant la bouche avec le bras. J'espère que ton *ami* a aimé le spectacle !

Je comprends qu'il joue et que nous sommes perdus. Il

est le chat, je suis la souris. C'est lui qui dicte les règles. Alors, je m'envole : j'imagine un autre monde. Avec Wallace. Nous sommes heureux et nous partons loin. Ma maison est l'univers, le ciel est mon salon, les étoiles mes invités. Nos yeux brillent, nous ne nous quitterons plus jamais, l'éternité est à nous.

— Épouse-moi, dit Rawk.

Cet homme est fou.

— Je préférerais mourir, dis-je en articulant autant que possible pour qu'il comprenne bien à quel point il me dégoûte.

— Je vois… Tu n'accordes pas d'importance à ta vie, mais peut-être que celle-là en aura pour toi. (Sa tête se tourne vers la cellule.) Ouvrez les vannes !

Les gardes me lâchent.

Je ne comprends pas ce qu'ils font.

Ils se dirigent vers la cellule. Se baissent. Arrachent un carré de pelouse comme on enlèverait un morceau de moquette. Soulèvent une plaque de métal.

L'un d'eux enfonce son bras dans la terre et, pendant des secondes qui paraissent des heures, il tourne des manivelles dans un bruit sourd et métallique.

Alors, je vois Wallace regarder ses pieds.

De l'eau.

Partout.

Des litres d'eau arrivent par le sol de la cellule.

Mon cœur se déchire. Ma vie se déchire. L'univers se déchire.

Pourtant, Wallace relève la tête et me sourit. J'ai signé son arrêt de mort, et il me sourit. Comme si ça n'avait aucune importance. Comme si sa vie n'avait plus d'importance.

NON !

La colère bouillonne en moi. Je ne peux pas supporter ça.

Mais je ne peux pas épouser Rawk. Il est le père de Sakirō et sa femme est encore en vie.

C'est inconcevable.

Je ne peux pas. Je ne peux pas. Je ne peux pas.

Si.

Je peux.

Je peux sauver Wallace, même si je le connais peu, c'est la personne la plus importante pour moi, à présent. Je l'aime.

J'aime Wallace. J'ignore pourquoi.

C'est lui, c'est tout.

L'eau monte vite, elle a déjà atteint sa taille. Je n'ai plus le choix.

— D'accord ! hurlé-je.

Je cours et me poste devant la paroi de verre.

— C'est fini, lui dis-je.

— Non, ne fais pas ça, me dit Wallace en reculant. Ne te sacrifie pas pour moi.

De toute ma vie, je n'ai jamais ressenti une douleur pareille. Même dans mes pires cauchemars, ça n'a jamais été aussi violent. L'injection que j'ai reçue ne suffit plus : les larmes me brûlent les yeux.

— Je ne t'aime pas, Miya, ne fais pas ça pour moi. (Il recule de nouveau. Baisse la tête.) Tu n'es rien pour moi.

— C'est faux, dis-je en pleurant. Je sais que c'est faux, arrête, Wallace.

Et je me tourne vers Rawk.

— Je ferai tout ce que vous voudrez.

Il fait signe à ses gardes de couper les vannes. Wallace a déjà de l'eau jusqu'aux épaules, et je sens qu'il est soulagé. Peu importe ce qu'il va m'arriver, l'essentiel est que Wallace vive.

— Bien, je préfère ça, dit Rawk. Je voulais juste que ton

ami entende que tu seras dans mon lit ce soir. Que c'est moi que tu embrasseras, aussi souvent que je le souhaiterai !

Wallace donne un coup de poing dans la vitre, le visage rempli de haine.

Rawk jubile et fait un signe au garde. Celui-ci hésite.

—Non ! crié-je. J'ai accepté !

—Si tu crois que c'est toi qui dictes les règles, tu te trompes, ma belle ! J'espère que tu seras plus docile ce soir !

Le garde tourne la manivelle.

Tout se brouille dans ma tête. Plus rien n'a de sens.

Le bruit de ferraille me crispe, et l'eau se déverse de nouveau dans toute la cellule.

Le niveau monte de plus en plus vite, Wallace est déjà immergé jusqu'au cou.

Cette fois, je ne peux plus respirer.

Il pose sa main sur la paroi, et je m'approche pour poser ma main sur la sienne. Notre regard, empli d'horreur, de tristesse, mais aussi d'amour est plus fort que tout. Que toute une vie. Que l'univers, la cruauté et les hommes qui n'ont rien compris.

C'était nous.

Miya et Wallace.

Nous étions faits l'un pour l'autre.

Il me sourit et je lui souris autant que je le peux. Mes yeux plongés dans les siens détruisent tout ce qui se trouve autour : Rawk, les gardes, les chiens, la douleur dans ma jambe. Il n'y a plus que nous.

Je veux adoucir sa mort. Je retiens mes larmes autant que possible, j'ai l'impression de me remplir de l'intérieur ; je vais mourir comme lui, noyée par ces larmes qui ne cesseront jamais.

C'est atroce. Cruel. Insoutenable.

Je suis piétinée.

L'eau monte.

Monte.

Monte.

Et je vais assister à son exécution.

Encore quelques centimètres et il aura le nez sous l'eau. Il prend une grande bouffée d'air et tente de rester près de la vitre. Ses cheveux ondulent comme des algues, il fait des mouvements de jambes pour se maintenir à la surface, mais tous ses traits se crispent lorsque l'eau envahit son visage.

Je l'embrasse. Avec mes yeux, je l'embrasse. De tout mon cœur, de toute mon âme, je l'embrasse. Et je sens que des portes se ferment à l'intérieur de mon corps, que des lumières s'éteignent, qu'un monde disparaît, englouti par la douleur. Je deviens cendres, prise à la gorge et étouffée par cet oxygène que tout mon corps rejette à présent.

Je ne peux pas empêcher ça, c'est inconcevable, mais il va mourir sous mes yeux.

— Je t'aime, lui dis-je dans un souffle.

Son visage commence à se déformer sous le poids de la douleur, de l'étouffement. Je comprends qu'il est à bout, qu'il ne tient plus, que l'eau a envahi son corps, et qu'elle est en train de noyer ses poumons. L'eau, cette bénédiction de la nature, est en train de tuer celui que j'aime.

Ses yeux commencent à cligner. Ses bras ralentissent leurs mouvements. Il s'écarte de la paroi.

C'est fini.

La colère monte en moi.

Je crie et mes mains frappent, cognent, se déchaînent, veulent pulvériser la paroi, Rawk, et tous les gardes autour. Je le sens rire derrière mon dos, mais je continue. Toute ma volonté converge vers cette vitre dans l'espoir de la briser.

La souffrance me lacère le cœur, je ne peux pas vivre sans Wallace.

Cette souffrance se transforme en une énergie incroyable. Une énergie qui vient des profondeurs de mon âme. Elle monte et tous mes membres se mettent à vibrer : mes pieds, mes jambes, mon buste. Elle parcourt mon corps et déferle dans mes mains ; il y a quelque chose en moi qui me dépasse totalement : mes paumes sont brûlantes et remplies d'une force que je n'ai jamais ressentie jusqu'alors. Je pense que c'est du sang à force d'avoir frappé la paroi, mais ça ressemble plutôt à une lumière vive, comme un faisceau.

L'énergie s'intensifie tandis que je pose mes mains sur la vitre.

Et…

Tout vibre.

Mes yeux ne quittent pas la fissure qui vient de naître dans la paroi.

L'espoir se mêle à ma force.

Une seconde de silence précède l'explosion.

La vitre éclate en mille morceaux dans un bruit assourdissant, l'eau jaillit avec force tandis que les quatre murs de la cellule s'écroulent en même temps. Rawk et les gardes sont stupéfaits et tombent, emportés par des mètres cubes d'eau et de morceaux de verre.

Moi, je n'ai pas bougé d'un centimètre. Je suis restée clouée au sol par cette force inhumaine.

Je reprends mes esprits et cherche Wallace en espérant qu'il ne soit pas trop tard. Arrivée près de lui, j'attrape son bras ; son pouls est faible, mais il bat encore. Je l'attire vers moi et l'aide à se mettre debout. Il recrache beaucoup d'eau, tousse, tout en reprenant doucement connaissance.

— Réveille-toi, Wallace, il faut qu'on parte.

— Que s'est-il passé ? Cette lumière…

— Pas maintenant. Tu peux courir ?

Il me fait signe que oui, mais je sais qu'il est encore faible. Je l'aide comme je le peux, et nous nous enfuyons dans la forêt.

Je n'ai pas le temps de regarder mes mains, je sens qu'elles me grattent comme quand j'étais petite et que j'ai brûlé la chemise de mon frère, sans explication. J'ai du mal à croire ce qui vient d'arriver et je me demande ce que j'ai en moi, et d'où vient cette force capable de faire exploser un bloc de verre pourtant réputé indestructible.

45

Nous avançons dans la forêt aussi vite que nous le pouvons.

Les branches griffent nos tibias et nous ralentissent, mais nous n'avons pas le temps de choisir où nous mettons les pieds, les hommes de Rawk sont à nos trousses et veulent notre peau. J'entends les aboiements des chiens à travers la forêt, je sais que nous ne serons pas assez rapides. Il y a aussi cette douleur dans mon mollet qui me lance ; j'ai tellement mal que je pourrais en rire, chaque talon posé sur le sol est une brûlure, un coup de couteau qui s'applique à déchirer ma chair.

— Miya, attends ! me lance Wallace.

Je me retourne.

— La rivière… On va continuer par là, les chiens perdront notre trace.

Je hoche la tête, trop essoufflée pour répondre.

— Donne-moi ta chemise.

Je suis surprise, puis je comprends et me tourne pour l'enlever.

— Vite !

— Tiens.

Il ramasse une grosse pierre, enroule le tissu autour et la jette le plus loin possible dans la forêt. Je resserre un peu ma robe pour cacher ma poitrine, et nous reprenons notre course en tirant sur la gauche pour rejoindre la rivière.

Je réprime un cri en sautant dans l'eau glacée. Nous progressons lentement : nos pieds glissent, ma robe mouillée pèse une tonne, et l'eau qui coule de plus en plus fort nous ralentit.

J'entends les chiens aboyer au loin comme s'ils avaient trouvé quelqu'un.

— Ça a fonctionné, me dit Wallace sans cesser d'avancer.

Cette fois, nous ne pouvons plus marcher, le courant s'est intensifié et nous sommes obligés de nager en essayant d'éviter les rochers. J'ai du mal à garder la tête hors de l'eau ; comme tous les jeunes de Kamakura, je n'ai eu droit qu'à quelques cours en piscine, l'année de mes quinze ans. Wallace se débrouille mieux que moi, le courant l'emporte loin devant, et je nage comme je le peux en essayant de ne pas cogner mon mollet blessé contre les rochers, me demandant combien de temps il va falloir tenir dans cette eau glaciale.

Soudain, il se tourne vers moi.

Il ne dit rien, mais je vois à son visage crispé qu'il y a un problème.

Il se débat comme s'il voulait reculer et fait des efforts surhumains pour s'agripper à un rocher.

— Miya, donne-moi la main, vite ! crie-t-il.

Je n'ai pas le temps de comprendre ce qui arrive. Je passe près de lui et tends le bras autant que mes os et ligaments en sont capables. Nos doigts se touchent une seconde, mais l'eau rend la prise glissante, et ma main lâche.

— Miya ! crie Wallace.

Alors, je comprends.

Je réalise que je dois faire comme lui.

Que je dois m'accrocher à un rocher.

Que c'est une question de vie ou de mort.

Tout s'accélère, les vagues, le bruit, les images. Le courant m'emporte, et je ne sais plus ce que je dois faire. Tout va si vite. Je ne sais plus comment sauver ma peau. Il doit bien y avoir un moyen de se raccrocher à quelque chose.

Puis, je sens quelqu'un derrière moi.

C'est lui.

Il est là. Il a lâché sa prise.

Je voudrais lui demander pourquoi il a fait ça, mais je bois la tasse un milliard de fois jusqu'à ce qu'il m'attrape par le dos de la robe, puis par la manche. Nous faisons des moulinets avec les bras pour ralentir et essayer de gagner la rive. En vain. L'eau bouillonne de plus en plus dans un bruit sourd : il n'y a plus un seul rocher auquel nous raccrocher.

Le courant nous porte loin.

Enfin, l'eau redevient calme et presque lisse pendant quelques secondes.

— Tu m'as sauvé, je reste avec toi. C'était sympa de te rencontrer, Miya, me souffle-t-il en me regardant droit dans les yeux.

Une fraction de seconde plus tard, je vois qu'il n'y a plus de rivière, plus de courant, plus d'eau. Rien.

La suite est dessous.

Trente mètres plus bas.

Il prend ma main.

Je comprends à cet instant que nos destins sont liés.

Comme la lune et les étoiles. Comme le ciel et la terre. Nous allons suivre la rivière. Jusqu'au bout.

Jamais je n'aurais pu prévoir tout ça. Si l'on ne se souvient pas de sa naissance, je pense que l'on peut se souvenir de sa mort. Pour moi, ce sera ça : nos mains froides enlacées, un regard vert pétillant qui m'accroche les yeux comme pour me dire que tout ira bien, que je ne suis pas seule, qu'il y a quelque chose de bien derrière tout ça. Quelque chose que nous ne maîtrisons pas et qui nous dépasse totalement. Miya et Wallace. Deux inconnus dans un monde de braise. Nous n'avons pas eu le temps de nous aimer, mais je sais que ça aurait été formidable. Wallace est une promesse, un avenir auquel je n'ai jamais osé rêver.

Peut-être que nous nous retrouverons là-haut. Peut-être que nous prendrons la place des étoiles et que nous illuminerons le ciel de notre amour.

Peut-être que nous sommes éternels.

Je serre fort sa main.

Mon pouls frappe dans ma gorge.

Je voudrais l'embrasser une dernière fois, mais il est trop tard ; la chute est inévitable, et d'instinct, je retiens ma respiration.

46

Nous sommes propulsés sous un tourbillon de mousse blanche dans un vacarme assourdissant.

Du blanc.

Partout.

Nous chutons pendant une éternité ; nos dernières secondes avant de nous fracasser le cou.

Du blanc. Du blanc. Du blanc et de la mousse.

Et nos mains qui ne se quittent plus.

Alors, une pensée me traverse l'esprit : c'est un joli décor pour mourir.

Et puis, tout s'accélère. Cette fois, c'est le noir. Le noir absolu. Je crois que je perds connaissance. Et je perds quelque chose dans ma main, mais je ne sais plus quoi.

J'ai mal. Presque trop pour en souffrir vraiment. C'est étrange. Mes poumons sont en feu, ils me brûlent, et j'ai l'impression qu'ils vont éclater.

Un océan lugubre se referme sur moi et m'étouffe. Je voudrais en ressortir, écarter ses parois pour reprendre une bouffée d'air, rien qu'une fois, une dernière petite fois. Je voudrais m'appuyer sur quelque chose pour remonter à la surface. Mon pied sur quelque chose. Me hisser. Je voudrais, je voudrais, je voudrais. Je sens l'eau pénétrer dans mes poumons. La douleur me vrille la poitrine et toujours rien pour me hisser.

Si seulement…

… je pouvais

… respirer

… même… un… tout… petit… peu.

Rien qu'une fois.

Je supplie. De toute mon âme. Je veux sentir ça ; respirer une dernière fois. Une dernière seconde. Cet instant magique que j'ai reproduit des milliards de fois dans ma vie sans même m'en rendre compte. Sans apprécier. Sans savourer l'air vital qui effleurait mes narines pour traverser mon corps et me maintenir en vie.

Je veux…
… sentir ça
… une
    … dernière
        … fois…

L'obscurité me recouvre comme le rideau qui tombe à la fin d'une pièce de théâtre.

Et j'abandonne. J'abandonne. J'abandonne.

Je m'abandonne à ce ruban de velours noir qui ouvre grand les bras pour m'engloutir.

47

Wallace

Je comprends que l'idée de la rivière était absurde. Je nous ai conduits à notre mort.

J'agrippe de toutes mes forces un rocher. Mes doigts glissent, mais je réussis quand même à maintenir la prise. C'est notre unique bouée de sauvetage.

J'appelle Miya.

Elle se débat et essaie d'attraper ma main.

Allez, Miya, tends le bras, il le faut, tends, supplié-je mentalement.

Ses doigts s'accrochent aux miens une seconde, et je lui souris. Mais l'eau fait glisser sa main délicate, et elle se retrouve emportée par le courant.

NON !

Sans même réfléchir, je me jette dans la rivière.

C'est idiot.

Je sais qu'il n'y a plus de rochers. Plus de chance de s'en sortir. Plus d'espoir.

Je me jette dans l'eau comme on se jetterait dans les ténèbres.

Pourquoi ?

Pour elle.

Je l'ai aimée à la première minute où je l'ai vue. Elle m'a sauvé, et je veux être près d'elle quand… Je ne peux pas la laisser seule. Je serai à ses côtés.

Je voudrais que ce moment soit beau. Puisque c'est

fini. Puisque ça s'arrête ici pour nous. Puisque c'est le seul moment que l'on m'offre avec elle, il faut que ça finisse bien.

Je l'attrape et la regarde droit dans les yeux. Elle est belle. Son masque a été arraché par l'eau et je vois pour la deuxième fois son vrai visage. Elle est magnifique. Si belle que c'en est douloureux. Je la regarde et je voudrais lui dire combien je l'aime, mais je ne peux pas. Nous nous connaissons à peine, et je sais que je lui fais toujours un peu peur. Nous ne sommes pas du même monde, pourtant nos vies se sont croisées et elles ont fusionné. Personne n'a pu empêcher ça. Il n'y avait pas de règles pour ça. Nous allons quitter ce monde ensemble. C'est aussi important que de passer toute une vie avec quelqu'un.

Je lui prends la main. Sens de la terreur en elle.

Elle me serre les doigts de toutes ses forces. Douce. Fragile. Vraie. Et je sens la vie qui palpite dans sa paume.

C'est si précieux.

Les derniers battements de deux êtres humains.

Il n'y a pas de mots. Pas de prix. Pas assez de tout l'univers pour représenter la valeur de ce dernier instant de vie.

Je voudrais l'embrasser, mais le courant nous emporte. Le choc est trop violent, et je ne parviens pas à garder sa main.

Je suis projeté comme une pierre, je rebondis, me cogne, m'enfonce. Je sens un étau qui me comprime la tête ; j'ai mal, je n'arrive presque plus à respirer et j'ai perdu Miya, c'est ce qui me fait le plus souffrir.

Un souffle de vie qui vient du tréfonds de mon âme me pousse à lutter.

Je veux la retrouver.

Je bats des pieds sans savoir si je vais dans la bonne direction. Tout est si noir. Impossible de savoir où est la surface de l'eau. Je bouge les bras. Les jambes. Prie pour ne pas m'enfoncer encore plus.

Les secondes m'oppressent, m'enlisent. Je sais que je n'ai plus beaucoup de temps. Et par le plus grand des miracles, au bout d'une éternité, je remonte à la surface.

S'il y a la moindre chance pour que je retrouve Miya, je la tenterai. Jusqu'au bout, je chercherai cette main qui m'a lâché trop tôt.

Je remonte des profondeurs, mes pieds battent aussi vite que leurs dernières forces le permettent, j'ignore si j'aurai assez d'oxygène pour tenir jusqu'au bout.

Puis mes yeux distinguent enfin un peu de lumière. J'aperçois la surface argentée comme le bout d'un tunnel. Encore un peu. Je dois tenir.

Je vais m'en sortir.

Mais seul.

Je n'aurais jamais dû lui lâcher la main. Je vais vivre et m'en vouloir pour le restant de mes jours.

Ma tête sort de l'eau, et dans une explosion de douleur, je recrache toute l'eau que j'avais avalée tandis que l'air me foudroie les poumons.

Je crie de rage. Épuisé. Écrasé. Détruit.

Et je ne peux plus m'arrêter de tousser.

J'essaie de regagner le bord de la rive avec le peu de forces qu'il me reste.

C'est la dernière chose que je puisse faire.

***

Tout est incroyablement calme, maintenant. Comment cet endroit peut-il être si tranquille alors que deux secondes plus tôt, c'était un véritable déluge ?

J'agrippe le bord de la terre. Me traîne. De la boue se colle sur mes doigts, s'enfonce sous mes ongles. Je me hisse et rampe jusqu'à ce que mon corps soit complètement allongé. Je tousse encore et encore. M'écroule.

Et je pleure. Je ris. Je suis vivant.

C'est terrible.

J'aurais dû garder sa main. Même s'il avait fallu lui broyer les doigts, je n'aurais jamais dû la lâcher.

J'ai froid. Je me sens anéanti. Vide. Je vais juste mourir ici au lieu de finir avec les poissons. C'est au bord de l'eau, transi de froid, que l'on me retrouvera.

Je ferme les yeux. La lumière m'est devenue insupportable, elle me brûle la rétine.

Et enfin, je la vois.

Elle sort de l'eau et me sourit. J'ai envie de crier de joie, mais je suis trop épuisé. Aucun son ne sort de ma bouche.

Elle vient vers moi. Elle n'est même pas fatiguée. Je veux la prendre dans mes bras, mais je n'ai plus assez de forces pour bouger.

Quelque chose cloche.

Elle n'est même pas fatiguée. Son corps est un peu transparent. Elle se plante devant moi :

— Tu n'aurais jamais dû me lâcher ! Je ne t'ai pas lâché, moi, dans la cellule !

Je me réveille en sursaut. Regarde partout autour de moi, mais il n'y a personne. Juste quelques oiseaux dans les arbres, témoins de ma douleur. Alors, je hurle. Un cri qui vient des profondeurs de mon être, un cri qui n'a jamais osé sortir jusqu'alors, un cri insupportable dont les harmonies irradient dans toute la forêt. Les arbres se crispent, les oiseaux hurlent, les animaux sauvages se sauvent, terrifiés par la bête que je suis devenu.

C'est ça. Une bête. Un monstre.

Je ne suis plus qu'un reste d'humain.

Je scrute l'eau.

Tranquille.

Paisible.

Elle semble me dire que j'ai rêvé tout ça. Comment le corps de celle que j'aime pourrait-il être pris au fond de ces eaux sublimes ?

Miya.
Apparais, Miya.

Je sais qu'elle va arriver. Je le sais. Un jour, elle apparaîtra et je serai là. Au bord de l'eau. À l'attendre.
Je lui dirai : « Pardonne-moi, Miya, j'ai glissé, le choc était trop violent. Pardonne-moi. »

Un jour, je regarderai au-dessus de l'eau.

48

Miya

Je cligne des yeux et la lumière m'aveugle.

C'est bien ce que l'on nous raconte, cette lumière blanche.

Alors, c'est vrai. Ça existe vraiment. Je suis tout à coup très excitée, je voudrais courir vers elle, mais mon corps refuse de bouger.

Ah, oui. Je n'ai plus de corps. Il va falloir que je m'habitue à n'être plus qu'une âme.

Comment ça marche ?

Comment je fais pour me déplacer, pour parler ?

Je vais avoir l'éternité pour apprendre.

Alors, je sens un grand vide en moi et un grand vide dans ma main. Avant de partir, je tenais quelque chose de très important.

Je force mon cerveau à se souvenir. Il le faut, j'en suis sûre, mais ça ne fait que m'épuiser davantage.

Je n'ai plus la force.

Mes yeux se ferment.

La lumière attendra.

49

Wallace

Je ne sais pas combien de temps je reste ici sans bouger, perdu dans les brumes de ma conscience, aveuglé par les larmes et la colère.

Plusieurs jours se sont écoulés sans que je me lève de cette boue qui maintient mon corps au sol. Mais cette boue me tient chaud. C'est ma boue. Elle est à moi. C'est moi qui ai fabriqué tout ça.

Le soleil darde ses rayons sur mon corps comme pour me narguer. Il ne m'aime pas et s'applique à me brûler le dos.

Je m'en fous. Je reste là.

Miya va venir et je ne peux pas ne pas être là quand elle arrivera, qu'elle me regardera avec ses grands yeux bleu-gris et qu'elle me pardonnera.

J'entends des bruits dans les arbres. Des ombres se déplacent, et je ris. Je ris très fort. Mon rire m'étonne et détonne avec le silence de cette forêt.

Des mains m'agrippent.

Me soulèvent.

— Partez ! Que faites-vous ?! J'attends Miya !

Personne ne m'entend, je ne suis même pas sûr que ma voix soit sortie de mon corps.

Un mur de silence m'écrase.

Mes ravisseurs m'entraînent dans la forêt.

Non ! Je ne retrouverai jamais Miya ! Elle ne saura pas

que je suis là. Elle croira que je ne l'ai pas attendue. Elle ne me retrouvera jamais. *Arrêtez !* Je hurle à l'intérieur. Les mots restent recroquevillés dans ma gorge ou dans mon cœur. Je pleure, mais rien ne les arrête.

On m'abandonne dans une cabane, sur un lit de vieux cartons.

Et des voix déformées semblent parler de moi comme si je n'existais pas.

C'est ça.

Faites comme si je n'étais pas là.

Je suis resté près de la rivière, à attendre Miya.

Troisième partie

50

MIYA

Je cligne plusieurs fois des yeux.

J'ai du mal à les garder ouverts et lorsque j'y arrive, je ne vois qu'un tourbillon de formes et de couleurs.

J'ai mal partout. Tellement mal que ça me donne envie de rire, d'un rire étrange, presque inaudible et déformé par les ondes percutantes qui me lancent constamment. J'ai l'impression que mon corps a été éparpillé en mille morceaux dans toute la pièce, que plus rien n'est en place ; plus de membres, plus de matière, seules quelques particules de mon âme tentent encore de survivre avant de tomber au sol et de se mêler à la poussière.

Une fille masquée me donne de petites cuillerées de soupe que je peux à peine avaler. Je sens le liquide chaud couler au fond de mon corps ou de mon cœur, je ne sais plus lequel des deux se réchauffe le plus. Toutes ces sensations qui reviennent petit à petit. Est-il possible que je ne sois pas morte ?

Mon corps est chaud. Froid. Ou les deux. Et je ne sais pas pourquoi je suis là.

Si.

Je suis tombée.

C'est tout ce dont je me souviens.

Je veux bouger, mais mon corps m'envoie une décharge, et je comprends que je ne dois pas faire de mouvements pour l'instant. J'ai l'impression que tous mes os sont brisés, que je ne suis plus qu'un tas de bris de verre, et qu'un jour, peut-être, elle renoncera à me soigner et ira chercher une pelle.

Mon cerveau est embrumé. Ma mémoire fonctionne au ralenti. Je cherche. Fouille dans les profondeurs de mon âme. J'ai oublié quelque chose, mais je ne sais pas quoi. Le vide, c'est tout ce qui me vient à l'esprit ; mais ça ne veut rien dire.

Je ne fais que dormir, manger, et creuser ma faible mémoire. Je range, trie les souvenirs qui me reviennent comme on range des cartons dans une pièce ; les souvenirs familiaux à droite, les souvenirs d'école dans le carton en haut à gauche de l'étagère, derrière les souvenirs d'enfance. Mais les derniers, ceux qui expliqueraient pourquoi je suis ici, ne me reviennent pas.

J'ignore depuis combien de temps je suis là, dans cet état de demi-conscience.

Les minutes et les secondes s'égrènent lentement, c'est l'impression que j'ai, en tout cas, comme si le temps prenait enfin tout son temps : il s'éternise, pour une fois, mais c'est encore pire. Je veux sortir de cet état. Je veux retrouver mes forces, bouger, me lever et quitter cette pièce ainsi que ces gens que je ne connais pas.

Mais je reste clouée par terre, parfaitement immobile. Seul un léger mouvement de mon ventre m'indique que je suis toujours vivante.

J'imagine qu'il fait beau, dehors ; le soleil perce à travers les planches de bois de cette cabane, et la seule chose que je vois est la poussière qui danse dans l'air.

Même cette lumière feutrée m'agresse.

Ils s'occupent de moi et essaient de me maintenir en vie. Mais moi, je ne sais pas si je veux vivre ou mourir. Je ne sais plus ce qui compte le plus. J'ai tellement mal. Combien de temps ça va durer ?

51

Aujourd'hui, tout me semble plus réel ; je distingue les contours, les quelques objets présents dans cette pièce, et la lumière qui perce ne me fait plus mal aux yeux.

J'essaie de me redresser. Mes membres sont lourds et cotonneux, mon mollet me lance, mais je me force à me mettre debout. Je m'appuie sur le mur et regarde autour de moi : il n'y a ici que le strict minimum. Une table, un pichet d'eau, un bol de soupe froide, un miroir et le futon sur lequel j'étais allongée.

Il faut que je sorte, je veux voir ce qu'il y a dehors, j'ai besoin de savoir où je suis. J'avance lentement, ma tête tourne, je dois me tenir au mur pour ne pas m'écrouler. J'attends que la sensation s'estompe, puis je tire le rideau qui sert de porte. Alors, mes yeux ont du mal à croire ce qu'ils voient ; des dizaines de maisons, des hommes, des femmes, des enfants… C'est comme un village entier caché dans la forêt.

Je regarde ces visages. Il y a des personnes masquées et d'autres non. Toutes les personnes qui ont le visage découvert ont des cicatrices, des taches ou des difformités.

Quelqu'un m'aperçoit et se fige.

Je retiens ma respiration. J'ai la sensation de ne pas être à ma place ici.

Plusieurs personnes s'arrêtent dans leur action et me dévisagent. Je baisse les yeux, j'ai du mal à soutenir leur regard qui n'a rien d'amical, et je dois bien avouer que leur laideur me fait peur.

—Rentre ! m'ordonne une femme.

J'obéis aussitôt. Je la reconnais, elle est venue plusieurs fois pendant que je délirais.

Nous entrons dans la cabane. Elle tire le rideau, et je sens tout de suite beaucoup de méfiance envers moi.

— Où suis-je ? demandé-je.

— Dans la forêt. Ici, c'est le territoire des sans-visage.

Je frissonne. C'est donc ici que vivent tous ces gens. Toutes ces personnes chassées de la ville à cause de leur laideur.

— Nous t'avons trouvée près de la rivière, il y a six jours. Tu étais presque morte. (Elle verse de l'eau dans un verre et me le tend.) Bois.

Je prends le verre. Elle continue :

— Tu as dû faire une sacrée chute. Que faisais-tu dans la rivière ?

— Je… je ne sais pas. Je suis tombée… c'est tout ce dont je me souviens.

— Tu portes un uniforme de la Cour. Tu étais au service de l'Empereur ?

Je regarde mes vêtements, resserre un peu le haut de ma robe qui laisse entrevoir ma peau nue. Puis me voûte, mal à l'aise.

— Je crois, dis-je, plus pour ne pas l'affoler que parce que je m'en souviens.

— Tu devrais porter un masque, me dit-elle froidement.

Je porte aussitôt les mains à mon visage. Je sens ma peau. Une vraie peau. Vivante. Chaude. Moite. Et je me souviens que je n'ai jamais vu mon visage, que j'ai toujours porté un masque.

— Ta beauté est… malvenue, ici.

Je jette un œil vers le miroir en étain. Il est trop loin pour que je puisse me voir.

— Je m'appelle Jane. Attends-moi ici une minute.

Elle sort et je reste quelques secondes sans bouger.

À fixer le miroir.

Puis, j'approche lentement du mur.

J'aperçois une fille effarée qui me regarde et je dois fermer les yeux pour les derniers pas qu'il me reste à faire.

Ma beauté. Ce mot résonne en moi.

J'inspire un grand coup tandis que des souvenirs se jettent en vrac dans mon cerveau : j'aurais dû voir mon visage avec mes parents. Pas seule, pas ici, pas comme ça.

J'ouvre les yeux.

Et je reste plantée là, à me regarder comme si c'était une autre personne dans le miroir.

C'est une autre personne.

Que je ne connais pas, que je n'ai jamais vue.

Pourtant, c'est moi.

C'est étrange de se découvrir à dix-sept ans.

Je suis belle. J'ai toujours voulu être belle. Ma peau est magnifique, son grain est serré. J'ai un joli teint pâle, des traits réguliers, des yeux bleu-gris en amande étoffés de longs cils noirs qui font ressortir leur couleur. Mon nez est droit, d'une longueur parfaite, et j'ai une bouche pleine, délicatement ourlée et d'un rose prononcé.

Alors, c'est moi ?

Je ne me reconnais pas.

Évidemment, j'étais si petite, la dernière fois. Je suis belle. Très belle. Presque trop, même. Si j'avais pu choisir, je me serais choisie moins belle.

C'est idiot, maintenant que je sais que je suis belle, je ne peux pas l'être ici. Entre ces visages déformés, plutôt laids, cette beauté trop parfaite me fait l'effet d'une immense tache qu'il faudrait nettoyer.

Je commence à me frotter la figure, mes doigts glissent sur mes joues, tirent sur ma peau et s'y enfoncent pour déformer mes traits, la laissant toute rouge.

Ici, c'est moi qui suis laide. Je ne suis pas comme eux, je ne suis pas à ma place.

Et j'ignore ce que je fais là. J'ignore pourquoi ces gens m'ont sauvé la vie et pourquoi j'ai tant envie de fuir.

— Tiens, dit Jane en entrant et en me tendant un masque.

Je sursaute et recule d'un pas.

— Merci, dis-je.

— Tu peux rester ici, mais tu devras te trouver un travail. Nous sommes une petite communauté et tout le monde participe. Selon tes capacités, nous t'attribuerons une fonction qui te donnera droit à un salaire.

Mes capacités. Un salaire. Des mots qui butent dans mon crâne comme des coups de pelle dans un bloc de béton. Je ne sais pas quelles sont mes capacités. Je ne vois pas en quoi je pourrais les aider.

— Oh, ce n'est pas un salaire comme en ville ; ici, il n'y a pas d'argent, c'est juste du troc.

Elle n'a pas l'air de beaucoup m'aimer. Elle est jolie, mais ce n'est pas son vrai visage, elle est masquée.

Je mets le masque qu'elle m'a donné et la suis pour visiter le village. Tout le monde se retourne sur notre passage et nous salue. Je comprends qu'elle doit être comme une sorte de chef, ici.

— Là, c'est notre boutique, notre cybermarché à nous, si tu préfères. Tu peux acheter de la nourriture, des vêtements, des meubles, et tous les objets dont tu pourrais avoir besoin.

Elle marque un temps, me fixe et ajoute :

— Pour une vie dans la nature… Bien sûr, il va te falloir être plus créative. C'est certainement très loin du confort auquel tu étais habituée… mais tu t'y feras.

Je regarde toutes ces choses étalées sur les tables et les étagères posées en pleine nature. Je me demande ce qu'elle entend par être plus créative. Je n'ai jamais vu de meubles pareils : ils sont irréguliers, tous différents, en bois brut et sûrement l'œuvre de mains humaines vu le nombre d'imperfections. J'ai tout de suite envie de les toucher pour voir l'effet que ça fait de sentir du vrai bois.

Un homme s'avance. Il est couvert de suie et ses mains sont si sales que l'on ne distingue presque plus sa peau.

— Je te présente Masachi. C'est lui qui crée les meubles, m'explique Jane.

Il me sourit, dévoilant les dernières dents qu'il lui reste. Je m'incline poliment, mal à l'aise ; je ne me souviens pas bien de ma vie avant, mais je sais que ce monde n'est pas le mien. Rien ici ne m'est familier.

Gênée, je tourne la tête pendant que Jane et Masachi discutent. Alors, le paysage m'accroche et me cloue sur place : c'est magnifique, une immense forêt s'étend à l'infini, le vert intense des sapins s'oppose au bleu délavé du ciel, et la douce lumière qui filtre à travers les branches fait apparaître un jeu d'ombres qui rend cet endroit encore plus sublime. C'est très beau et cela crée un vrai contraste avec la laideur des habitants.

Des bribes de souvenirs me reviennent. Une attaque, des cris, des filles défigurées… Rawk. Et je revois le visage de Kate qui glisse par terre dans une flaque de sang.

Les sans-visage. Ces criminels qui ont attaqué la Cour.

Un frisson de peur me traverse.

Je me retrouve parmi eux, à présent. Et je leur dois la vie.

52

— Tu peux prendre cette maison.

Jane me désigne une petite cabane en bois au sommet d'une colline.

— C'est un peu à l'écart, mais c'est tout ce que nous avons pour l'instant, ajoute-t-elle.

— C'est parfait.

Je n'ai aucune envie de vivre trop près des autres, je ne suis pas prête. Je ne sais même pas si je vais pouvoir rester.

— Je te laisse. (Elle hésite à partir.) Tu pourras venir manger dans une demi-heure.

Je commence à monter la colline quand elle m'interpelle :

— Tout se passe bien parce que nous respectons les codes. Personne ne peut retourner en ville, ce serait trop dangereux. Ta vie d'avant, ton passé, ta famille… Tout ça n'existe plus. (Son visage prend un air grave.) Il n'y a pas de retour possible. Notre vie ici en dépend, j'espère que tu en as bien conscience.

Elle part, mais je garde l'empreinte pesante de son regard ; je ne sais pas si c'est un avertissement ou une menace. Les deux, peut-être.

Je regarde la maison et la nature qui l'entoure. Il y a des bambous, des pins, des oiseaux et des fleurs magnifiques. Il me semble que tout ce qui est beau est ici.

J'entre et fais un rapide tour de ce qui est désormais ma maison : deux pièces et deux fenêtres qui apportent tout juste assez de lumière pour voir. Le plancher est brut, poussiéreux, il craque à chacun de mes pas, et j'ai peur de passer à travers.

Pas d'eau. Pas d'électricité. Pas d'objets.

Voilà ce qu'elle entendait par devenir créative. C'est plus une cabane qu'une maison.

Mon estomac gronde et m'arrache à ma visite. Je ferme la porte et rejoins le centre du village où des tables en bois parfaitement alignées sont déjà dressées pour le repas. Des sans-visage commencent à prendre place tandis que d'autres ne cessent d'aller et venir, chargés de plats en bambou remplis de nourriture.

C'est là que je l'aperçois.

Il arrive et pose son sac à côté du banc.

Ce n'est pas un sans-visage.

Je me souviens de lui. De notre rencontre. De tout : c'est l'homme que j'aime.

J'ignore si je rêve ou si c'est encore une partie de mon âme qui délire. Est-il possible qu'il soit ici aussi ?

Il se retourne.

Pose les yeux sur mon badge.

— Miya ? C'est toi ? Ton… ton visage est… différent…

— Que fais-tu là ? demandé-je, encore surprise, mais rassurée de voir enfin un visage connu.

— Je me suis enfui. Après les événements à la Cour, je n'étais plus le bienvenu.

Je force mon cerveau à m'apporter tous les souvenirs dont j'ai besoin, en vain. Ils restent enfermés dans les tiroirs de ma tête, verrouillés à double tour.

— Pardonne-moi, Miya, je sais que je t'ai fait du mal. Je… je n'ai jamais cessé de t'aimer, je te le jure ; pas une seule fois, pas une seule seconde. Mais mon père ne voulait pas que je t'épouse et il a été très dur avec moi, il voulait que j'épouse Gemmna… Il avait besoin du soutien de son père pour… (Il secoue la tête.) Je ne savais pas qu'il comptait prendre le pouvoir.

Je ne dis rien. Reste impassible. Des souvenirs me percutent tandis qu'il continue :

—J'ai été faible, je n'aurais jamais dû l'écouter. Si j'avais su ce qu'il préparait…

Je recule.

Me souviens de tout, à présent.

Sakirō.

Le garçon que je devais épouser.

Celui qui m'a brisé le cœur.

Il s'avance pour m'enlacer, mais je m'éloigne.

—Je comprends, dit-il. Je vais te laisser le temps, nous avons tout le temps, maintenant, Miya. Nous pouvons enfin être ensemble. Regarde cette nature, regarde comme c'est beau, ici. Ça va te plaire, j'en suis sûr, nous pourrons avoir la vie dont nous rêvions.

Je ne sais pas si c'est la vie dont je rêvais. Sûrement pas.

Je m'installe à côté de lui et touche à peine à mon assiette.

—Tu devrais manger, me conseille-t-il, le premier repas est offert, après, tu devras te débrouiller pour trouver de quoi manger.

Génial, je vais aller égorger quelques poulets dans la forêt.

Je le fusille du regard.

—Mais je vais t'aider, tu peux compter sur moi.

53

Tout un monde se révèle à moi, et chaque jour, j'apprends à mieux connaître ces gens qui ont terriblement souffert d'avoir été rejetés simplement à cause de leur apparence physique, apparence dont ils ne sont pourtant pas responsables.

Ils forment à eux seuls une véritable société avec ses codes, ses habitudes, sa hiérarchie. Mais je sens que c'est un peuple libre, et, malgré la trace indélébile de leur passé, ici, ils sont heureux. Les enfants courent et jouent dans les ruisseaux, chassent les papillons, crient ou parlent fort comme jamais je n'ai pu le faire. Tout le monde se nourrit de choses qui poussent dans la terre ; salades croquantes, courgettes d'un vert appétissant, tomates pulpeuses et juteuses. Les corps et les attitudes sont plus libres.

Tout est plus organique. Plus vrai.

Les adultes se soutiennent, il y a beaucoup d'entraide et de compassion entre eux, c'est ce qui me frappe le plus. Et puis les rires. On peut toujours entendre une personne éclater de rire ; il n'y a aucune retenue, c'est à la fois effrayant et très attirant.

Je me demande comment ce peuple qui vit si proche de la nature et dont je partage de plus en plus les valeurs a été capable d'agir avec autant de cruauté à la Cour. Je n'ose pas en parler à Jane pour l'instant, je sais qu'elle ne me fait pas encore totalement confiance à cause de mon apparence.

Chaque jour, Sakirō déploie des efforts pour me séduire, il est très attentionné. Je comprends qu'il a eu peur de son père. Tout le monde a peur de Rawk, et je sais qu'il n'a jamais voulu me faire de mal, alors, petit à petit, je lui pardonne et nous passons de bons moments ensemble. Je retrouve le garçon fort et droit que j'ai aimé.

Et puis, je crois que je commence à me faire à cette nouvelle vie. J'ai même trouvé un travail : je suis devenue l'institutrice du village. J'apprends aux enfants à écrire, à lire, à compter, et toutes les chansons que je connais. Ce n'est pas une tâche facile, la plupart d'entre eux ne sont jamais allés à l'école ; ils sont nés ici et leurs parents n'ont pas eu le temps de leur apprendre, il y a déjà tellement à faire pour pouvoir se nourrir tous les jours. Quand on vit en ville, on ne soupçonne même pas toute la facilité qui est à notre disposition pour nous procurer de la nourriture. Bien sûr, il faut de l'argent, mais il suffit d'entrer dans un restaurant ou un cybermarché pour se nourrir.

Ici, c'est différent, tout ce que nous mangeons a un prix : celui de l'effort, de la sueur et surtout de la patience. Mais c'est une immense joie de manger quelque chose que l'on a fait pousser soi-même. Une satisfaction et un goût incomparables. Les saveurs sont différentes, les parfums prononcés, les textures plus croquantes et plus juteuses en bouche. Je me souviens de la première fraise que j'ai mangée ici. Ça restera un souvenir inoubliable, juteux, sucré, à la fois doux et réconfortant.

J'ai souvent mal à la tête et je fais régulièrement des cauchemars d'eau, de rivières, de manivelles… La mémoire me revient par bribes. Je me souviens de Sakirō et j'ai quelques flashs où je me revois petite, avec mes parents et mon frère. Mais je ne me rappelle toujours pas comment je suis arrivée là. Peu importe. Mon destin m'a conduite ici et je vais devoir m'adapter.

***

—Il me faudrait plus de livres pour les enfants, et la musique me manque tellement…, soupiré-je auprès de Sakirō.

—Il y a un autre village à une heure de marche, d'après Jane. Tu devrais peut-être aller voir ce qu'ils ont ?

L'idée me plaît aussitôt, et je monte la colline qui mène à ma maison en pensant à tout ce que je pourrais faire si j'avais d'autres livres. Une fois couchée, je m'endors rapidement et, pour une fois, je rêve. Je suis heureuse, je trouve des centaines de romans, les enfants rient d'entendre de nouvelles histoires.

Le lendemain, je fais part de mon idée à Jane. Elle est d'accord pour que je me rende au village voisin à condition de m'accompagner. Nous partons après le déjeuner, laissant la classe entre les mains d'Eimi, la plus âgée et la plus sérieuse de mes élèves.

Après une petite heure de marche dans la forêt, nous arrivons dans le village où nous sommes accueillies par Tatsuo, un ami de Jane. Ils s'étreignent chaleureusement avant de faire les présentations.

—Je te présente Miya, c'est une nouvelle, dit Jane. Elle est devenue notre institutrice et on vient voir si vous auriez des livres à nous prêter pour l'école… On pourrait peut-être faire des échanges ?

—Oui, bien sûr, c'est une très bonne idée. Nous avons une cabane remplie de bouquins, c'est un peu notre bibliothèque ! Venez, je vais vous montrer.

Alors que nous traversons le village, je suis stupéfaite des ondes qui s'enroulent dans l'air : de la musique. Ce n'est pas de la MPO. Je suis si excitée d'en entendre que je n'arrive plus à écouter Jane et son ami.

—Miya, les livres…

—Oh… pardon.

J'entre dans la cabane et Tatsuo rit. Il s'adosse à la porte.

—Tu aimes la musique ?

— Oui. D'où est-ce que ça vient ?

— De la dernière maison, celle qui donne sur le lac. C'est très à l'écart de nos habitations. Un garçon curieux… (Il grimace. Soupire.) Il vaut mieux ne pas trop s'approcher de lui, si tu veux mon avis… je crois qu'il n'a plus toute sa tête. Il passe des heures à regarder l'eau et refuse de participer à la vie de notre communauté. Mais il met le volume tellement fort que l'on peut l'entendre dans tout le village !

Je fouille dans les livres tout en écoutant les chansons. Des sons que je n'ai jamais entendus, des musiques avec de vrais musiciens et de vrais chanteurs. C'est magnifique.

Ce village est presque identique au nôtre, mais il paraît plus joyeux.

— J'aimerais tellement écouter un peu de musique, est-ce qu'il accepterait de nous prêter un ou deux CD ? demandé-je à Tatsuo en pensant à la minichaîne hi-fi de la classe.

Il n'a pas le temps de répondre.

— Miya ? C'est toi ?

Une fille s'approche de moi.

— Tu es vivante ! Tout le monde te croyait morte !

Je reconnais la voix, mais pas le visage. Elle n'est pas masquée.

Elle rit à gorge déployée.

— C'est moi, Peggy !

— Peggy ?

— On était ensemble au palais, tu ne te souviens pas ?

— Non.

Quelques souvenirs me parviennent tandis que Jane lui explique qu'elle m'a trouvée à moitié morte et que ma mémoire me revient par bribes.

Nous nous asseyons pour bavarder. Peggy me raconte notre vie au palais et comment elle s'est enfuie la nuit où tout a basculé. Des images me reviennent. Je me souviens qu'elle a tiré sur Rawk et je la remercie de m'avoir sauvé la vie.

—Bah, c'est rien, sourit-elle. À vrai dire, je n'ai pas toujours été sympa avec toi. Alors, si tu retrouves la mémoire, j'espère que tu me pardonneras.

—Évidemment, dis-je en la remerciant à nouveau.

Puis Jane me fait comprendre qu'il est temps de partir.

Je salue Peggy et lui promets de revenir la semaine prochaine.

54

Les personnes du village n'ont pas l'air de beaucoup m'aimer, alors je prends l'habitude de porter mon masque. Ma beauté est un affront ici, et les SV sont tous persuadés que je ne suis pas à ma place.

Moi aussi.

Seulement, je ne sais plus où est ma place. Je ne peux plus retourner en ville, même si mes parents me manquent, et je ne serai jamais vraiment une des leurs.

Heureusement, il y a Sakirō. Il fait tout pour que je me sente bien, et je crois que je peux à nouveau lui faire confiance. Il ne cesse de m'offrir des cadeaux, comme ce vieil objet poussiéreux qu'il appelle « tourne-disque » et qui, selon Masachi, permettrait d'écouter de la musique. Je sais aussi qu'il construit une maison pour nous, il ne me l'a pas dit, mais je pense qu'il tient à ce que nous habitions un jour ensemble.

Je suis en train d'effacer le tableau noir de la classe quand des hommes arrivent à cheval.

Tous les enfants se lèvent et se dispersent.

— Les éclaireurs ! Les éclaireurs !

— Reprenez votre travail ! Calmez-vous ! dis-je en posant la brosse dans un nuage de poussière blanche.

J'essuie mes mains crayeuses sur ma robe en regardant par la fenêtre.

— Eimi, tu peux surveiller la classe, s'il te plaît ?

— Oui, Miya.

— Continuez vos dessins, je veux voir des arbres qui

ressemblent à des arbres ! Avec de vraies feuilles, de l'écorce et de la sève…

Je laisse les enfants à leurs dessins et m'approche du groupe.

Les hommes ont l'air épuisés. À peine sont-ils descendus de cheval que Jane leur propose un repas.

— Alors, Mike ? demande-t-elle, inquiète.

— Les nouvelles ne sont pas bonnes. Les choses ont changé à la Cour.

Ils s'installent à une table.

Trois hommes masqués que je ne connais pas et plusieurs SV nous rejoignent.

— L'Empereur est mort. Assassiné, annonce Mike.

— Qui règne, alors ? demande Masashi.

— C'est Rawk.

Le regard de Jane se pose sur Sakirō.

Il baisse la tête.

Les sans-visage ne lui ont jamais vraiment fait confiance, et si son père est le nouvel Empereur, les choses ne sont pas près de s'arranger.

— Rawk est bien décidé à nettoyer la région, reprend Mike. Il veut récupérer la forêt. Il brûle des villages au nord, ses samouraïs emmènent les villageois et les emprisonnent. Les gens fuient, ils ont peur et ne savent plus où aller.

— C'est terrible, dit Jane.

— Nous ne sommes plus en sécurité, maintenant, lance Masashi en donnant un coup de pied dans un tronc d'arbre. Notre vie était ce qu'elle était, avec ses bons côtés et ses peines, ce n'était pas toujours facile de vivre en retrait comme ça, mais ça fonctionnait. Et maintenant, ils veulent aussi nous enlever ça ?

Sakirō marche sur une branche sèche qui craque, et tous les regards se braquent sur lui.

— Il faut lutter, déclare-t-il d'une voix blanche.

— Ah oui ? Et comment ? Nous n'avons même pas d'armes ! rétorque Masashi.

— Je sais, mais on pourrait essayer d'en fabriquer.

— Ils sont plus nombreux et la plupart des SV ne savent pas se battre, réplique Mike. C'est débile ! Et qui nous dit que tu n'es pas avec eux ? C'est ton père, après tout !

Il avance vers Sakirō. Les choses sont en train de s'envenimer.

— Arrête, intervient Jane. Je crois que nous pouvons lui faire confiance.

Une seconde tombe.

Mike hésite.

Mais Jane soutient son regard.

— Oh ? Et sur quels critères tu t'appuies ? Parce qu'il a une belle gueule ? Hein ? Il te plaît, c'est ça ?

— Arrête, Mike, tu vas trop loin.

— Miya ?

Je me retourne et vois Will, un de mes élèves.

— Retourne dans la classe, Will, je reviens.

— Je… je ne sais plus… ce qu'il faut dessiner.

— Un arbre, Will. Retourne dans la classe, s'il te plaît.

— Pour… pourquoi ?

Tous les visages se tournent vers nous.

Will est un peu dérangé. Il n'a pas de famille et vit seul. Je pense qu'il est à peine plus âgé que moi, même s'il a l'âge mental d'un enfant de six ans.

— Pourquoi ils sont là ? demande-t-il d'un air perturbé.

— Ce n'est rien, tout va bien, rentre dans la classe et demande à Eimi de t'aider.

Jane me fixe, on dirait qu'elle me supplie de nous débarrasser de lui, mais je ne peux pas. Je n'y suis pour rien s'il ne m'écoute pas. Je ne suis pas sa mère.

— Rentre dans la classe, Will, dis-je en essayant de ne pas hausser le ton, car je sais que la manière forte ne marche jamais avec lui.

Il ne bouge pas.
—Tire-toi ! s'écrie Mike.
Sakirō s'approche.
—Tu lui parles sur un autre ton, O.K. ?
—Ah oui ? Et tu décides de tout, maintenant ?
—Ahhhhhhhhhhh !!! crie Will en se bouchant les oreilles.
Je me précipite sur lui pour le calmer.
—C'est malin ! lâche Jane en les fusillant du regard.
Je serre Will dans mes bras et la conversation reprend.
—On ne va quand même pas se laisser chasser sans rien faire ! reprend Masashi.
—Non, pas question, on va lutter ! lance Sakirō avec une détermination que je ne lui connaissais pas. Nous sommes sur notre territoire, ils ne connaissent pas la forêt comme nous, nous avons l'avantage. Il va falloir placer des pièges, les attirer dans une embuscade, les surprendre là où ils ne nous attendent pas.
Nous nous regardons. L'idée de combattre m'effraie, mais je n'ai aucune envie d'être chassée ou pire, enfermée.
—Il n'a peut-être pas tort, conclut Jane après un temps. On n'a pas vraiment le choix, de toute façon. Que tout le monde ramasse du bois ! Nous allons fabriquer des lances, des sabres… Les personnes qui savent se battre devront apprendre aux autres. Il nous faut aussi des sentinelles jour et nuit. Il n'y a plus une minute à perdre !
Tout le monde se disperse dans la forêt.
Je reste crispée, incapable de bouger, tenant toujours Will contre moi.
—Toi aussi, Miya, me lance Jane. Nous avons besoin de *tout* le monde. Tu peux laisser les livres… c'est inutile, maintenant.
—Nous nous préparons pour la guerre, ajoute-t-elle d'un ton résolu en partant.
Sakirō me rejoint.

— Ça va ? me demande-t-il.

— Oui. Je crois. Et toi ? Ça ne doit pas être facile de…

— Ce n'est plus mon père, me coupe-t-il. Il n'est plus rien pour moi.

Il s'éloigne.

Je le regarde, sceptique. Il a l'air plus abattu que jamais. Puis, il revient vers moi.

— Miya ?

— Quoi ?

— J'ai… j'ai entendu des choses à propos de ton évasion.

— Ah bon ?

— Que tu avais fracassé une cellule rien qu'avec tes mains.

Mes mains. Ce mot résonne dans ma tête.

— C'est absurde ! Pourquoi j'aurais fait ça ? Et qui t'a dit ça ?

— Les gardes. Je pense qu'ils ont beaucoup exagéré, mais…

— Mais quoi ?

Il se rapproche et chuchote près de mon oreille.

— Tu sais que nous ne combattrons jamais l'armée de mon père avec des bouts de bois, ils sont trop nombreux.

Je frissonne.

— Mais tu as dit tout à l'heure…

— Les gens avaient besoin d'espoir… il faut toujours y croire, marmonne-t-il entre ses dents. Mais je crois que si nous avons une seule chance de nous en sortir, c'est grâce à toi.

Je ris, mais c'est nerveux.

— Et que veux-tu que je fasse ?

— Viens, murmure-t-il en me montrant la forêt.

Je ne bouge pas. Will est toujours blotti contre moi.

— Tu vas essayer, tu vas t'entraîner sur des arbres.

— Mais… c'est ridicule ! Tu insinues que j'ai des… *pouvoirs* ? Je ne me souviens de rien !

— S'il y a une chance, même infime, pour que ça marche, il faut la tenter, Miya. Tu peux compter sur moi, je t'aiderai.

J'ai envie de pleurer. Où est cette vie paisible et programmée à laquelle je rêvais ?

Je relâche Will. Il s'accroupit et joue avec des cailloux tandis que Sakirō me prend les mains et ajoute :

— J'ai entendu parler de mutations ; elles auraient été engendrées à cause de la guerre nucléaire.

— Mutations ! répète Will.

Il éclate de rire et recommence :

— Mutations ! Mutations ! Mutations !

Il rejoint les autres en répétant ce mot qui me griffe.

— Des personnes auraient des facultés… différentes, maintenant. Je sais que mon père enquêtait là-dessus, il était à la recherche de ces personnes. Essaie, Miya, c'est tout ce que je te demande, rien qu'une fois.

Il me prend les mains et les dirige vers un arbre.

Je ne sais pas quoi faire, c'est insensé, je ne peux pas foudroyer des arbres avec mes mains ! Je sens la déception poindre sur son visage, alors pour lui faire plaisir, je fais semblant ; j'essaie, je pousse mes mains vers l'avant en fermant les yeux, en imaginant que l'arbre prend feu, ou qu'il tombe, ou…

Je ne sais pas ce qu'il faut imaginer et je me sens tellement loin de tout, tellement… ridicule.

Mais je suis contente de faire un petit pas dans ma mémoire.

Main. Vide. Deux mots qui veulent me dire quelque chose, même si j'ignore encore comment les associer pour en comprendre le sens.

Il est donc possible qu'il y ait eu quelque chose dans mes mains. Une sorte de pouvoir ?

Je ne sais pas comment ça fonctionne. Je ne me rappelle rien. Je sais juste que mes mains me démangent parfois et que j'ai perdu quelque chose.

— Ce n'est pas grave, dit Sakirō, tu essaieras plus tard. Personne n'est au courant, pour l'instant. Je voulais d'abord voir ça avec toi.

Nous rejoignons les autres et les aidons à ramasser des branches.

Je ne peux pas m'empêcher de penser à ce pouvoir. *Mutation.* Ce mot est horrible. Alors, je serais une mutante ? La nausée monte en moi comme un boulet de canon. J'ai le cœur au bord des lèvres.

Je ne suis pas un monstre.

Nous ramassons tous du bois en silence, chacun perdu dans ses pensées.

Des images des combats à venir me traversent.

Rien de bon.

Du sang. Des pertes. Des morts partout.

55

Petit à petit, la résistance s'organise, et quand Jane nous propose de rallier le village voisin, je la supplie de m'emmener. J'aime ce village et je serais ravie de revoir Peggy, mais surtout, je voudrais entendre à nouveau de la musique.

Je me prépare. J'hésite à porter mon masque, mais je préfère le laisser là pour savourer cette douce sensation du soleil contre ma peau et permettre à mon visage de respirer un peu.

Alors que nous marchons l'une derrière l'autre dans la forêt, je décide de la questionner à propos des rebelles.

— Lorsque j'étais à la Cour, il y a eu… une attaque.

Elle se tait. Presse le pas.

J'ai du mal à continuer.

— Est-ce q…

Elle se retourne et me fusille du regard.

— Tu veux savoir si notre communauté est responsable de cette tuerie ?

Je ne réponds rien. Je me sens ridicule, tout à coup.

— Nous ne sommes peut-être pas beaux, mais nous savons encore réfléchir. Jamais nous ne ferions une chose pareille ! Nous avons tout fait pour développer ce village et vivre dans la paix, la nature et l'instant présent. (Elle soupire.) Je suis déçue que tu me poses cette question.

— Je suis désolée… Je ne pensais pas que ça puisse être vous, mais…

— Probablement un village au nord, me coupe-t-elle. Il y a plusieurs années, nous avons voulu nous joindre à eux pour partager nos ressources… Mais ils ont été catégoriques et ont complètement refusé de s'associer avec nous. Je pense que ce groupe est capable du pire. Ils sont particulièrement aigris, ce sont les premiers SV. Ça ne m'étonnerait pas que ce soient eux… C'est tout ce que je sais.

— Merci, dis-je, honteuse, et ayant la désagréable impression d'avoir gâché le peu d'amitié qui existait entre nous.

Lorsque nous arrivons, Peggy nous accueille avec le sourire. Cette communauté est beaucoup plus détendue et souriante que la nôtre, et de toute évidence, ses membres ne savent pas ce qu'il se passe en ville. Je décide de tout oublier et de profiter de leur insouciance, mais c'est sans compter sur Jane :

— Peggy, l'Empereur est mort ! Rawk a pris sa place et il est bien décidé à tous nous exterminer. Il faut qu'on se batte !

Le sourire de Peggy se fige et s'estompe.

Pendant que Jane lui explique la situation et les plans de bataille qui ne m'intéressent pas, je me promène dans le village.

J'espère en fait trouver d'où vient cette étrange musique.

Le volume est à fond.

Ma curiosité aussi.

C'est une musique qui donne envie de pleurer, de crier et d'être malheureux ; je n'ai jamais entendu un son pareil, capable de me serrer la gorge, de me mettre une boule dans l'estomac et de me prendre par les tripes. C'est dramatique, ce sont des océans de larmes, des kilos de tristesse qui coulent de mes oreilles jusque dans mon cœur. Je comprends pourquoi cette musique était interdite, et je me demande qui peut écouter ça en boucle. C'est terrible de s'enfoncer là-dedans à longueur de journée.

Je suis ce ruban d'ondes grises tandis que les maisons se font de plus en plus rares à mesure que j'avance. L'endroit est magnifique et paisible. J'arrive près d'un petit lac où une odeur de barbecue, de pins et de fleurs sauvages flotte dans l'air.

Une maison. Une table en bois.

Et deux chaises.

Un objet qui ressemble à mon tourne-disque diffuse la fameuse musique.

L'air est doux, presque salé, et j'avance près de la maison sans savoir à quoi m'attendre.

Je regarde autour de moi. Tout est calme. Vert. Intense.

Je sursaute lorsqu'un garçon sort du lac, un poisson à la main. Son corps ruisselle et les gouttes d'eau qui épousent sa peau brillent sous les derniers rayons du soleil.

Il s'arrête net quand il me voit.

Je me sens gênée d'être là, chez lui. D'avoir franchi sa limite. Il y a quelque chose de presque indécent. Je fixe les gouttes sur sa peau bronzée et me demande ce que je dois faire.

Puis il se met à courir dans ma direction.

Et s'arrête.

Très. Très. Près de moi.

Je ne bouge pas d'un millimètre. N'ose pas faire le moindre geste. Tout est si étrange. Je retiens mon souffle comme si ça allait me faire disparaître ; on m'avait prévenue qu'il n'était pas normal, je n'ai pas envisagé une seule seconde qu'il pouvait être dangereux. J'ai été idiote de venir ici toute seule, personne ne peut nous voir, personne ne pourra m'aider à m'enfuir.

Son corps dégouline, ses paupières se plissent, et il me détaille. Ses yeux me touchent. Me transpercent. M'intriguent. Et je reste plantée là sans rien dire, tout en songeant que son visage m'est familier.

Il recule sans me quitter des yeux.

J'expire enfin.

J'ai bien cru qu'il allait se jeter sur moi, je viens d'avoir la peur de ma vie.

Il me regarde à nouveau intensément avant de partir en courant vers sa maison.

C'est la première fois que je fais cet effet à quelqu'un. Il ne doit pas avoir souvent de la visite ! Je suis médusée ; il est très beau, et je me demande ce qu'il fait parmi les sans-visage.

Toujours clouée sur place, je l'entends donner un coup de poing dans une porte et crier pendant que la chanteuse pousse une note très haut, très fort.

Je frissonne.

C'est très impressionnant. Tout. Lui. La musique. Son corps. Son attitude. Pourtant, je n'arrive ni à le quitter des yeux ni à m'enfuir.

Enfin, on dirait que son comportement redevient un peu plus normal ; de loin, à travers la porte de la cabane restée entrouverte, je l'observe se sécher. Il est grand, musclé, et des mèches de cheveux lui tombent sur les yeux. Une fois sec, il enfile rapidement un jean et un tee-shirt.

Je n'ai pas bougé d'un millimètre lorsqu'il revient.

La peur ?

Non.

C'est autre chose qui me retient de partir en courant.

Son comportement se fait plus normal, à présent ; il s'occupe du poisson, qu'il vide et écaille avec des gestes experts avant de le poser sur le barbecue. Ça fume lorsqu'il secoue les braises, et je continue à l'observer en me détendant un peu. Il n'a pas l'air méchant, mais son corps est si puissant et si musclé qu'il pourrait me réduire en miettes en quelques secondes s'il le voulait.

Tatsuo m'avait prévenue qu'il n'avait plus toute sa tête.

Ce qui explique pourquoi je reste plantée là à le regarder sans qu'il s'en aperçoive ?

Soudain, il me parle, et le son de sa voix me fait l'effet d'une décharge électrique.

— Tu en veux ?

J'ai affreusement faim et cette odeur de poisson grillé est insupportable. J'acquiesce.

Il entre dans la maison, revient avec des bols en bois et des verres pour deux.

Je l'observe préparer le poisson et, sans savoir pourquoi, un sentiment douloureux m'envahit. L'espace d'une seconde, j'ai l'impression que ça pourrait être une vie normale, paisible, heureuse, telle que je la rêvais ; il prépare le poisson, et moi…

Et moi, je ne sais pas ce que je ferais. Alors, je prends les bols et les place sur la table.

Je positionne les verres et les baguettes, place la bougie au centre, mais je n'ai rien pour l'allumer. *Je pourrais peut-être me servir de mes mains ?* me dis-je ironiquement en pensant à Sakirō. Ça me fait du bien de plaisanter un peu : je suis sûre que j'ai l'air aussi folle que ce garçon, mais il n'y a personne pour le voir. Juste lui et moi. Chacun fait ce qu'il a à faire et je me sens bien. Lui aussi, je crois.

Lorsque le poisson est prêt, nous nous asseyons l'un en face de l'autre. Nous mangeons dans un silence religieux puisque la musique s'est arrêtée.

Mille fois je réfléchis à ce que je pourrais dire pour briser le silence, mille fois je tourne les mots dans ma tête, mille fois j'échoue.

— Merci, finis-je par dire. C'était délicieux, je n'avais jamais mangé de poisson frais.

Non, je n'ai rien trouvé de mieux. Je me mets quelques claques mentales.

— Comment es-tu arrivée là ? me demande-t-il.

— Je ne me souviens de rien.

Il hoche la tête.

— Ce n'est pas grave. Tu es là. C'est tout ce qui compte.

Ses paroles sont étranges. Il met beaucoup d'intensité dans ses mots et dans son regard. Tout est… trop chez lui. Trop de peur, trop d'émotions, trop de vibrations… Je perçois tout ça à la fois et tous mes repères s'écroulent.

J'aurais dû partir depuis longtemps.

Pourtant, je reste là.

Traversée par des millions de sentiments.

— Je me souviens d'une chute et d'avoir perdu quelque chose, lui dis-je.

Il sourit. S'illumine. Son sourire est magnifique. C'est une île au milieu de l'océan, c'est la lune et le soleil à la fois, c'est un millier d'étoiles réunies prêtes à exploser dans le ciel. Je rougis, j'ai déjà fini mon assiette alors qu'il n'a mangé que deux bouchées.

— Tu… avais une sacrée faim ! plaisante-t-il.

— C'était surtout très bon, je crois que je n'ai jamais rien mangé d'aussi frais, d'aussi parfumé, grillé et…

— Tu en veux encore ? Je n'ai pas très faim…

— Oui, je veux bien.

Il me donne son poisson. Je devrais être gênée, mais je ne le suis pas. Il y a quelque chose de naturel, ici. Simple. Évident même. Alors, nous parlons de tout et de rien. Comme s'il n'y avait rien de plus normal que d'être ici, seuls au bord du lac, à parler de nous, de nos goûts et de ce que nous ferions si tout était possible, comme deux enfants imaginant leur futur. Pour la première fois depuis longtemps, j'ai l'impression d'être moi.

— Non ?

— Si.

— Tu veux dire que si tout était possible, tu ne saurais pas ce que tu ferais ?

Je hoche la tête.

— Il y a forcément quelque chose qui te ferait plaisir ?

— Non, je ne crois pas. Je ne saurais pas quoi choisir. Il y a tellement de choses que j'aimerais faire…

Le temps passe et je m'aperçois que je ne lui ai toujours pas parlé de la musique.

— J'étais venue pour t'emprunter des disques. Est-ce que tu serais d'accord ?

— Bien sûr. Viens, tu vas choisir toi-même.

— Oh… non, bafouillé-je. Je ne connais pas du tout cette musique, mais… c'est très beau.

Il rit.

— C'est normal que tu ne connaisses pas, ils sont très vieux. Je les ai trouvés là, ils devaient y être depuis des années.

Il part et revient avec une caisse remplie de disques énormes dans des pochettes en carton et une boîte d'allumettes.

— Qu'est-ce que tu aimerais entendre ? me demande-t-il tout en allumant la bougie.

Je hausse les épaules.

— Quelque chose de gai, d'entraînant ? Un jazz ? reprend-il, de plus en plus souriant.

Je le regarde chercher dans la caisse. Je n'ai aucune idée de ce qu'il veut dire.

— Choisis, toi, dis-je, embarrassée, selon ton humeur.

— Dans ce cas, je vais écouter mon cœur.

Il fouille à l'intérieur avant de sortir un disque avec un sourire triomphant.

— Celui-là, c'est un de mes préférés. Je ne l'ai pas écouté depuis très longtemps. Attention, il est très vieux.

Il me tend la pochette et je lis : *Over the rainbow*. Le titre est déjà magnifique.

Il place le disque sur le lecteur.

Et la musique commence.

Elle flotte autour de nous comme une brise légère et nous isole du reste du monde. Même si, l'espace de quelques secondes, j'ai mal à la tête à cause de la décharge reçue, je souris en entendant cette voix sublime porter dans l'air tiède de la nuit qui commence à tomber. C'est magique. Les yeux de cet étrange garçon brillent. Et je tombe dans un merveilleux gouffre. Il se passe quelque chose d'étrange en moi, un truc inexplicable, quelque chose qui me secoue de la tête aux pieds. Je crois que je vibre. J'ai la chair de poule comme si j'avais froid alors que c'est tout le contraire ; j'ai chaud, chaud, chaud. C'est si beau que j'ai envie de pleurer et je dois me retenir.

Mes yeux sont humides. Je vois trouble. Mais c'est ici, le regard embué par les larmes, que je connais pour la première fois l'immense sensation d'écouter avec tous mes sens de la vraie musique. Je suis heureuse de connaître ça. C'est merveilleux d'avoir le droit d'écouter de la musique. Ça n'a rien à voir avec toute la MPO qu'ils nous ont imposée.

C'est incomparable. Il m'observe, je le vois à travers deux vagues qui menacent de me submerger, alors je tourne la tête vers le lac. Tout est si bien, ici. La forêt. Le coucher de soleil. Le vert intense des arbres. Le bruit de la nature.

Lui.

Et je sens qu'il regarde aussi la forêt. Je suis sûre qu'il ressent la même chose que moi. Je suis sûre que tout le monde peut ressentir cette incroyable sensation en écoutant cette musique.

J'ose le regarder à nouveau. Il a lui aussi les yeux brillants, au bord des larmes. C'est étrange, je n'ai jamais vu un garçon pleurer. Je ne savais pas que c'était possible. J'imagine mal mon père ou Sakirō avoir une larme. C'est vrai qu'il est un peu dérangé, mais cette musique… J'ai envie de penser que ce sont les personnes qui ne ressentent rien pour cette chanson qui sont dérangées.

La musique touche tout mon corps, le fait frissonner, remonte jusqu'à mon âme et la réveille. Un mélange de nostalgie, de futur qui fait peur, de paix, de promesses de bonheur et d'incertitude m'enveloppe et me fait monter les larmes. Mais lui, pourquoi ?

Mes yeux l'interrogent, et l'espace d'une seconde, je suis sûre d'aller trop loin.

— J’ai connu une fille, autrefois, me dit-il en se passant la main sur le visage pour essuyer discrètement ses larmes.

Pourquoi je viens de recevoir un pic à glace dans le cœur ?

Ça fait mal. J’ignore pourquoi, je voudrais être la fille qui fait pleurer ce garçon.

Et il me sourit. Comme s’il était heureux que je sois là. Peut-être se sent-il moins seul avec moi. Nous sommes deux êtres solitaires qui n’ont pas su trouver leur place dans ce monde. Aucun de nous n’a envie d’empiéter sur le monde de l’autre.

La chanson se termine, et je ne peux plus respirer. Je ne vois pas ce qui peut m’arriver de plus beau que ces quelques minutes de douceur qui ont réussi à suspendre le temps, à détruire l’avenir, à me renverser, à rendre perceptible l’invisible. Ces quelques secondes ont contenu toute la vie que je voudrais avoir, l’essence même du bonheur et de la paix.

J’ai envie de le supplier pour l’entendre à nouveau, mais je n’arrive pas à articuler les mots, et nous entendons juste le grésillement du disque qui tourne dans le vide, à présent.

Suivi d’un silence embarrassant.

Il me fixe et je baisse les yeux ; je ne peux pas soutenir son regard. Il vaut mieux que je fixe la bougie qui crépite. M’accrocher à cette flamme pour ne pas me perdre.

Parce que le monde autour de nous vient d’exploser.

Et mon corps est scellé sur ce banc. Il pèse une tonne. Je ne peux plus me lever. Ils vont devoir aller chercher une équipe pour me sortir de là.

56

Tous les sans-visage travaillent dur pour préparer notre défense. Sakirō établit des stratégies, Masashi apprend aux autres à fabriquer des pièges ou des explosifs, et Mike enseigne l'art de manier le sabre. Chacun aide comme il le peut.

Je n'ai pas l'intention d'apprendre à me battre. Même si je savais, je serais incapable de planter une lame dans le corps d'un autre être humain, même un ennemi. Alors, je reste auprès des enfants, je les rassure, les divertis le plus possible avec les sciences, la peinture ou la musique. J'ai même prévu de monter un petit spectacle. Je sais que personne ne s'y intéresse, mais ça me fait du bien d'essayer de vivre normalement.

La semaine suivante met une éternité à arriver. J'ai tellement écouté les disques que je les connais par cœur ; chaque parole, chaque souffle, chaque accord de guitare est gravé dans ma tête.

Je marche vite tellement j'ai hâte d'y être, mais Jane n'est pas si pressée, elle est trop lente. *On n'arrivera jamais !*

Les nuages s'amoncellent lentement dans le ciel, il y a une odeur de pluie dans l'air. Le vent commence à souffler dans les arbres, laissant juste entendre un doux chuchotement. J'aime ce temps. Ces minutes juste avant la pluie me rappellent des instants heureux de mon enfance ; quand ma mère sortait en hâte pour ramasser le linge, et que je me cachais derrière elle pour profiter de l'averse.

J'ai toujours aimé la pluie. Les odeurs de la nature sont amplifiées, tout est plus coloré, plus vert, plus gris, plus à fleur de peau. Comme moi. Si je devais être un élément, je serais la pluie.

Nous arrivons. Des dizaines de lanternes sont posées à même le sol pour illuminer les allées. C'est magnifique. J'aime beaucoup cet endroit.

J'espère qu'il sera là.

Nous bavardons quelques minutes avec Tatsuo, mais je suis déjà loin. Mes yeux ne quittent pas les limites du village.

Jane est en grande conversation, alors j'en profite pour m'éclipser.

Je lisse un peu mon chemisier, que j'ai lavé et relavé un nombre incalculable de fois cette semaine. Mes vêtements sont des haillons, mais je n'ai pas le choix, j'ai dû en priorité me payer à manger avec mes heures de travail.

Lorsque j'approche, je sens à nouveau cette odeur appétissante qui flotte dans l'air et j'aperçois une légère fumée grise au-dessus du barbecue.

Ce n'est pas encore la nuit, mais il fait déjà très sombre à cause de l'orage qui promet d'arriver.

Une superbe musique résonne, et je sens mon cœur bondir pour s'enfuir hors de ma poitrine ; il est déjà là-bas, aux côtés de cet inconnu.

La table est mise, alors j'ai peur qu'il attende de la visite. Peur de déranger. Mais il avance vers moi avec un de ses sourires magnifiques à faire tomber la terre entière. C'est pour ça qu'ils le tiennent à l'écart. Pour son sourire à tomber.

— J'espérais que tu viendrais, me dit-il en tirant une chaise pour moi.

Miya, ne fonds pas… attends la fin.

Tous mes doutes s'estompent. Plus personne n'existe. Je regarde ce garçon étrange qui me fascine un peu plus chaque fois, passe devant lui et m'assieds en faisant taire les battements de mon cœur.

— Tu aimes toujours le poisson grillé ?

— Oui. J'adore.

— Parfait. Et les disques que je t'ai prêtés ?

— C'était formidable ! J'ai pu les écouter à l'école avec mes élèves ; toute la classe a adoré !

— Je vais t'en prêter d'autres.

— Merci, dis-je, c'est ce que j'espérais.

Il sourit.

— Moi, j'espérais te revoir.

Je rougis jusqu'aux oreilles.

Mais je suis ravie. Je l'aime bien. Il est très différent de tous les garçons que je connais, très différent de Sakirō, et il a… je ne sais pas, c'est comme s'il avait quelque chose en plus. Et c'est très agréable. J'aime sa folie, j'aime tout ce qu'il dégage, et s'il faut être fou pour être comme ça, tant pis, je veux bien être folle moi aussi.

Ce soir, il me parle de tas de choses sur l'Amérique et il me fait rire. Je ne sais pas si j'ai déjà autant ri. Même son prénom me fait sourire, alors il m'explique que c'est le nom d'un personnage de film, que sa mère était fan de cet acteur.

La pluie se met à tomber délicatement, comme une fine brume, prête à saupoudrer la nature de toute l'eau dont elle a besoin. Je grelotte, mais je ne veux pas le lui montrer. Je ne veux pas bouger. Et surtout pas que ce repas se termine.

Il continue de me raconter ses histoires étranges, et je pense que j'accède pour un instant au bonheur. Rien ne compte. Je suis là avec lui, nous rions, nous mangeons, nous buvons, nous avons la vue pour nous sur le lac et de la musique magnifique. Même la pluie est magique. C'est un de ces instants précieux où le temps semble s'être arrêté.

— Mais tu as froid ?

— Non…

Il part et revient avec un gros pull en laine bleu marine.

— Merci.

Je l'enfile vite avec plaisir. Il est beaucoup trop grand pour moi, mais il est chaud et porte son odeur.

— Tu veux danser ?

Sa voix est douce, posée.

— Danser ? dis-je, aussi surprise que gênée, prise tout à coup d'une énorme envie de fuir.

Il se lève et contourne la table.

Me tend galamment la main pour m'inviter.

Tout est si parfait et si magnifique que j'ai l'impression d'être la personne la plus importante du monde.

Je lui donne une main peu rassurée.

— Je n'ai jamais dansé sur ce genre de musique.

— Tu n'as qu'à me suivre. En fait, je m'occupe de tout.

Pourquoi est-ce que je fonds quand il me dit ça ?

Il prend ma main et la dépose sur son épaule, puis il pose la sienne, rassurante et tellement vivante, autour de ma taille.

Nous nous rapprochons de plus en plus.

Je ne sais pas ce que je suis en train de faire. C'est si intime tout à coup, les distances réglementaires ne sont pas respectées, je ne sais pas si j'ai le droit de faire ça. Non, évidemment non, je n'ai pas le droit.

Encore cette musique qui parle d'un arc-en-ciel. Les mots sont aussi doux que l'atmosphère entre nous. Je sens que Wallace est quelqu'un de très attentionné et aussitôt, mes rêves s'emballent. Puis, je repense à Sakirō et à mes fesses qui heurtent le sable, et je chasse immédiatement cette pensée.

Il n'y a rien d'autre que Wallace et moi.

Ici.

Maintenant.

Tout a un sens.

Il pose sa joue contre la mienne, et j'ignore pourquoi je ne peux pas l'en empêcher. Jamais je n'ai été aussi proche d'un garçon, nous avons toujours parfaitement respecté les règles avec Sakirō, pensant avoir toute la vie pour nous découvrir.

Nous suivons la musique. Son rythme imperceptible.

Les battements de son âme font que nous tournons à peine.

Nous dansons à peine.

Nous bougeons à peine.

L'un contre l'autre, nous ne sommes plus qu'un souffle, c'est tout.

C'est tout et c'est suffisant.

J'entends les battements de son cœur et j'ai peur qu'il entende le mien, qui bat beaucoup trop vite. Je pourrais passer l'éternité à danser sur cette musique, enfin, si l'on peut appeler ça danser.

Je flotte.

Cinq centimètres au-dessus du sol.

Si.

C'est possible.

— Miya ! Tu viens, on y va ! me crie Jane.

Sa voix est horrible. Comment peut-elle crier à ce point ? Elle est entrée dans mon rêve comme un tank dans une bijouterie avec sa voix perçante, criarde, inhumaine. *Va-t'en !* J'ai envie de dire : « Va-t'en ! Tu es folle d'entrer comme ça dans mon rêve ! Ça ne se fait pas ! Il faut être folle ! »

Les mains de Wallace me lâchent et je tombe.

Dans la réalité.

Encore une fois, je tombe. Mais je ne veux pas me relever. Vous pouvez déjà appeler l'équipe.

Je ne partirai pas.

***

Je fais tout le trajet du retour en pensant à cette danse et je ne peux pas me départir de mon sourire, même si je suis furieuse contre Jane d'avoir mis fin à tout ça.

— Miya, tu vas m'ignorer encore longtemps comme ça ?

Je tape du pied dans une pierre.

— Je n'ai rien écourté du tout, contrairement à ce que tu m'as dit tout à l'heure, continue-t-elle.

— Si ! rétorqué-je d'un ton sec.

Elle rit.

— Miya, la musique était terminée depuis trois bonnes minutes…

Je marche sans la regarder. Souris. Trois minutes ? Je n'avais rien remarqué.

Lorsque nous arrivons au village, j'ai envie de rester seule pour mémoriser chaque minute passée auprès de Wallace, alors je laisse Jane partir devant, mais Sakirō me rejoint.

— Miya, viens, j'ai une surprise pour toi !

Aussitôt, mon sourire s'efface. Je voulais vraiment rester seule.

— Viens, insiste-t-il en me tirant par la main.

Il est très excité ; je me demande ce qu'il veut me montrer.

Nous grimpons au sommet d'une colline.

Je découvre une maison. Il s'arrête.

Pire.

Il s'agenouille.

— Miya, je sais que ça a été difficile entre nous ces derniers temps, mais je suis sûr de mon amour pour toi. Je t'aime depuis toujours et… je me sens ridicule, tout à coup… Mais il faut que tu le saches… (Il redresse la tête. Me regarde droit dans les yeux.) Je pense à toi tout le temps…

Il prend une profonde inspiration :

— Je serai l'homme le plus heureux du monde si tu acceptes de devenir ma femme. Je n'ai pas de bague à t'offrir, je n'ai que moi et cette maison que j'ai rénovée pour toi, pour nous…

Les larmes me montent aux yeux.

J'ignore encore comment j'ai atterri là, mais je suis sûre que c'est le destin qui nous a à nouveau réunis. Toute ma vie, j'ai espéré qu'il me demande en mariage, j'imagine que je ne peux pas rater cette seconde chance. Même si mes sentiments envers lui sont moins forts qu'avant, c'est la seule personne sensée que je connaisse ici. Nous pourrions veiller l'un sur l'autre.

—Miya, ça va ?

—Oui.

—Miya, veux-tu devenir ma femme et passer l'éternité avec moi ?

L'éternité, c'est... un peu long, non ?

Il se relève et me serre si fort dans ses bras que j'ai l'impression d'étouffer.

Les larmes coulent de joie et de peur. Je le repousse.

—J'ai… j'ai besoin de réfléchir…

—Je comprends… Tu as subi un grand choc… Prends tout le temps qu'il te faudra. Mais d'abord, viens ! Je vais te faire visiter. Si la future madame Rawk veut bien se donner la peine d'entrer, dit-il en m'ouvrant la porte.

Je tressaille. « Mme Rawk » me fait l'effet d'un coup de poing. Je ne veux pas m'appeler comme ça, pas comme son père. Je fais tout mon possible pour me contenir. *Sakirō n'est pas son père.*

Il me fait visiter la maison qu'il a retapée dans le plus grand secret avec l'aide de Masashi depuis deux semaines.

—Bien sûr, c'est un peu sommaire… mais il y a l'électricité et une pièce pour les toilettes, regarde !

Il ouvre fièrement une porte qui donne sur une pièce minuscule.

Très bien.

C'est merveilleux.

Il a pensé à tout.

Je vais vivre avec un homme qui a soigneusement pensé aux cabinets.

J'ai beaucoup de chance.

— Personne n'en a des comme ça, tu sais. Ce sont des W.-C. chimiques ! Ils m'ont coûté trente heures de tronçonneuse, mais je suis content de pouvoir te les offrir, rien n'est trop beau pour toi, mon amour !

Cette petite phrase qui pourrait sembler anodine ricoche dans ma tête et raye toutes les parois de mon cerveau : *cabinet, chimique, amour*. Trop de mots qui ne vont pas ensemble pour une seule phrase censée parler d'amour.

Je frissonne.

Il s'en aperçoit.

— Je vais faire du feu, Miya.

Tu pourrais faire brûler la forêt entière que ça ne serait pas suffisant pour me réchauffer.

57

Je sens bien que je change.

Il y a cette petite voix dans ma tête qui voit tout, qui critique tout.

Sauf quand je suis avec Wallace.

C'est le seul moment où elle s'arrête et où je suis en paix.

Je fais des efforts pour être avec Sakirō, mais il a beaucoup de petites manies. Elles ne me dérangeaient pas au début, je les trouvais même attendrissantes ; maintenant, elles m'exaspèrent.

Ça ne fait qu'une semaine que nous vivons ensemble, que j'ai accepté de réfléchir à la question du mariage. Mais cette union attendra : je ne suis pas sûre d'en avoir envie alors je fais traîner ma réponse en prétextant vouloir que mes parents soient là. Il m'a promis de trouver le moyen de les faire venir. Pour moi, pour nous, pour notre bonheur.

C'est vraiment quelqu'un de bien, je sais que j'ai beaucoup de chance.

Alors, je fais taire la petite voix dans ma tête et m'applique à être la parfaite épouse, la parfaite Miya. Je joue à la femme d'intérieur ; je ne connais pas encore tous les codes, et à la Campagne, c'est encore plus épique, mais j'apprends chaque jour un peu plus. Tout est compliqué, ici, il n'y a aucune machine à laver, aucun lave-vaisselle, aucun robot-aspirateur qui se passe tout seul. Il faut tout faire. Il n'y a que le silence à peine troublé par le bruit du balai et celui de mes pensées que j'empile en même temps que la vaisselle qu'il me rapporte, toujours aussi fier que la première fois. Il arrive, tout excité, et me tend une assiette de plus, les yeux brillants : « Elle m'a coûté deux heures pour réparer la fenêtre de Mme Wada. »

Je prends l'assiette, fais tout mon possible pour avoir l'air d'être heureuse, mais je n'y arrive pas, je n'arrive pas à me réjouir d'une assiette en plus. Et je pense. Je pense mal. Je pense qu'il a l'air d'un chien, comme ça, en me tendant cette assiette comme s'il attendait une récompense. Un sucre, peut-être ?

Ensuite, je me dis : *Que vais-je pouvoir faire de toutes ces assiettes ? Recevoir ? Il faudra alors les laver.* Je soupire. Je n'ai pas envie d'une vie compliquée. J'ai envie de barbecues dans la forêt, de grillades et de fruits sucrés sous une fine pluie d'été. J'ai envie de rêver, de marcher pieds nus dans l'herbe fraîche et de me baigner dans la rivière à n'importe quelle heure du jour ou de la nuit. Je ne veux rien faire d'autre. Alors, je passe le balai sur le plancher et je m'évade.

Parfois, j'aimerais faire partie du groupe qui part à la ville à la recherche de provisions que nous ne pouvons pas nous procurer ici. Mais c'est dangereux, et ils ont décrété, Sakirō a décrété, que j'étais quelqu'un de fragile. Tant que je n'aurai pas retrouvé complètement la mémoire, je ne bougerai pas d'ici. De ces murs. Et de ce sol à balayer.

Jane y va, elle. Avec lui. J'ai l'impression qu'elle est amoureuse de Sakirō.

Heureusement, le jeudi, je vais voir Wallace. C'est mon moment de liberté.

Nous écoutons de la musique. Nous parlons. Nous rions. Nous dansons près du lac.

Il me demande comment est ma vie. Je lui mens, lui dis que j'ai une vie formidable. Parce que c'est ainsi que ça fonctionne dans notre culture. Parce que l'on ne se plaint pas. Jamais. On se contente de ce que l'on a.

Il a eu une drôle de réaction quand je lui ai dit que j'allais peut-être me marier. Il est quand même un peu fou, je crois.

Mais moi aussi, puisque je n'ai plus toute ma mémoire. C'est sûrement pour ça que nous nous entendons si bien.

La cloche sonne.

Tout le monde se presse, Mike et sa bande sont de retour.

—Ils sont en train de réunir une armée ! Ils recrutent. Il y a des centaines d'hommes en uniforme qui marchent en ligne dans les rues. C'est terrifiant !

Je n'ai jamais vu Mike aussi affolé.

—Mais que veulent-ils ? demande Masashi.

—Ils veulent prendre le contrôle de toute la population. Et de la Campagne, sinon ils ne s'attaqueraient pas aux villages !

—Mais pourquoi ? Ça n'a pas de sens ! rétorque Jane. Nous ne les gênons pas. Qu'est-ce qu'ils cherchent à faire ?

Personne ne répond.

Personne ne comprend.

Un silence pesant hante l'air. Jusqu'à cette voix :

—Ils veulent retrouver les mutants.

C'est Wallace.

Il est venu avec Peggy.

—Qu'est-ce que c'est ? demande Jane.

—J'en ai entendu parler, mais je croyais que c'était une légende, dit Masashi en le questionnant du regard.

—Non, je pense qu'ils existent vraiment.

—On peut savoir de quoi vous parlez ? demande Mike.

—Il s'agit d'un groupe de personnes qui auraient hérité de dons particuliers, explique Wallace.

—Particuliers à quel point ?

—Inhumains.

Le silence s'abat sur la foule. Le mot fait peur, et je sens les regards se teinter d'animosité envers lui.

—Est-ce qu'ils sont dangereux ? demande Jane.

—Je ne sais pas. Nous en savons très peu à leur sujet, mais il est possible que la catastrophe nucléaire ait pu engendrer ça.

—Comment tu sais tout ça ? lui crache une femme.

—Parce que j'enquêtais sur eux avant d'être fait prisonnier.

Des chuchotements réprobateurs s'élèvent de nouveau. Moi-même, je suis surprise et réalise que je ne sais rien de son passé.

J'entends dans la foule des mots qui me font mal : « toqué », « fou », « la solitude lui a fait tourner la tête »… et je vois bien que personne ne le croit. Tous les regards se braquent sur lui et il recule. Il comprend. Ils ne sont pas prêts à entendre ça. Des mutants dotés de pouvoirs… C'est surréaliste. Il n'aurait pas dû leur en parler.

Sakirō s'approche de moi, le regard lourd de sous-entendus.

Je n'ai pas envie qu'il revienne sur le sujet. Je ne veux pas être une mutante, un phénomène de foire, alors je m'enfuis. Je me cache dans la forêt.

J'ai l'air d'une petite fille de cinq ans qui fait un caprice.

Des branches craquent derrière moi.

—Ça va ? me demande Peggy.

—Non, ça ne va pas.

Elle rit.

—Tu as l'air en colère !

—Je sais, je suis ridicule, mais…

—Je comprends. Tu as du mal à t'adapter à ta nouvelle vie, c'est normal. Tu n'es pas faite pour ça. Ta place est dans le luxe, dans les paillettes.

Je soupire.

—Non, ce n'est pas ça… enfin, je ne sais pas…

—Je peux t'aider, si tu veux…

—À quoi ?

— Je peux…

Elle chuchote, à présent :

— Promets-moi de ne le dire à personne.

— Je le jure.

— Je crois que je peux lire l'avenir.

Je la regarde, stupéfaite.

— Si le courant passe, je peux voir des choses, c'est comme des flashs, des bribes qui me viennent.

— Et ça se réalise ?

— Je ne sais pas, je ne l'ai fait qu'une fois.

— Oh…, dis-je, un peu déçue.

— Avec toi, ajoute-t-elle.

Ma curiosité est piquée.

— Explique-toi.

— Quand je t'ai aidée à sortir du bureau de Michizō, je t'ai tenue par le bras pour te relever et j'ai eu un flash. Je t'ai vue t'enfuir avec un garçon.

— Il va arriver quelque chose à Sakirō ? dis-je, de plus en plus tendue.

— Non. Ce n'était pas lui.

— Qui, alors ?

— C'était l'Américain.

Je suis surprise.

— Tu en es sûre ?

— Certaine. Mais ce n'est pas tout… Ce n'est pas quelque chose qui va arriver.

— Je ne comprends pas.

— Ça s'est déjà produit.

— C'est impossible, rétorqué-je, je ne le connaissais pas.

— Si, Miya. Dans ma vision, tu avais ton masque.

Une sensation étrange m'envahit. J'ignore si elle me dit la vérité. Elle n'a aucune preuve de son don.

Des frissons me parcourent le dos, et j'ai envie qu'elle me laisse seule pour réfléchir. Si elle dit vrai, si je connaissais Wallace avant, il devrait se souvenir de moi. Pourquoi ne m'a-t-il rien dit ?

Il faut que je lui parle. Tout de suite.

Je fonce au village, où j'apprends qu'il est déjà reparti.

Je ne suis pas censée traverser la forêt seule, mais tant pis, je ne peux pas attendre, et je ne peux pas expliquer à Sakirō ce que je viens d'apprendre.

58

J'arrive au village.

Je descends jusqu'à sa maison.

Ses vêtements sont éparpillés par terre, il doit se baigner puisqu'il fait une chaleur étouffante.

Je regarde le lac scintiller sous les derniers rayons du soleil quand une tête sort de l'eau. Puis un corps. Un corps et un caleçon, c'est tout.

Je me sens de trop, tout à coup. Je rougis et me lance :

— C'est vrai ?

Il me fixe. Secoue ses cheveux. Je reprends :

— Que nous nous connaissions ? Avant ?

Il saisit sa serviette. Marque un temps.

— Oui.

— Pourquoi ne m'as-tu rien dit ?

— Ça n'avait pas d'importance. Nous nous connaissions peu.

Je ne sais pas à quoi je m'attendais, mais sa réponse m'énerve, et je me retrouve à court de mots.

— J'étais prisonnier. Tu as soigné mes blessures.

Il se sèche. Enfile un jean usé qu'il porte beaucoup trop bas sur les hanches. Je dois me concentrer pour me rappeler ce que je fais là et ne pas me jeter sur lui.

— Oh ! et… c'est tout ?

Il hésite.

— Oui.

— Tu mens !

— … Oui.

Je suis soufflée par sa réponse.

Il enfile un tee-shirt. S'approche.

Il y a soudain une tension entre nous, un truc électrique.

— Tu m'as aidé à m'enfuir.

J'ai un vertige et il me rattrape. La fraîcheur de son corps me fait du bien. Mon cerveau chauffe, et les souvenirs qui cheminent dans ma tête me font entrevoir une cellule qui éclate dans un bruit fracassant, et de l'eau qui jaillit.

— Raconte-moi.

Il me tient toujours dans ses bras.

— Je t'ai convaincue. Je voulais m'enfuir et tu étais mon seul espoir.

Je déglutis avec peine. J'ai du mal à m'imaginer aussi courageuse. Il a dû me forcer, me manipuler.

— Tu m'as menacée ?

Il sursaute et recule, incrédule. Puis se ressaisit.

— Tu ne te souviens vraiment de rien ?

— Non.

Je mens aussi.

Des bribes me reviennent, mais je ne vois pas de personnes, juste la cellule transparente, pleine d'eau. Des litres capables de tout écraser sur leur passage.

Il marche jusqu'à la table. Saisit une bouteille. Et se tourne vers moi.

— Je t'ai forcée. Tu n'avais pas le choix, lance-t-il avant de boire au goulot.

— C'est à cause de toi si je suis là ?

— Oui. Je suis désolé…

Sa voix est amère. Pour la première fois, je le trouve froid, distant.

Je regarde autour de moi.

Je sens les larmes affluer.

Je ne sais plus où j'en suis, je me sens si seule. Sakirō n'est pas comme je l'imaginais et Wallace encore moins. Il s'est servi de moi, il m'a prise pour une petite chose fragile, facile à manipuler. Je ne suis rien pour lui. Je ne sais pas ce que je m'étais imaginé… C'est sûr, quelle idiote, j'ai dû être en admiration devant sa beauté, devant ses muscles, et j'ai tout plaqué pour l'aider et me retrouver là. Dans une autre vie, peut-être, j'aurai un peu plus de jugeote. Je n'ai qu'à payer pour mes erreurs, maintenant.

Je me lève. J'en ai assez entendu. Je ne reviendrai jamais ici. C'est terminé. Je vais mener une petite vie paisible avec Sakirō. Je balaierai toute ma vie mes souvenirs, mes rêves et mes pensées absurdes sur ce plancher pourri. J'aurai besoin de toute une vie pour ça. Pour que mon esprit cesse de rêver à des choses impossibles.

— Miya !

Je retiens ma respiration.

Supplie mon cœur de rester à l'intérieur de ma poitrine.

Si seulement il pouvait dire quelque chose. Quelque chose qui me fasse changer d'avis. Rien qu'un mot. Un espoir. Si seulement je pouvais compter pour lui. Alors, je repense à cette fille qui lui a brisé le cœur et j'ai mal.

— Prends soin de toi, me dit-il.

Horrible.

Il vient d'enfoncer le pic à glace de toutes ses forces. Je meurs transpercée. Encore un espoir qui se brise. Je ne suis plus qu'une ombre qui n'a pas trouvé sa place dans le tableau. Je vais me traîner cette vie minable jusqu'à ce que la mort m'emporte.

Du gâchis. C'est tout ce que j'aurai su faire.

J'effectue tout le trajet du retour les dents serrées pour ne pas hurler de douleur. La déception s'est invitée chez moi, elle me suit et ne veut plus me quitter.

Lorsque j'arrive au village, je croise Sakirō et Jane en train de rire. Je ne suis même pas jalouse. La fureur monte en moi et je pars dans notre maison écouter le dernier disque que Wallace m'a prêté.

Il est mort le soleil.

C’est ça.

Il est mort le soleil.

Je n’ai plus d’avenir ou un avenir qui ne me dit plus rien. On dirait que quels que soient l’endroit où je me trouve et le contexte, ma vie s’écroule, et à chaque fois, je dois tout recommencer.

Mais je suis fatiguée.

Je m’enroule dans un grand châle noir et m’assieds sur la barrière. Cette maison domine toute la colline et l’on peut voir l’océan de loin. C’est beau.

C’est beau, mais ça ne sert à rien.

Hier pour moi il faisait beau.

Il faisait beau, le jeudi. Quand j’allais voir Wallace.

Mon âme s’habille de gris.

Dix fois,...

... vingt fois,

... trente fois,

... j’écoute ce disque. Ça me fait du bien. Je m’imprègne de cette musique aussi triste que mon cœur.

Sakirō voit bien que ça ne va pas. Mais il accepte. Il accepte tout pour moi, c’est idiot. Il ferait mieux de se trouver une autre fille. Une fille moins triste.

Je me lève et la première chose que je fais, c’est mettre ce disque. Cette chanson et moi. Je ne me sens plus seule, à présent. Nous sommes deux. Elle qui chante ma détresse, et moi qui l’écoute.

Et je regarde les assiettes. On en a presque vingt, maintenant. Mais bientôt plus de sucre pour Sakirō.

Non. Je plaisante.

59

J'ai arrêté de faire la classe.

Eimi est assez grande pour me remplacer. Douze ans, ça suffit, non ?

Je préfère rester ici, à l'ombre des pins.

Je sais qu'ils s'affairent, dans le village. Qu'ils préparent leur rébellion. Pff, ça me fait rire. Je ne vois pas ce que ces pauvres villageois comptent faire contre toute une armée de samouraïs, spécialement une armée menée par Rawk, le plus cruel Empereur que nous n'ayons jamais eu. Ils n'hésiteront pas une seule seconde avant de nous trancher la gorge.

Peggy vient souvent me voir. C'est drôle, cette fille qui me mettait si mal à l'aise au palais est maintenant la personne dont je suis la plus proche.

—Bonsoir, Miya, comment vas-tu ?

—Bof.

—Tu devrais reprendre les cours, ça te changerait les idées.

—Je ne suis pas sûre que ce soit très agréable pour les enfants d'avoir une maîtresse qui ne sait plus sourire.

Trois secondes de déception. Puis elle reprend :

—Tu veux pas arrêter d'écouter cette musique ?

—C'est beau, non ?

—Non.

Elle se lève et éteint.

Alors, il me vient une idée.

—Peggy, refais-le !

— Refais quoi ?
— Prends ma main, dis-moi ce que tu vois.
— Je… Je ne sais pas si je peux le refaire…
— Mais si, j'en suis sûre !
— Non !
— Allez, s'il te plaît, je me sentirai beaucoup mieux après.
— Après quoi ?
— Tu vas me dire ce qui va m'arriver. Alors, je verrai si…
— Si quoi ?
— Si ça vaut la peine de continuer.
— Tu n'as pas le droit de dire ça !
— Si. C'est trop dur, tu sais.
— Tu as Sakirō, me coupe-t-elle.
— Oui, mais j'ai tout perdu. Mes parents, ma vie, mon avenir à la Cour… S'il te plaît, dis-moi ce que tu vois.
Je lui tends une main. Elle hésite pendant une minute interminable.
— D'accord, d'accord… Mais tu me promets de faire des efforts ?
Je bougonne.
— Si je le fais, tu devras sortir un peu de ta maison. Nos villages organisent une fête demain. Tu viendras !
— La fête d'adieu ?
— Arrête, ne sois pas si cynique !
— C'est un peu dur comme échange, mais d'accord. Allez !
Elle prend ma main et se concentre. Je la laisse faire, scrutant chaque trait de son visage pour voir si elle perçoit quelque chose.
Elle se crispe une seconde et se ressaisit aussitôt.
— Qu'est-ce que tu as vu ? demandé-je, surprise.
— Je… je n'arrive pas à voir…
— Qu'est-ce que tu fais là ? crie Sakirō en entrant.

Peggy sursaute et me lâche la main.

— C'est toi ? C'est à cause de toi qu'elle est comme ça ? C'est toi qui lui mets toutes ces sottises dans la tête ?

— Non, non…

— Qu'est-ce que tu faisais…

Il avance et saisit son poignet.

— Tu… *lis* les lignes de la main, maintenant ?

— Sakirō, ce n'est pas ce que tu crois, dis-je.

Mais il me bouscule et la tire par le bras. Peggy me regarde, effarée.

— Sors de ma maison, je ne veux plus jamais te voir ici !

Il la pousse dehors si violemment qu'elle se cogne la tête contre la porte.

— Sakirō, arrête ! hurlé-je.

Il ne m'entend pas, je ne l'ai jamais vu dans une colère pareille. Ses yeux ont une lueur noire et il semble bouillonner de l'intérieur.

— Je ne veux plus que tu la voies, tu entends ? Jamais !

Il part en claquant la porte.

Toute la nuit, je pleure.

Pauvre Peggy, elle m'a sauvé la vie, et voilà comment je la remercie.

Pourtant, il faut que je la revoie. Elle a vu quelque chose, j'en suis sûre. Peut-être que si je fais semblant d'aller mieux, les choses se tasseront et je pourrai la revoir. Si elle veut encore de moi.

60

Ce soir, le village est entièrement éclairé par des lanternes posées au sol. Des saladiers de pommes de terre, de viande grillée, de fruits frais sont placés au centre des tables recouvertes de draps blancs pour l'occasion. Des bougies scintillent et diffusent une lumière douce et tamisée.

Le ciel est parsemé d'étoiles qui brillent si fort qu'elles paraissent plus proches de nous. Quand j'étais petite, je me demandais d'où venait leur lumière et qui était derrière tout ça. C'est une question que je me pose encore le soir avant de m'endormir, même si je sais que jamais je ne saurai, jamais je ne percerai ce mystère. Nous vivons dans un monde rempli de secrets, de doutes, de questions. Pourquoi ? Pourquoi ne peut-on pas savoir ? J'aimerais tellement découvrir si un autre monde nous attend. Ou si c'est juste une histoire que l'on nous raconte pour adoucir la mort.

C'est probablement la dernière fête avant cette guerre que nous n'avons pas choisie. Tout le monde le sait, même si personne n'ose en parler.

Peggy installe des chaises et fait semblant de ne pas me voir.

Sakirō me rejoint.

—Miya, tu es là !

Ses yeux pétillent, il a l'air surpris mais heureux que je sois venue.

—Tu es magnifique, ajoute-t-il.

—Merci.

— Miya ! s'exclame Jane.

C'est drôle, je ne sais jamais si elle est contente de me voir ou pas.

— Tu vas être ravie, poursuit-elle, regarde, nous avons prévu de danser, ce soir. Il y aura de la musique : Wallace a décidé d'arrêter de jouer au sauvage et il va s'occuper des disques !

Je perds dix degrés.

Il ne peut pas être ici. Dans *notre* village.

Les pensées se bousculent dans ma tête, aussi ridicules les unes que les autres, comme : *Qu'est-ce que je porte ? Pourquoi n'ai-je pas fait plus attention à ma tenue ?*

Je suis idiote, idiote, idiote de penser à ça, parce que *ça* n'a aucune importance. Wallace n'a aucune importance. Son sourire n'a aucune importance. Je vais épouser Sakirō. Point.

Après cet assaut de pensées futiles qui m'ont rendue plus fébrile que jamais, j'ose jeter un œil vers les arbres d'où vient la musique et je l'aperçois en train de poser ses disques sur une table.

Il lève la tête.

Me sourit.

Comme si tout était normal, il me sourit.

Je m'en fous.

Je passe mon chemin sans le regarder et fais tout pour rester auprès de Sakirō ; son bras autour de mes épaules me rassure et me maintient sur terre. Là où je dois être. C'est parfait.

Nous nous asseyons à table. Sakirō à ma droite, Jane en face de moi. Un peu plus loin sur ma gauche se trouvent Peggy, Mike et Wallace. Il est trop loin pour que je puisse le voir. Tant mieux.

Le repas se déroule dans une ambiance joyeuse, les conversations sont animées, et pour une fois, personne ne parle de Rawk ou de la guerre qui se prépare. Peggy nous raconte des histoires, mais Sakirō ne peut s'empêcher de casser chacune de ses blagues. Visiblement, il lui en veut encore pour hier.

Le repas terminé, Wallace se lève pour mettre de la musique. Tout le monde part danser en riant. Presque tout le monde, en fait. Personne n'a invité Peggy.

Je me dis que c'est peut-être le moment d'aller la questionner puisque Sakirō est en grande conversation politique avec Masashi.

— Est-ce que… tu veux danser ?

Je me retourne.

Mon cœur également.

Je reconnais cette voix chaude. Quel culot ! M'inviter devant Sakirō !

Il a des accents mélodieux dans la voix qui invitent au naturel, pourtant, rien dans cette situation ne l'est. La surprise joue avec mes cordes vocales, les emmêle, les noue, et je n'arrive pas à répondre. Je cherche un mot, un seul – non, par exemple –, mais rien ne vient.

Sakirō se retourne. Nous scrute un instant.

— Vas-y, Miya, ça te fera du bien de t'amuser un peu…

Wallace acquiesce et me tend la main.

Je me lève mécaniquement en priant pour que quelqu'un me sorte de ce cauchemar. J'entends une sorte de brouhaha qui doit venir de la fête : des voix, des rires, des sons et de la musique trop forte pour moi. Je suis devenue si fragile que ces ondes pourraient me briser et je réalise que je ne suis plus vraiment dans mon corps, que je suis devenue un zombie. Un clone. Une ombre.

La musique s'arrête, et Wallace part mettre un nouveau disque.

Les paroles me touchent tout de suite ; la voix, les sons de guitare, de basse, de batterie, j'aime tout.

Il me prend la main.

Je retiens mon souffle.

J'ai envie de lui parler, mais mes lèvres sont scellées. Alors, je me laisse faire. En priant pour ne pas trop souffrir.

Il m'entraîne et nous dansons face à face sur une musique rythmée. Je ne suis pas très douée, mais je préfère ça à une danse plus intime. Petit à petit, mon corps et mon âme se libèrent et reprennent un peu de couleur : des tons gris, bleus, puis du vert lorsque je plonge dans ses yeux.

Beaucoup d'autres personnes nous rejoignent, et nous nous retrouvons perdus dans la foule. J'aperçois Sakirō par intermittence ; par chance, il nous tourne le dos, toujours en grande conversation avec Masashi.

Tout le monde semble s'amuser : Peggy danse avec Tatsuo, Jane s'est rapprochée de Sakirō, et les enfants de ma classe dansent en imitant les adultes. Je commence à me détendre même si je surveille toujours Sakirō de peur qu'il ne me trouve trop proche de Wallace et qu'il fasse un scandale.

Nous dansons sans nous toucher.

Pas avec les mains, en tout cas. Lorsqu'il plonge ses yeux dans les miens, c'est comme un tour de magie ; la foule autour de nous disparaît, la forêt s'efface, elle s'envole loin. Il n'y a plus personne. Je ne vois que lui. Seules quelques étoiles sont présentes, mais semblent éteintes face à l'intensité de son regard.

Wallace se rapproche de moi et me susurre quelque chose à l'oreille. Je frissonne des pieds à la tête : ses lèvres, trop proches, ont effleuré mon cou une seconde, et ses mots explosent dans mon cerveau.

Je rougis.

J'ai dû mal cntcndrc.

Mais il recommence :

— Tu me manques… Tu me manques, Miya.

Quand il prononce mon prénom, j'ai l'impression que la terre se fissure, que le monde se fige.

Arrête. Arrête de dire ça. Ça ne se fait pas. Pas là. Pas

maintenant. C'est trop tard. Je serai bientôt mariée à Sakirō. Pour la vie. C'est important dans ma culture.

Mais il continue. Il me souffle ses mots.

Que je lui manque.

Qu'il devient fou depuis que je ne viens plus.

Qu'il ne peut plus vivre sans moi, qu'il attend que sa vie recommence.

Ses mots me font l'effet d'une caresse et d'une bombe, et j'ai peur que quelqu'un s'en aperçoive. Je suis troublée. Mon cœur palpite, bat une fois sur deux, cherche à sortir de ma poitrine. Pourtant, personne ne semble nous remarquer, et il continue. Il s'approche encore une fois et effleure de nouveau mon cou avec ses lèvres.

Il est fou ! C'est totalement indécent ! Si Sakirō s'en aperçoit, il nous tuera tous les deux. Je sais qu'il en est capable ; depuis que je l'ai vu maltraiter Peggy, je sais que de la cruauté coule dans ses veines et je ne veux pas faire de mal à Wallace. Je ne veux pas que quelqu'un souffre à cause de moi.

Il pose sa main sur ma nuque, ses yeux me dévisagent un instant, et j'ai peur qu'il ait totalement oublié la foule, qu'il ait oublié qui nous sommes, et que ses lèvres se posent sur les miennes.

Pourtant, je n'attends que ça.

Ici. Maintenant. Tout me semble possible.

Les gens pensent qu'il se penche vers moi pour me parler à cause de la musique trop forte, mais il se penche pour m'enflammer. Je vibre autant que les vieux baffles posés à terre. Je ne veux plus qu'il fasse ça. C'est affreux. Je pourrais lui sauter dessus, oublier tous les codes et l'embrasser. Rien qu'une seule fois.

La musique terminée, il disparaît pour mettre un autre disque. Je l'attends sur la piste, aussi impatiente qu'une petite fille le soir de Noël, mais c'est Sakirō qui arrive et m'attrape par la taille pour danser. Mon sourire tombe par terre en mille morceaux. J'ai trente nœuds dans l'estomac.

— Désolée, je ne me sens pas très bien…

J'hésite à le laisser en plan, mais je ne peux pas rester, c'est au-dessus de mes forces ; je ne suis plus celle qu'il a aimée, elle est morte en arrivant ici. Il y a un monde qui se dresse entre nous, maintenant.

Un monde qui porte un prénom.

Par chance, il n'a pas l'air trop vexé et part rejoindre Jane en titubant légèrement pour l'inviter à danser.

Je vais rentrer. Poser mes idées. Les recouvrir de quelques bûches et brûler tout ça. Il ne doit rester aucune trace de mes pensées irrationnelles. Demain, ça ira mieux. Demain…

J'ai eu un bon moment, je m'en souviendrai toute ma vie, mais ça doit s'arrêter là.

Je remonte la colline, entendant encore au loin la musique de la fête. Je suis heureuse, je compte pour Wallace, c'est tout ce qui m'intéresse. Même si c'est impossible, ça aura existé ce soir, dans mon cœur.

Des bruits de pas me font tressaillir. Quelqu'un m'a suivie.

Je me retourne.

Il est là.

61

Une force qui émane de lui me cloue sur place.

Nous restons immobiles une minute.

À chercher ce qui pourrait bien nous arrêter.

Ce qui le ferait redescendre la colline.

Et ôterait toutes ces idées de ma tête.

Mes sens sont tellement en alerte que je peux sentir le moindre souffle d'air sur ma peau. Je frissonne, j'ai l'impression de me dissoudre dans l'air tiède de la nuit et de n'être plus qu'une onde invisible.

Les secondes tombent, cassent.

Et je sais maintenant que, quoi qu'il dise, quoi qu'il fasse, je ne pourrai pas résister.

Rien.

Ni personne.

Ne peut empêcher ça.

Il s'approche et pose ses mains autour de ma taille sans me quitter des yeux. Ses lèvres sont si proches que je ne peux plus les voir, elles disparaissent et viennent se fondre sur les miennes.

Il m'embrasse.

Mon cœur explose.

Puis, il me regarde. Ses yeux verts brillent, une lueur indécente vacille dans ses pupilles.

Et je quitte cet univers mille fois dans la seconde, je flotte, je dérive, plus rien ne me retient au sol.

Pourquoi le monde est-il si petit ?

— J'adore cette musique, murmure-t-il.

— Moi aussi, dis-je dans un souffle, sans quitter le contour de ses lèvres.

Nous nous embrassons encore. Comme si c'était la seule manière de respirer dans ce monde et que nos vies en dépendaient. Ses lèvres sont douces et brûlantes, ses bras m'enlacent un peu plus à chaque baiser, et je m'enflamme. Je prends feu comme le son de cette guitare électrique qui s'échappe pour sublimer cette musique. Je perds totalement le contrôle de ma tête et de mon corps, tout tourne autour de moi, le monde tourbillonne et s'envole comme un oiseau enfin libre. Il n'y a plus que nous. C'est une sensation fantastique.

Deux âmes. Deux corps. Deux cœurs.

Une évidence.

Il passe sa main dans mon cou. Effleure ma nuque avec ses lèvres et défait mon chignon. Mes cheveux tombent en cascade et j'oublie tout. Je n'ai plus de passé, plus d'avenir, seul compte ce moment magique auquel je vais m'agripper pour le restant de mes jours.

Il me regarde presque comme si j'étais nue. Me dévore des yeux.

Et je me souviens de respirer.

Je contemple sa bouche, son nez parfaitement droit, sa mâchoire carrée, ses yeux intenses qui illuminent tout son visage. Et je sais que tout est parfait, que la nuit s'est parée d'étoiles pour nous, qu'elle nous enlace d'une légère brise, et qu'elle nous approuve.

Alors, je me souviens de tout. Je le vois en train d'avaler une dernière bouffée d'air, la paume posée sur la vitre, je le vois devant une porte ouverte sur la liberté, je me vois recoudre ses blessures et je le vois réapparaître sous l'orage, les cheveux longs, trempés, tandis qu'une de mes larmes tombe par terre.

Mes doigts se faufilent sous son tee-shirt pour vérifier.

Il y a un léger bourrelet de peau exactement là où je pose mes doigts. Je sens les battements de son cœur et je dois m'efforcer de garder les idées claires. Il me faut des centaines de seaux de glace, des milliers d'icebergs et tout le pôle Nord.

Tout est si intime, tout à coup. Je suis debout contre lui, contre ce buste puissant que j'ai réparé, que j'ai haï, que j'ai aimé, que j'ai sauvé. Je ne veux pas quitter le creux de ses bras. Cet endroit a été créé pour moi. C'est ici que je dois vivre. C'est le seul endroit où je suis bien. Vous pouvez déjà appeler l'équipe.

Jamais.

Je ne partirai.

Des images défilent encore dans ma tête. Nous courons pour échapper aux chiens, aux samouraïs… Le froid, la rivière, les rochers… et Wallace, fou, qui lâche sa prise pour venir mourir avec moi.

« Ça va bien se passer », me disent deux yeux pétillants de vie.

Puis, la chute.

— Tu te souviens ?

— Oui, je… je crois que je me souviens de tout.

J'entends des guitares, une voix d'homme qui fredonne. Je me tais et écoute les paroles de cette chanson qui me semblent si proches de notre histoire. Que va-t-on faire, maintenant ?

Je pose ma tête contre son torse. Il m'embrasse tendrement sur le front.

Nous partons, allez, viens.

Dis-le-moi, Wallace, comme cette chanson.

Deux mots. Ce n'est pas grand-chose.

Ne me laisse pas ici. Emmène-moi.

Partons, Wallace, et vivons avant que nos os n'étouffent sous cette terre.

La musique s'arrête.
Et mon cœur en même temps.
La fête est finie.

Des pas.

Sakirō grimpe la colline.

Nous nous regardons une dernière fois sans bouger. La nuit me brûle. Dans une minute, Sakirō nous trouvera serrés l'un contre l'autre, et aucune excuse ne pourra lui faire avaler que nous ne sommes pas plus que des amis. Je devrais fuir avec Wallace et prier pour qu'il ne nous retrouve jamais.

Je l'entends. Il a un peu bu. Il chante.

—Miya, allez, viiens… Mi… ya ! Où es-tuu ?

Les mains de Wallace glissent sur ma taille. Me lâchent. Encore une fois.

Et je me noie. Si le silence peut noyer, alors, je me noie.

J'ai les yeux emplis de larmes alors qu'il est déjà loin dans la forêt.

J'aurais voulu qu'il m'arrache à cette vie, qu'il m'aime assez pour m'emmener, que ce soit aussi évident pour lui que pour moi.

Même si ça ne se fait pas.

Même si c'est extrêmement dangereux.

M'aime.

J'aurais voulu qu'il…

Hésite.

Et j'ai mal. La mort ne peut pas être pire que ce soir. Je le sais, maintenant, la mort est douce, c'est la vie qui est dure.

—Miya, tu es là, mais où… où… où étais-tuu ?

Sakirō rate la première marche, s'agrippe au bas de

ma robe et j'essaie de cacher mes larmes en m'essuyant plusieurs fois le visage avec la manche ; j'essaie de cacher la tristesse qui m'envahit, qui m'engloutit, qui va me faire payer cher ma conduite.

Et puis, j'ai mal à la tête. Trop de sensations. *Ça me lance.* Trop de transgressions. *Ça me vrille le cerveau.* Trop d'interdits. *Trop, trop, trop.* Tant pis, puisqu'il faut que ça se passe ainsi. Puisque mon monde l'a décidé pour nous. Puisqu'ils nous l'ont tatoué sur le poignet pour nous le rappeler.

—Miya, je t'aime, tu ne me quitteras jamais, hein ? J'ai besoin de toi, Miya… Depuis tout petit… Je t'aime, depuis toujours. C'est… notre amouur, c'est… ? Depuis qu'on est tout petits, hein ? Per… sonne ne peut… empêcher ça ! Mi-ya ?

Il empeste l'alcool. Jamais il ne m'a fait une déclaration pareille. Il ne voit même pas que j'ai les yeux pleins de larmes. Que je ne suis plus là. Que je viens de mourir.

Il s'écroule et s'endort. Comme ça. Sur le perron. Et sur le bas de ma robe.

J'essaie de me dégager et pars chercher une couverture.

—Moi aussi, je t'aime, Sakirō, dis-je en le recouvrant.

Mais pas comme Wallace.

Ça n'a rien de comparable.

Et je m'en veux de t'avoir laissé me convaincre de vivre avec toi. J'ai été idiote et je vais le payer pour le restant de ma vie.

62

Je suis sur le point d'écouter le disque que Wallace m'a prêté quand un papier tombe de la pochette.

RETROUVE-MOI CE SOIR, PRÈS DE LA RIVIÈRE.
W.

— Miya ?

Je sursaute et remets aussitôt le mot dans la pochette.

— On est rentrés plus tôt que prévu, me dit Sakirō. Ça te dirait d'aller faire une petite… promenade ? (Il incline la tête en s'approchant.) On dirait que je t'ai fait peur ?

J'essaie de garder mon calme.

— Qu'est-ce que tu tiens dans les mains ?

— Oh, ça, c'est rien, juste un disque… C'est une bonne idée, donne-moi une minute et j'arrive.

Je cache le disque, prends mon châle et le rejoins sur la terrasse en tentant de calmer les battements de mon cœur, qui a bien failli exploser.

— Allons-y, me dit-il.

— Comment se passe l'entraînement ? demandé-je.

— C'est dur. Très fatigant. Mike m'apprend à manier le sabre, mais je préfère l'arc et les flèches, même si j'ai peu pratiqué ces dernières années, je suis toujours bon archer.

— Qu'est-ce que vous comptez faire ?

— La guerre t'intéresse, maintenant ?

— Elle nous concerne tous, non ?

— Je suis ravi que tu t'en préoccupes… La plupart des villages au nord ont été brûlés, et les samouraïs se rapprochent vite. Je pense qu'ils seront là d'ici une semaine, nous devrons être prêts.

—Combien sont-ils ?

—Des centaines, mille, peut-être…

—Et nous ?

Il soupire.

—Peu.

Je me rends compte alors de la charge qui pèse sur ses épaules. Il veut prouver à tout le monde qu'il n'est pas comme son père, qu'il est contre son camp. Mais il n'est pas de taille, je le sais, et il le sait aussi.

Il me prend par les épaules. Sourit. Et je suis si mal à l'aise. Je vais lui parler. Je dois tout lui dire. Je ne peux plus faire semblant.

—Sakirō ! crie Mike. Tu peux venir ?

Il hésite.

—Vas-y, dis-je, soulagée.

Il m'embrasse sur le front et le rejoint.

J'attends qu'il soit loin pour partir.

Ce soir, le ciel est presque noir. Je ne vois pas bien où je mets les pieds.

Wallace arrive derrière moi sans un bruit et me fait sursauter.

—Chut, c'est moi, me glisse-t-il à l'oreille.

Ses bras puissants m'enlacent. Il pose un baiser dans mon cou, et je reste une seconde à savourer cet instant avant de me tourner et de l'embrasser à mon tour.

—Il faut que je te parle, Miya.

Son ton n'est pas aussi léger que d'habitude.

—C'est à propos de ta mémoire.

Je n'aime pas le sérieux de sa voix. Je ne sais pas quoi répondre et le laisse poursuivre.

—Je crois qu'il y a une chose dont tu ne te souviens pas. Une chose très importante.

Je retiens mon souffle. J'ignore pourquoi je n'ai pas envie d'entendre ce qu'il va dire ; j'ai l'impression que l'histoire se répète, Sakirō, Wallace… Se peut-il qu'à chaque fois, je me sois trompée sur leurs sentiments ?

— Est-ce que tu te rappelles comment nous nous sommes enfuis ?

— Oui… L'eau. La rivière.

— Non, avant. J'étais enfermé dans la cellule.

— Oui, c'était atroce… J'ai accepté… j'ai accepté d'être la femme de Rawk, mais…

— Je sais, Miya, tu as été formidable, mais ensuite…

— Je me souviens que la vitre a explosé et que je t'ai cherché, pour voir si tu étais toujours vivant. Puis, nous nous sommes enfuis.

Il hésite. Me prend les deux mains.

— La vitre a explosé alors que tu avais posé tes mains sur la paroi.

— Ça n'a pas de sens, c'est impossible, je ne peux pas avoir la force de faire ça…

— J'ai vu de la lumière dans tes mains. Un faisceau de lumière argentée…

— Je ne te crois pas. Tu étais à moitié inconscient, c'est ton imagination qui te joue des tours.

— Je te jure, Miya, je ne cherche pas à te faire de mal, mais… s'il y a la moindre chance pour que tu aies ce pouvoir, il faut que…

— Tais-toi, dis-je en reculant. Est-ce que tu es en train de me dire que je suis une mutante ?

— Miya…

— Réponds ! C'est toi le spécialiste ! Est-ce que, pour toi aussi, je suis une mutante ?

Il n'hésite même pas une seconde avant de répondre.

— Oui.

J'en reste bouche bée. L'homme que j'aime le plus au monde me prend pour un monstre.

—Miya, ça ne change rien…

—Laisse-moi !

—Miya !

Je cours et j'entends sa voix au loin.

Je ne veux pas être une mutante. Quelle horreur ! Un truc comme dans les livres ! Et je devrais combattre les forces du mal ou d'autres démons alors que je rêve d'une petite vie tranquille au bord de la rivière ? C'est impossible. Wallace a dû se tromper ; c'est la force de l'eau qui a fait exploser les vitres. Pas moi.

Je me couche, mais j'ai du mal à dormir. Je me tourne et me retourne dans le lit, et fais semblant d'être endormie lorsque Sakirō vient se coucher. Je ne veux pas parler avec lui. Ni lui ni personne.

63

Une semaine passe. Je décide de ne pas aller dans le village voisin, le jeudi.

Je reste au lit toute la journée ; Sakirō est en ville avec les éclaireurs et Jane est allée seule voir Tatsuo. Je suis tranquille.

Je ferme les persiennes pour lutter contre la chaleur étouffante, mais le soleil arrive quand même à filtrer à travers les espaces vides. Je m'efforce de lire. J'ai trop chaud, tout mon corps est moite sous ma chemise de nuit, et je me lève seulement pour me passer un peu d'eau sur le visage ou pour boire.

Quelqu'un frappe à la porte. Je m'immobilise.

— Miya, tu es là ? chuchote Wallace. Ouvre, s'il te plaît…

— Non !

— Ouvre, on pourrait me voir !

— Je ne suis pas habillée.

— Rien qu'une minute.

Je soulève le loquet. Sa tête est cachée derrière un immense bouquet de fleurs sauvages.

— Rentre vite, tu es fou, si quelqu'un te voit !

— Je suis fou de toi, Miya.

Il me prend dans ses bras, mais je me débats, je tape des poings sur son torse, j'essaie de le repousser… avant de capituler. Avant de le laisser faire. Avant de fondre sous ses baisers passionnés.

— Il faudrait que je m'occupe des fleurs…, bredouillé-je entre deux baisers.

Il lance le bouquet sur le lit.

— C'est fait.

D'un coup de pied, il ferme la porte derrière nous, et nous nous retrouvons plongés dans la pénombre de la chambre. Il m'attire contre lui, me prend le visage de ses deux mains et m'embrasse avant de nous faire tomber sur le lit.

Nos corps se collent instinctivement l'un contre l'autre, comme s'ils se connaissaient déjà depuis des siècles. Ils fusionnent et j'oublie qui je suis, j'oublie le temps, le langage et les saisons. Mes mains s'aventurent sous son tee-shirt, caressent son dos tandis que la température de la pièce prend encore dix degrés.

Trop.

Chaud.

Je ne vois que des particules de poussière flotter dans l'air et nos corps moites qui se cherchent, se trouvent et s'embrasent. Je tressaille des pieds à la tête lorsqu'il passe ses mains sous ma chemise trop courte. Je me sens fragile et forte à la fois, je n'ai jamais connu ce genre de sensation, mais j'ai envie de tout, et mon manque de retenue m'étonne.

Je le laisse déboutonner ma chemise lentement, comme si nous avions l'éternité pour nous, mais je ne peux m'empêcher de penser que quelqu'un pourrait arriver et nous trouver là. Le désir monte en moi autant que la peur d'être prise, et l'excitation est à son comble quand ma chemise laisse apparaître ma poitrine.

Je le laisse faire, pourtant.

Je ne peux pas résister. Sa peau, son odeur, le goût de ses lèvres ; tout me dévore, me consume, m'envoûte. Ma chemise est complètement ouverte, si bien qu'il m'embrasse le ventre, le nombril et le creux sous les seins. Il remonte lentement, prend tout son temps tandis que ses mains caressent mon dos. Et je sens son souffle chaud sur ma poitrine, sur mon cœur qui n'en peut plus d'exister, qui devient fou tellement il bat fort.

Wallace est doux, attentionné, et je laisse mon corps s'abandonner au sien.

J'ai tellement peur que Sakirō revienne que j'ai du mal à respirer. Il faut arrêter.

J'essaie.

Je le repousse.

Le supplie.

J'ai trop peur de faire ça ici et que l'on nous surprenne en plein après-midi.

— Arrête, si quelqu'un vient…

Il sourit. M'embrasse dans le creux de la main. Et s'allonge à côté de moi.

— J'étais venu te chercher, Miya. Je ne veux pas que tu restes une minute de plus ici. Pardonne-moi pour l'autre soir, je n'aurais pas dû te parler de ça, je ne le ferai plus, c'est promis.

Je m'allonge sur son corps et l'embrasse à nouveau.

— Tu as su te faire pardonner…

— Ne t'allonge pas comme ça sur moi, Miya, me souffle-t-il en passant ses doigts dans mes cheveux.

— Continue, l'imploré-je en l'embrassant dans le cou tandis que mes cheveux glissent sur son torse.

— Non, pas là, pas comme ça. Prends tes affaires, je t'emmène.

— C'est vrai ?

— Oui. Dépêche-toi !

Je saute du lit et je prends tout ce que je peux entre mes bras : quelques tenues, ma brosse à dents, mes disques… pendant qu'il fait le guet.

— Mais qu'est-ce qu'on va leur dire ? Je ne peux pas partir comme ça !

— Si.

— Je veux… je *dois* le dire à Sakirō, il comprendra.

— Ça m'étonnerait.

Mes forces me lâchent.

Je prends brusquement conscience de toute la culpabilité qui grandit en moi et qui m'étrangle.

Je laisse tomber le dentifrice, les disques, les livres, et toutes les affaires une à une sur le lit.

— Je ne peux pas partir sans rien dire.

— Tu l'aimes aussi, c'est ça ?

— Non.

— Alors, viens, tu n'as qu'à lui laisser un mot, enchaîne-t-il froidement.

— Non, il m'a toujours bien traitée, il mérite mieux que ça.

Wallace soupire. Il n'est pas content, mais je ne peux pas faire autrement. Même si j'ai très envie de partir avec lui tout de suite et que j'ai peur d'affronter Sakirō, je ne peux pas m'enfuir comme une criminelle.

Il secoue la tête.

— J'ai l'impression que si tu ne viens pas maintenant, tu ne viendras jamais.

— Laisse-moi juste ce soir.

— O.K. (Il se passe une main dans les cheveux. Regarde sur le côté.) C'est tout à ton honneur.

— Merci…

Je suis contente qu'il comprenne, je n'aime pas le froid que cette situation a jeté entre nous.

Il sort et je m'assieds sur le lit pour réfléchir. Je suis toute tremblante. J'ignore comment aborder le sujet avec Sakirō, j'ignore comment lui dire que j'en aime un autre. J'ai trop peur de sa réaction.

Je me lève et tourne en rond. Je décide de remettre toutes les affaires à leur place. C'est mieux. Pour l'instant. Je ramasse les fleurs le plus vite possible et les jette dans la poubelle en les cachant sous les épluchures de légumes. Je me découvre une énergie incroyable et commence à préparer un repas pour l'arrivée de Sakirō. *Un repas d'adieu.*

Non.

Je ne prépare rien.

Mais il faut que je m'occupe. Je réalise que je ne suis toujours pas habillée et je file me laver en réfléchissant à la meilleure façon de tout avouer pendant que l'eau ruisselle sur mon corps.

Il n'y a pas de bonne façon. Il y a Sakirō, qui m'aime ; je l'aime aussi, mais j'ai découvert que l'on pouvait aimer encore plus fort. Et c'est cet amour que je veux explorer. J'aime Sakirō depuis que je suis toute petite, j'ai toujours voulu être avec lui. Il est beau, séduisant, intéressant, mais ce n'est rien comparé à la force d'attraction que Wallace exerce sur moi. C'est physique. Psychique. Je l'ai dans la peau et dans la tête. Ça me rend folle.

Il arrive.

Mes mains sont moites, je les frotte sur ma robe, mais elles recommencent aussitôt à dégouliner. J'ai une boule au creux de l'estomac qui ne cesse de grossir. Je ne sais pas ce que je vais dire.

— Miya ? Tu es là ?

— Oui.

— Tu ne te sens pas bien ? Tu n'es pas allée au village ?

— Non, j'avais mal à la tête. Je suis restée au lit, mais… ça va mieux, maintenant.

Il jette un regard sur le lit. Les draps sont défaits, je rougis et me sens coupable de ne pas les avoir arrangés mieux que ça.

Il s'approche. M'embrasse. J'ai un mouvement de recul qui ne lui échappe pas.

Il pose ses affaires sans rien dire.

— Je vais me laver, j'ai eu une dure journée.

Je respire à nouveau.

Puis je sors sur la terrasse.

À cet instant, j'hésite vraiment. Je pourrais partir en courant et ne plus jamais revenir. C'est tellement tentant de fuir ses responsabilités.

Mais je ne le fais pas.

Il me rejoint après sa toilette. Je vois ses yeux qui brillent pour moi et mon courage m'abandonne. Les mots s'échappent, les lettres partent en courant, vingt-six lettres s'enfuient sous mon nez sans que j'arrive à en attraper une ; impossible de prononcer un mot, une phrase qui résumerait toute la culpabilité que j'éprouve.

— Je suis tellement heureux que tu sois là. Raconte-moi ce que tu as fait…

— Oh ! Eh bien, je te l'ai dit, je suis restée au lit une bonne partie de la journée, et ensuite… j'ai lu. Et toi ?

— Ça a été difficile, en ville, Mike a failli se faire prendre, les samouraïs nous ont poursuivis, mais nous leur avons échappé juste à temps. On a dû leur donner une fausse piste pour qu'ils ne trouvent pas le village. Une seconde de plus et je ne rentrais pas, ce soir…

Ça a dû être très dur pour lui et au lieu de lui parler, j'ai envie de l'embrasser. Je veux le protéger. Je l'aime depuis si longtemps, d'un amour un peu fraternel, certes, mais je l'aime quand même. Je lui passe une main dans les cheveux tandis qu'il ferme les yeux, et pendant une fraction de seconde, je me dis que c'est la dernière fois que je caresse ses cheveux, la dernière fois que je respire sa peau, la dernière fois que nous sommes assis l'un contre l'autre, heureux.

Il faut que je lui parle.

Il le faut.

Mais je n'y arrive pas.

Pas ce soir.

64

Quelqu'un tambourine à la porte.

— Sakirō, lève-toi !

— Mike ?

— Deux samouraïs se baladent dans les parages et c'est pas pour faire du camping ! Grouille-toi ! Faut croire qu'on ne les a pas complètement semés, tout à l'heure !

Sakirō se lève d'un bond, s'habille en vitesse et saisit les armes cachées sous le lit.

— Prends ce *bokken* [1] !

Je saute du lit, angoissée à l'idée que le moment soit venu. Cette guerre, ces combats auxquels je ne me suis pas du tout préparée. Je le regrette, à présent.

— Ferme à clé quand je serai parti…

— Mais…

Il revient, m'embrasse sur le front et respire mon cou une seconde avant de sortir.

Je frissonne. Puis je ferme la porte à double tour et m'efforce de rester calme en faisant les cent pas dans la maison. J'ai froid, j'ai chaud, je cherche mon châle, le mets, le repose.

Il faut que je me calme. J'inspire.

J'expire avec peine.

Je pense au village voisin. À Wallace. J'ai tellement peur qu'il lui soit arrivé quelque chose. J'en mourrais. Si je ne devais plus le voir. Si je ne devais plus lui parler. Si je ne pouvais plus me blottir contre lui, me réchauffer de son sourire et l'embrasser.

1. Sabre japonais en bois.

Je me passe plusieurs fois le visage sous l'eau pour chasser toute cette douleur qui me vrille le cœur.

Une heure s'écoule. Une heure où je ne sais plus quoi faire, où je me demande ce qu'il se passe à l'extérieur, si je dois rester là ou rejoindre les autres. Les aider. Combattre. Avec ce pouvoir que j'ai peut-être en moi, mais que je ne sais même pas utiliser. Puis j'entends des bruits de pas et des gémissements. Tremblante, je saisis le *bokken* et me cache derrière la porte.

La poignée bouge. Je retiens mon souffle. Serre l'arme en bois de toutes mes forces.

— Miya, ouvre ! C'est Mike !

J'expire de soulagement, lâche le *bokken* et me dépêche de déverrouiller la porte.

J'étouffe un hurlement en voyant Mike soutenir Sakirō quasiment inconscient, couvert de sang.

— C'est sa jambe ! s'écrie Mike. Aide-moi à l'allonger sur le lit.

Je me glisse sous l'autre bras de Sakirō pour le porter jusqu'à la chambre. Nous le posons délicatement sur le lit. Il gémit. Sa jambe pisse le sang.

— Que s'est-il passé ?

— Les samouraïs… On les a eus… Mais Sakirō a reçu un coup de sabre dans la cuisse, et c'est pas beau à voir… Aide-moi. Vite !

Il se penche sur Sakirō et déchire d'un coup sec son pantalon. Je fais bouillir de l'eau, prends des linges propres et de l'alcool.

Lorsque je reviens, je vois qu'il a une entaille sur toute la cuisse. Sa chair est à vif, presque ouverte jusqu'à l'os.

Je bats des paupières. Déglutis. Tente de ne pas m'évanouir tant la coupure est impressionnante.

— Tu as du saké ?

— Oui.

Je cherche la bouteille.

— Donne-le-lui !

Sakirō transpire à grosses gouttes. Je lui redresse la tête et porte la bouteille à sa bouche. Il en boit un peu et retombe.

— Il… Il est inconscient ! dis-je, affolée.

— Ça va aller, il va s'en sortir.

Je ne crois pas un mot de ce qu'il vient de dire. Je n'ai jamais vu autant de sang couler ni une blessure aussi profonde.

— Va chercher Mme Wada !

Maintenant, c'est Mike qui perd la tête.

— COURS !

Je n'ai pas le temps de lui demander ce que Mme Wada vient faire là-dedans, son ton n'appelle pas à la discussion, et je cours la chercher en dévalant la colline aussi vite que je le peux.

Je frappe.

— Madame Wada ?

Pas de réponse.

— Madame Wada, c'est Miya, dis-je à travers la porte, il y a un problème… Mike m'a…

La porte s'ouvre brutalement. Je manque de me la prendre en pleine figure.

Elle sort sans m'adresser la parole et marche déjà sur le chemin qui mène à notre maison. Elle porte une longue robe noire, un vieux châle en laine de toutes les couleurs et tient un gros sac en cuir dans la main gauche. J'ignore quel âge elle a, probablement entre soixante-dix et cent ans, mais elle marche deux fois plus vite que moi.

— Pauvre garçon, soupire-t-elle en arrivant.

— Miya, tu sais recoudre, je crois ? me demande Mike.

J'hésite. Panique. Je ne sais pas recoudre une blessure de quarante centimètres ! Il a besoin d'un chirurgien, pas d'une infirmière du dimanche.

Devant le regard implorant de Mike, je hoche la tête. À partir de là, tout va très vite ; Mme Wada ouvre son sac, sort plusieurs flacons, fils, aiguilles… et les dépose sur le lit. Je prends les instruments, tente de contrôler le tremblement de mes mains, et commence à désinfecter. Sakirō reprend connaissance un instant et hurle de douleur.

— Vite ! crie Mike.

— Arrête, Miya, tu me tues ! supplie Sakirō.

Je me fige, pétrifiée. Je ne sais plus ce qu'il faut faire.

— Continue, Miya, m'encourage Mike en lui donnant encore un peu de saké, continue…

Mme Wada l'approuve d'un hochement de tête et s'assied sur le lit en plaçant ses mains sur le crâne de Sakirō. Elle serre fort. J'ai envie de lui dire d'arrêter, mais je vois que les traits de Sakirō commencent à se détendre.

Je le recouds tandis que Mike tient fermement alignés les bords de la cuisse. J'espère que le fil sera assez résistant. Sakirō ne pousse que quelques gémissements, et je me demande si Mme Wada a une sorte de pouvoir.

— Elle barre la douleur, m'explique Mike, comme s'il pouvait lire dans mes pensées.

Il a l'air moins courageux que tout à l'heure, ses yeux sont rouges, ourlés de cernes, et il s'enfile une gorgée de saké.

Je termine les derniers points de suture. Un filet de sueur coule le long de ma colonne vertébrale. Mes yeux me piquent et mes doigts sont totalement engourdis à force d'être crispés sur l'aiguille.

Enfin, je relève la tête.

— Bravo, ma petite, me félicite Mme Wada en tenant toujours la tête de Sakirō entre ses mains.

Je me sens vidée. Mike me tend la bouteille de saké. J'en bois une grosse gorgée pour la première fois de ma vie. Je tousse. Ce liquide est aussi brûlant que la douleur qui tend en moi.

Je vois que les draps sont baignés de sang. Sa blessure est vraiment vilaine, et j'ai très peur que ça tourne mal.

Mme Wada et Mike se lèvent.

Non, ne me laissez pas seule !

— Il va falloir prier pour que ça ne s'infecte pas plus, me dit-elle. Je viendrai demain voir où ça en est et t'aider à changer les draps. En attendant, il faut dormir. Tu peux lui donner du saké, ça l'aidera…

— Merci, dis-je, encore plus dépitée qu'à leur arrivée.

— Ferme la porte à clé, me lance Mike.

Ils partent et j'ai l'impression que le sol s'écroule sous mes pieds. Je reste debout une minute à regarder Sakirō en train d'agoniser, poussant des gémissements qui sont comme des coups de couteau dans mon cœur, et je me rends compte que mes épaules, mes bras et ma nuque sont complètement crispés. Que je suis incapable de bouger. Incapable d'aller plus loin. Et que j'ai envie de hurler, mais que ça ne servirait à rien.

Ça ne me ferait pas revenir en arrière.

Quelques heures en arrière.

Quand je pouvais encore partir et échapper à tout ça.

Il faut que je m'allonge. Je me fais une petite place à côté de Sakirō ; j'ai besoin de m'endormir en sentant son cœur battre, en écoutant ce tic-tac régulier pour me raccrocher à cette terre et effacer le goût amer que j'ai dans la bouche.

Mais je n'arrive pas à fermer l'œil de la nuit. Il y a une odeur de sang qui hante la chambre.

Une odeur qui fait mal.

Une odeur de fleurs en train de pourrir sous de vieilles épluchures de légumes.

Et j'ai peur que son cœur s'arrête. J'ai peur qu'il hurle et me supplie de mettre fin à sa douleur.

J'ai peur de mourir avant lui tellement mon cœur a mal.

65

Voilà.

Il est six heures.

J'ai dormi trois petites heures à côté de Sakirō, toute crispée, sans oser bouger de peur de lui donner un coup dans la jambe.

Assise sur le bord du lit, j'essaie de réfléchir à ce que je vais lui dire quand il se réveillera. C'est difficile. De trouver les mots. Les *bons* mots. Capables de lui faire comprendre que je n'ai pas cherché tout ça. Capables de lui faire entendre que je ne pourrai pas rester. Que c'est terminé.

J'ai honte. La culpabilité s'est assise sur mes épaules, prête à me dévisser la tête d'un coup sec. Je me suis engagée pour ensuite tomber amoureuse d'un autre. Je devrais effacer Wallace de ma mémoire, mais je ne peux pas. Je devrais lui dire que c'est fini, qu'il ne faut pas, mais je ne peux pas. Je ne peux pas, je ne peux pas, je ne peux pas. Ma vie est auprès de lui.

Sakirō gémit et m'attrape le poignet.

Je m'allonge près de lui. À quelques centimètres de son visage.

—Merci, me dit-il.

—De quoi ?

J'arrive à peine à prononcer ces deux mots. J'ai peur de sa réponse. La seule chose qui nous lie.

—D'être là. Je sais ce que tu as fait pour moi, cette nuit.

—C'est normal… j'ai eu si peur pour toi. Ta blessure…

—Chut…

Il pose un doigt sur mes lèvres, et je perds totalement le contrôle. Je le regarde, allongé, faible, même s'il fait tout pour le cacher, et tous les sentiments que j'ai pour lui remontent à la surface.

Nos mains sont enlacées, mais froides et distantes.

Et j'essuie une larme de l'autre main. Glacée. Parce qu'elle vient de comprendre que je ne dirai rien. Que je suis bien trop lâche pour lui dire en face que j'en aime un autre. Que je préfère honorer nos traditions plutôt que de vivre une histoire d'amour avec Wallace.

— Tu es si belle. Tu ne devrais pas pleurer… Tes yeux magnifiques ne devraient jamais pleurer. Ça va aller, Miya… Même si j'ai mal. Je te jure que ça va aller, et alors, nous pourrons nous marier et nous tournerons le dos à tout ça, à cette guerre, à ces combats… S'il le faut, je t'emmènerai loin, je nous trouverai un paradis à l'abri de tout, de tous… des samouraïs… et de mon père.

Ses mots me tuent.

Je suis fatiguée de toutes ces choses qui arrivent.

Toutes ces choses que je vais devoir gérer.

Que je n'ai jamais, jamais, jamais voulues.

66

Un jour est passé depuis que Wallace m'a demandé de le rejoindre.

Puis deux.

Puis trois.

Chaque jour, je pense à lui, et chaque jour, je pleure. Mais je sais que je ne peux pas quitter Sakirō, pas tant qu'il n'aura pas récupéré de ses blessures.

Le ciel a pris une teinte grise étrange, il est parsemé de nuages parfaitement dessinés et quasiment identiques qui glissent lentement de gauche à droite. On dirait que ce sont toujours les mêmes qui reviennent. Les mêmes qui s'ennuient dans la banalité de leur triste vie.

Je ferme la salle de classe en observant les quelques SV qui s'entraînent encore au combat. Sakirō est assis dans un fauteuil, la jambe étendue en appui sur une chaise, occupé à faire des croquis devant une poignée de futurs soldats.

Grâce aux talents de guérisseuse de Mme Wada, il récupère vite. L'infection ne s'est pas propagée, et sa blessure commence déjà à cicatriser. Chaque fois qu'il va la voir, elle pose ses mains sur sa blessure et marmonne des phrases incompréhensibles avant de dormir pendant plusieurs heures pour récupérer.

Aujourd'hui, j'ai promis à Will d'aller voir où il habitait. Munie du plan qu'il m'a donné, je dois marcher environ vingt minutes avant de trouver sa cabane, isolée et complètement cachée sous les sapins et les cèdres.

—Bonjour, Will, dis-je en entrant.

Il hoche la tête. Marche dans tous les sens et semble chercher quelque chose.

Pauvre Will.

Comme dans la plupart des maisons, il n'y a ici que le strict minimum ; un lit, une table, une chaise et une armoire.

Je décide de m'asseoir sur le lit, mais il se met à hurler. Je me lève aussitôt tandis qu'il se dépêche de prendre ma place en caressant le matelas d'une main.

—Je peux m'asseoir sur la chaise ?

—Oui.

Il se relève illico, visiblement rassuré, et fait chauffer de l'eau. Puis, il sort deux bols, les pose sur la table, et plaque son dos contre l'armoire.

—Elle est belle, cette armoire, dis-je pour briser le silence.

C'est une armoire en bois, peinte à la main, avec des motifs d'oiseaux.

—Merci, c'est Masashi… qui… qui l'a faite pour moi.

—C'est très joli.

Il écarte les bras sur les portes comme s'il voulait m'empêcher de l'ouvrir et me fusille du regard.

Je ris intérieurement de cette situation.

—Je ne vais pas fouiller dans ton armoire, Will. Ce sont tes affaires.

—Oh…

Il se détend un peu. Revient vers moi et verse de l'eau fumante dans les bols.

Tout à coup, tout me paraît très étrange. J'ignore pourquoi, jusqu'à ce qu'un détail m'accroche. La face latérale du matelas est striée d'entailles, comme de minuscules coupures qu'il a dû recoudre lui-même vu la qualité du travail.

—Qu'est-ce que tu caches dans ce matelas ?

—Rien… rien !

Une pilule tombe par terre. Puis deux, puis trois, et des dizaines s'échappent de l'une des entailles.

Je me lève et passe les doigts sur le côté du matelas. C'est granuleux, ça bouge, je crois que c'est rempli de pilules.

— Will ?

Il regarde dans la direction opposée. Fait semblant de ne rien voir.

— Qu'est-ce que tu caches ?

— J'ai besoin de ces pilules, j'en… j'en ai besoin…

Je ris en pensant à toutes ces pilules violettes dissimulées dans son matelas.

— Tu veux être beau ?

— Non, répond-il en secouant la tête. J'en ai besoin.

— Mais Will, c'est… (Je cherche mes mots. Prie pour ne pas le vexer ou l'effrayer.) On doit prendre ces pilules pendant l'enfance, pour former le visage… C'est trop tard, maintenant.

— C'est pas pour être beau.

— Non ?

— Non.

— Pourquoi, alors ?

Il ne répond pas. Hoche la tête dans tous les sens. J'ai peur qu'il se mette à faire une crise, mais je veux savoir, je continue :

— Pourquoi tu prends ces pilules ?

Il me les arrache des mains. Les enfonce une à une dans le matelas.

— Pourquoi sont-elles si importantes pour toi ?

— C'est pour… pour… ma tête. (Il est à genoux et ramasse toutes les pilules qui tombent.) J'en ai besoin. Je… je deviens fou si je me souviens trop…

J'ai du mal à comprendre ce qu'il veut dire, pourtant, il y a quelque chose dans sa voix, une intensité, une sincérité mêlée de crainte qui me laissent perplexe.

La pilule violette. La mystérieuse pilule que mes parents me donnaient pour que je sois belle. Pourquoi Will a-t-il cette pilule chez lui et par centaines ?

Je m'agenouille près de lui. L'aide.

Il se fige une demi-seconde, puis baisse les yeux.

— Explique-moi, Will.

— Sinon je me souviens et… (Il porte les mains à sa tête. La secoue. Semble beaucoup souffrir.) C'est trop dur… C'est trop dur dans ma tête de me souvenir…

Ses yeux sont perdus dans le vague, et je sais qu'il ne m'en dira pas plus aujourd'hui. Quand il est dans cet état, plus rien ne semble le retenir sur terre.

J'attends encore quelques instants, mais il reste perdu dans je ne sais quel monde, en s'appliquant à cacher chaque pilule dans le matelas. Je le laisse faire, puis sors discrètement. Je sais qu'il a envie d'être seul.

67

Aujourd'hui, j'irai voir Wallace.

Il faut que je lui parle, je lui dois des explications.

Quand j'arrive dans la forêt, il est occupé à couper des arbres et ne lève pas la tête à mon approche.

— Tu ne devrais pas faire ça tout seul, c'est dangereux.

Il me répond par un grand coup de hache dans un arbre sur le point de tomber.

— Je suis désolée, bredouillé-je.

Un nouveau coup.

Des frissons remontent le long de ma colonne vertébrale, comme si c'était mon dos qui l'avait reçu.

— Vraiment désolée. Je ne peux pas le laisser, pas maintenant…

— Quand, alors ?

Je sursaute. C'est la première fois qu'il hausse le ton comme ça avec moi.

— Dès qu'il ira mieux, je lui parlerai.

— Miya…

Il se tourne vers moi. Prend appui sur la hache :

— Quand il ira mieux, tu attendras encore qu'il récupère. Quand il aura récupéré, tu attendras qu'il puisse reprendre son travail… (Il jette la hache par terre. Je tressaille.) Tu ne viendras jamais.

« Non, c'est faux », ai-je envie de dire, mais les mots restent accrochés dans mes pensées. Emmêlés. Écrasés par le poids des conséquences.

Il boit sa bouteille d'eau d'une traite et reprend son travail.

Je reste figée quelques secondes. Hésite. Puis :

— Je pensais que tu comprendrais… Il… il a risqué sa vie pour notre campement, tout le monde ne peut pas en dire autant…

À la minute où mes paroles franchissent ma bouche, je les regrette.

— C'est ce que tu veux ? me demande-t-il en s'approchant. Tu veux que j'aille me sacrifier, que je combatte les samouraïs ? Ce n'est pas mon combat.

— Non, dis-je en pleurant. Non…, répété-je d'une voix à peine audible.

Je veux que tu me prennes dans tes bras, que tout ça ne soit qu'un mauvais rêve. Je veux vivre une vie avec toi, près du lac.

Mais il est déjà parti. Il soulève la hache de toutes ses forces, les muscles de ses bras contractés au maximum quand il frappe violemment le tronc. L'arbre émet un craquement étrange, il vibre, puis s'écroule dans un vacarme assourdissant qui résonne longtemps dans la forêt.

La colère monte en moi. Je ne veux pas de cette guerre, je ne veux pas rester là à attendre que tous les gens que j'aime se fassent tuer au combat. Je veux que l'on puisse vivre ici sans avoir peur d'être brûlés vifs pendant notre sommeil ou emprisonnés sans raison. Alors, je repense aux mots de Wallace et à ceux de Sakirō. S'il y a un seul espoir pour que j'aie des pouvoirs… Il faut que je sache.

Maintenant.

Je sens ma colère déborder et le rejoins en courant. Ça fait mal ; c'est toujours douloureux d'enfreindre une règle. J'ignore quand ça va s'arrêter.

— Je veux apprendre !

— Quoi ?

Il secoue la tête sans comprendre.

— Je veux apprendre à me servir de mes pouvoirs… si j'en ai…

— Miya, je regrette de t'en avoir parlé, c'est dangereux, oublie ça.

— Non, je veux le faire, et je veux le faire avec toi. Tu es le seul qui connaisse ça. Je veux essayer !

Une fine pluie se met à tomber. Nous restons face à face un instant. Accrochés l'un à l'autre. Je regarde les gouttes de pluie translucides qui se déposent sur ses cils, qui tombent quand il cligne des yeux. Et je me sens enfin libre. C'est la première vraie décision de ma vie.

— Je serai là demain et tu seras mon entraîneur, dis-je avant de partir.

Je suis si excitée que je cours dans la forêt tout le chemin du retour.

Je me sens invincible.

Jusqu'à ce que j'entre dans la maison.

À la vue de Sakirō assis sur le lit, je m'arrête net. Je sais que je vais devoir lui parler. Cette fois, je ne peux plus reculer.

— Où étais-tu ?

— Je... je suis désolée. Sakirō... je ne peux plus continuer...

— Mais de quoi tu parles ?

— Je ne peux plus faire semblant, dis-je en attrapant un sac. Je ne t'aime plus Sakirō, je m'en vais. Je voulais t'en parler, le jour où tu as été blessé, je voulais te le dire, mais...

— Mais tu as eu pitié de moi, hein ?

— Non.

— Alors pourquoi ?

Je savais que ça se passerait mal, je l'ai toujours su. J'aurais voulu me préparer à l'affronter, trouver les mots, adoucir sa peine. J'attrape le peu d'affaires que je possède et les enfourne dans le sac.

— Je pars vivre avec Wallace.

Il a un hoquet de surprise.

— *Wallace* ? Le mutant ?

J'encaisse sa remarque.

Il soupire. Se lève péniblement à l'aide de sa canne et avance d'un pas.

— Tu l'aimes ?

Je mets du temps à répondre. Je ne veux pas lui faire de mal, mais je dois répondre la vérité. Et tout sera clair. Fini.

— Oui.

— Dis-le !

— Sakirō…

— Dis-le ! hurle-t-il.

— J'aime Wallace.

Il est tout près de moi. J'ai peur lorsqu'il lève sa canne.

— C'est à cause de ma jambe ?

— Non, dis-je en fermant le sac.

— Embrasse-moi, alors.

— Arrête, Sakirō, ce n'est pas ça… Je l'ai rencontré quand tu m'as laissé tomber, c'est là que tout a commencé. Je ne voulais pas… Je te le jure, je ne voulais pas te faire de mal…

Je finis de parler alors qu'il a posé sa main sur ma gorge. Comme son père. Le même geste. À présent, il me fait vraiment peur.

— Mais tu m'aimes aussi, dis-le-moi.

Il serre un peu plus ma gorge.

— Dis-le-moi !

— Je… t'aime, Sakirō, dis-je dans un souffle à peine audible.

Il rit et relâche sa main. Se laisse tomber sur le lit.

Je respire enfin, soulagée, puis je recule et sors.

Il pleut fort à présent.

Je descends les trois petites marches de la terrasse. Inspire un grand coup.

Et disparais dans la forêt.

68

J'ai passé la nuit dans les bras de Wallace.

Même si je suis triste d'avoir fait du mal à Sakirō, c'est la meilleure nuit que j'aie passée depuis longtemps. Je décide de tout faire pour être heureuse et oublier toute cette culpabilité qui me ronge.

Je me lève et ouvre les volets alors que l'aube est à peine levée. Wallace dort toujours et j'en profite pour l'observer quelques minutes. Son visage parfait, son buste puissant que je suis fière de pouvoir toucher, ses bras qui enserrent l'oreiller.

Il se réveille. Je m'assieds timidement sur le lit, et il me fait basculer à côté de lui.

— J'ai cru que j'avais rêvé, me dit-il en respirant mon cou.

Je souris. Rougis. Que va-t-il se passer maintenant que nous sommes seuls, sans parents, sans adultes et sans règles ? Je n'ai aucune expérience en la matière.

Il m'embrasse avec une douceur inimaginable et se lève.

— Aujourd'hui, nous allons faire les courses !

Je le regarde, incrédule, tandis qu'il enfile son jean.

— Allez, Miya, habille-toi ! Sinon, ce ne sont pas des poissons que nous allons attraper, mais tous les garçons du village !

Il me prête une chemise blanchc ct un pantalon si grand que je dois le rouler plusieurs fois à la ceinture pour qu'il tienne, puis je l'aide à préparer les affaires.

***

Nous déposons le matériel près du lac et je l'écoute m'expliquer l'art de la pêche. J'ai souvent envie de rire ou de lui sauter au cou, mais je me retiens, comprenant à quel point cela a de l'importance pour lui.

De retour à la maison, Wallace fait griller le poisson qu'il a pêché, et je me sens comme la fille la plus chanceuse du monde.

Je passe les meilleurs moments de toute ma vie. Chaque jour, nous allons pêcher, nous déjeunons de poissons grillés et ensuite, je m'entraîne à la course. J'ai progressé et j'adore cette sensation de liberté, comme si j'étais très puissante et que rien ne pouvait me résister.

Je pêche mal, je crois que je suis beaucoup trop impatiente pour ça.

Wallace s'approche et me jette dans l'eau.

— J'en avais presque attrapé un ! hurlé-je, furieuse.

— Tu plaisantes ?

— Non, je te jure, tu… tu as tout fait rater !

— Viens, me souffle-t-il en m'attirant contre lui.

Je me laisse faire. J'avance doucement dans l'eau. Peu rassurée.

— Je ne me suis jamais baignée dans de l'eau naturelle, c'est interdit. On risque d'attraper des maladies, non ?

— Non. Pas dans ces eaux. Je me baigne ici tous les jours. (Il recule. A de l'eau jusqu'à la taille. Me fixe. Il y a tellement de lumière qui s'échappe de ses yeux.) Le seul danger pour toi, ici… c'est moi.

Je souris.

— Viens, tu vas voir à quel point c'est génial.

Je sais depuis que je connais Wallace qu'il y a beaucoup de choses fausses dans ce que l'on nous raconte. Qu'ils ont voulu écarter tous les risques, couper chaque problème à sa source pour prévenir plutôt que de guérir.

Mais ils ont oublié l'essentiel.

Ils ont oublié qu'il n'y avait rien de pire, rien de plus douloureux que de ne pas vivre. C'est un mal vicieux, sournois, qui s'immisce discrètement dans tout le corps et dans la tête pour la faire souffrir sans qu'elle sache vraiment pourquoi, jusqu'à ce qu'elle se mette à dépérir. Jusqu'à ce qu'elle comprenne que la vie est passée.

Là.

Sous son nez.

Et que rien ni personne ne lui rendra le cadeau le plus précieux qu'elle n'ait jamais eu.

Les nuages se dessinent dans le ciel et quelques gouttes de pluie commencent à tomber.

Une fois dans le lac, nous cherchons à nous attraper, mais Wallace est plus rapide, il n'a pas cette énorme chemise qui gonfle autour de lui comme une montgolfière, et il me fait tomber plusieurs fois sous l'eau.

Je prends mon élan, me jette sur lui. Je n'ai pas assez de force, c'est à peine s'il vacille ; je ne peux rien contre un mètre quatre-vingts de muscles.

— Ce soir, il y a une fête, dit-il en sortant de l'eau. Tu aimerais y aller ?

— Bien sûr.

— Alors, je crois que tu devrais aller voir Peggy, elle a quelque chose pour toi.

Je suis intriguée, mais j'ai beau le questionner pendant que nous nous séchons, il me garantit qu'il ne sait pas de quoi il s'agit.

***

Je frappe chez Peggy.

— Miya, entre ! Je t'attendais.

— Tu es magnifique, dis-je, impressionnée.

— Tu aimes ? C'est ma robe pour ce soir, dit-elle en

tournant sur elle-même. Je l'ai faite avec les quelques tissus potables que j'ai trouvés !

— C'est très beau, tu es douée. Moi, je n'ai que les pantalons de Wallace !

— Justement, c'est pour ça que je voulais te voir…

Je la regarde s'éloigner et revenir avec un sac en plastique blanc.

— Tiens, c'est pour toi, dit-elle en me le tendant.

Je sors le contenu. Une magnifique robe rouge. *Ma* robe rouge. Celle que je portais lors de la Cérémonie des visages.

L'émotion me serre la gorge.

— Elle est à toi, et… tu avais raison, je ne peux pas mettre ça.

Les larmes roulent sur mes joues.

— Tu seras magnifique, là-dedans…, dit-elle doucement.

— Merci, dis-je en lui sautant au cou. Merci, Peggy, je te dois beaucoup. C'est le dernier souvenir que j'aie de ma mère… et de mon ancienne vie.

— Bah, c'est rien !

— Si je peux faire quoi que ce soit pour toi…

— T'occupe pas de ça, ça me fait plaisir ! J'ai pas toujours été sympa avec toi, princesse !

Je serre fort Peggy dans mes bras en la remerciant encore une fois et file me préparer.

Après m'être lavée, je me coiffe et enfile cette immense robe de soie qui enveloppe ma peau dans des mètres carrés de douceur et de fraîcheur.

Des souvenirs me reviennent.

J'ai tellement changé depuis la Cérémonie des visages.

Ce soir, je me sens enfin à la hauteur de porter cette robe.

69

Wallace est occupé à installer des tables et des chaises lorsque j'arrive dans le village. Des dizaines de lampions éclairent subtilement le sol et rendent l'endroit encore plus féerique sous ce ciel pailleté d'étoiles.

J'avance lentement.

Des gens que je ne connais pas me complimentent pour ma tenue ou arrêtent de travailler pour me regarder passer. J'essaie de ne pas rougir, de me tenir droite et de cesser de gigoter pour me concentrer sur ma mission : éblouir Wallace.

Il se retourne et je vois qu'il est surpris. Il ne m'a jamais vue aussi bien habillée, alors ce soir, j'espère que je volerai son cœur pour toujours.

— Tu es magnifique.

— Merci, c'est grâce à Peggy.

— Je ne sais pas comment elle a fait pour te trouver cette robe, mais… je croyais que le soleil était l'astre le plus éblouissant que je connaisse, murmure-t-il, les yeux rivés sur les miens, j'avais… tort.

Sa bouche glisse tout près de mon cou. De mon oreille.

— Il n'y a pas de mot pour décrire ta beauté ni l'effet que tu me fais constamment. C'est presque insupportable, me susurre-t-il.

Alors, toutes mes cellules se liquéfient et je fonds. J'ai des papillons dans le ventre, sur les yeux, sur le dos, qui me soulèvent et m'emportent là où le temps n'existe plus, là où les couleurs, les sons et les mots ne sont que secondaires.

Nous prenons tous place autour des longues tables dressées pour l'occasion. Je me laisse aller à boire un peu de vin et je danse toute la soirée sous les étoiles avec Wallace et les autres, même si je ne les vois pas ; je sais juste qu'ils sont autour de nous. C'est tout. Il n'y a que lui. Moi.

Et…

Deux coups de feu.

Wallace me pousse violemment en arrière.

— COURS !

Des cris, des tables renversées, des sabres. Les sourires ont disparu, tout le monde tente de fuir, c'est un bain de sang. J'explose quand je vois la tête de Tatsuo rouler par terre.

Alors, je cours. Sans regarder derrière moi et sans savoir où aller. Je ne sais pas comment leur échapper, les samouraïs sont partout.

Wallace m'a rattrapée, et nous courons l'un derrière l'autre à travers la forêt quand un samouraï se dresse sur notre passage. Un combat s'engage et je suis là, impuissante, à les regarder s'entre-tuer sans savoir quoi faire d'autre que crier. C'est horrible. Wallace évite les coups tant qu'il le peut, mais je pense que ce n'est plus qu'une question de secondes avant qu'il ne se fasse transpercer.

Il évite de justesse un coup de sabre dans le bras, mais trébuche. Le samouraï en profite pour s'élancer.

Je ferme les yeux. Prie pour qu'il s'en sorte, même s'il n'y a plus d'espoir. Et les rouvre quand j'entends une détonation.

— Non ! crié-je.

J'ai le souffle coupé.

Le corps du samouraï s'écroule sur Wallace. Je me précipite vers lui.

— Tu n'as rien ?

— Ça va, dit-il en repoussant le corps.

— Par ici ! lance une voix que je connais bien.

— Debbie ?! C'est toi ? C'est incroyable que tu sois là !

— Pas le temps de discuter, Miya, suivez-moi, je connais un endroit sûr où nous pourrons nous cacher pour attendre la fin de l'attaque.

Les samouraïs commencent à mettre le feu au village. De la fumée s'élève un peu partout autour de nous, et mes poumons me piquent comme si j'avais avalé des aiguilles. Nous courons dans la forêt en suivant Debbie qui a l'air de savoir exactement où aller. Debbie, ma meilleure amie. Je réalise que je ne l'ai jamais revue depuis la Cérémonie et qu'elle vient de nous sauver la vie.

La forêt est de plus en plus épaisse à mesure que nous progressons et cette fois, nous ne pouvons plus courir ; il faut enjamber les branches enchevêtrées, éviter les ronces qui accrochent nos chevilles et trouver la force de grimper ce terrain de plus en plus pentu. Mes muscles me tirent et mes poumons sont en feu, mais Debbie ne veut pas s'arrêter.

— Encore un peu, Miya, tiens bon, on y est presque !

Je me demande où elle a appris à courir comme ça, je vois que je ne suis pas la seule à enfreindre les règles.

Enfin, elle ralentit. Nous arrivons près d'une butte, elle s'arrête et tire sur quelques branches. Je comprends que ce n'est pas une butte, mais une cabane semi-enterrée dissimulée sous des arbres enchevêtrés.

Nous y entrons, à bout de souffle, et nous nous écroulons par terre pendant qu'elle remet en place les branches qui cachaient l'entrée à l'aide d'un ingénieux système de poulie.

Elle allume une bougie.

Nous voilà cachés au milieu des bois. Seuls. À attendre qu'il n'y ait plus de danger pour sortir.

La cabane est juste assez grande pour nous trois, sa hauteur nous permet seulement de nous tenir assis. Des bougies, des bouteilles d'eau et des boîtes de conserve sont empilées dans un coin. Je n'ose pas lui demander si c'est là qu'elle vit depuis qu'elle a quitté Kamakura.

— On est en sécurité, ici, dit-elle pour briser le silence.

— Merci, répond Wallace, tu m'as sauvé la vie.

— Une chance que j'aie été dans le coin, ajoute-t-elle en ouvrant son sac à dos.

Elle porte un pantalon de treillis kaki déchiré par endroits, une chemise d'homme bleu marine et de grosses bottes en cuir noir.

— C'est ici que tu vis ? demande Wallace.

— Non, mais c'est une cachette que j'utilise souvent en cas de problème. Ce n'est pas rare de tomber sur des samouraïs lorsque l'on chasse, et je sais qu'ici, ils ne me trouveront pas.

Je les regarde discuter et me rends compte que je n'ai encore pas dit un mot. Je me sens à la fois gênée, honteuse, et tellement redevable.

Des bruits de pas dans les broussailles nous font tressaillir. Debbie souffle la bougie.

La peur monte.

Et s'ils avaient trouvé notre trace ? Et s'ils étaient en train de mettre le feu ? Une cabane en bois ensevelie sous du bois mort, notre cachette pourrait s'enflammer rien qu'en laissant tomber une allumette.

Nous retenons notre souffle lorsque les pas se rapprochent, et nous nous regardons tous les trois sans oser bouger ni respirer.

Encore des pas.

Puis le silence.

— Je crois qu'ils sont partis, dit enfin Debbie.

Wallace regarde entre deux planches.

— Je ne vois personne, mais il vaudrait mieux attendre encore un peu avant de sortir.

— Oui, c'est préférable, lance-t-elle en rallumant la

bougie. Il y a un peu de nourriture, ici, nous pouvons tenir quelques jours.

—Très bien, répond Wallace, qui regarde toujours entre les fentes de la cabane.

Debbie porte un masque. J'ai du mal à m'habituer à sa nouvelle apparence. Elle me scrute et je réalise que c'est la première fois qu'elle voit mon vrai visage. Je baisse les yeux, mais elle continue de me regarder.

—Comment m'as-tu reconnue ? demandé-je.

—Je te reconnaîtrais entre mille, Miya ! plaisante-t-elle, et puis… tu portes ta robe.

Je me sens encore plus honteuse, à présent. C'est ma meilleure amie, et je l'avais presque oubliée.

En entendant mon ventre gargouiller, Debbie sort une boîte de haricots que nous nous partageons en silence à la lueur de la bougie. C'est loin d'être bon, surtout froid, mais c'est la seule chose que nous ayons et nous la remercions de partager sa cachette et sa nourriture.

Elle souffle la bougie, et nous nous allongeons à même la terre pour dormir. Curieusement, je m'endors très vite, la tête posée sur le ventre de Wallace.

À mon réveil, ils ne sont plus là.

La porte est ouverte, et je les aperçois en train de rire près de la forêt. Je me lève et les rejoins, encore un peu groggy par le sommeil.

—Oh ! Miya, désolée, je ne voulais pas te réveiller, me dit Debbie en me voyant arriver.

—J'ai dormi longtemps ? demandé-je, inquiète.

—Oui, il est presque onze heures.

—Vous auriez dû me réveiller !

—Il fallait que tu récupères un peu, me dit Wallace.

Il m'embrasse. Et Debbie tourne la tête.

70

Aujourd'hui, tout est calme.

Impossible d'imaginer qu'hier des villages ont été brûlés, que des personnes ont tout perdu, que le sang a plus que coulé.

Dehors, on n'entend plus que le chant des oiseaux et le bruit du vent dans les arbres. Le soleil est un point fixe au-dessus de nos têtes qui me brûle les yeux lorsque je m'assieds près de la cabane.

— Je vais voir si je peux trouver de quoi manger dans la forêt, dit Wallace.

— Comment ? demande Debbie.

— Je sais tendre des pièges, je ne partirai pas très loin.

J'ignore pourquoi je n'ai pas envie de rester seule avec Debbie. Il s'est passé tellement de choses depuis la dernière fois que l'on s'est vues, je ne sais pas par où commencer pour rattraper le temps perdu. Et puis… elle a tellement changé.

— Mon village a été entièrement brûlé, m'explique-t-elle en s'asseyant près de moi. C'était horrible, peu de gens ont réussi à s'enfuir.

Je suis soulagée qu'elle engage la conversation, mais je ne sais pas quoi répondre. Elle a tout perdu : sa famille, ses amis, son rang, et maintenant, son village d'adoption.

— Je suis désolée.

Ces mots que l'on sert trop souvent sont bien insuffisants pour exprimer toute la peine que je ressens pour elle.

— Tu es magnifique…, dit-elle en traçant des ronds par terre avec un bâton.

Je ramasse quelques miettes de silence.

— Tu n'y es pour rien, Miya, tu n'es pas responsable de mon sort…

— Je…

— Non, ne dis rien. Je ne voulais pas te mettre mal à l'aise. Parle-moi un peu de Wallace. Il a l'air tellement craquant ! Et Sakirō ? Tu l'as revu ?

Je lui explique les grandes lignes de notre histoire, et elle m'écoute attentivement. J'ai presque l'impression d'être à Kamakura en train de bavarder devant nos casiers, Akemi nous rejoindrait et… Tout ça, c'est fini. Le passé est loin. Je me demande ce qui est arrivé aux autres, Akemi, Dan, mon frère, mes parents.

Wallace revient, un lapin à la main.

Debbie se lève en secouant la poussière de son pantalon et s'exclame :

— Eh ! Bravo ! On dirait qu'il va y avoir du civet pour le déjeuner !

— En effet, répond Wallace. Tu sais t'occuper de ça ? Je vais faire du feu…

— Oui, je m'en charge, lance Debbie en attrapant le lapin.

Je la regarde ôter la peau de ce pauvre animal d'un geste expert, et je me dis qu'elle a dû apprendre des tas de choses chez les SV. Debbie, ma Debbie, celle qui ne pensait qu'à la couleur de sa prochaine robe ou aux soirées qu'elle pourrait faire une fois à la Cour.

J'ai un peu de mal à admettre que je vais manger du lapin, mais mon ventre est tellement affamé que j'avale ma part de cet animal sans broncher et je dois même admettre que c'est délicieux.

— Qu'allons-nous faire, maintenant ? demande Debbie.

— Nous devons retourner au village, répond Wallace. Il faut que l'on retrouve les autres… que l'on reste groupés.

Peut-être que si nous sommes assez nombreux, nous pourrons faire changer les choses.

— Tu n'es pas d'ici, pourquoi tu te battrais pour nous, pour notre peuple qui t'a retenu prisonnier ?

Wallace porte son regard sur moi.

— Je vois, dit Debbie, une pointe de déception dans la voix.

— Je pense partir aujourd'hui.

— Déjà ?

— Oui, il faut que l'on se rassemble tous au plus vite. Tu peux venir avec nous, bien sûr, ajoute-t-il.

— D'accord, donne-moi une minute, le temps que je prenne quelques affaires.

Elle entre dans la cabane.

Il y a quelque chose qui me dérange.

Et j'ai bien peur que ce soit Debbie.

Pourquoi suis-je jalouse que Wallace lui demande de venir alors qu'elle nous a sauvé la vie ? Non, c'est autre chose que de la jalousie ; un truc m'échappe, et j'ai envie d'en parler à Wallace.

— Tu aurais dû me dire que tu voulais proposer à Debbie de venir, chuchoté-je.

Nous nous écartons de la cabane.

— Je croyais que ça te ferait plaisir. C'est ta meilleure amie, non ?

— Oui. Mais… elle est différente.

— Tout le monde est différent, maintenant.

— Et elle te regarde d'une manière…

Il sourit et m'embrasse sur le front :

— Tu te fais des idées, Miya, vraiment. Elle nous a sauvé la vie, nous devons l'aider à notre tour.

Il s'éloigne et la rejoint. Je me retrouve seule avec l'empreinte de son baiser sur le front.

Le front seulement.

Ensemble, ils préparent des sacs à dos et s'appliquent à dissimuler la cabane.

Elle le fait rire. Elle le fait rire et pas moi. Elle a cette qualité ; elle est lumineuse, joyeuse, malgré les circonstances. Et moi, je me dis que je suis idiote de lui avoir parlé de ça, que j'aurais mieux fait de me taire, que j'ai l'air ridicule avec mes suspicions alors que toute la Campagne se fait massacrer.

***

Nous voilà prêts à partir. Je constate que Debbie ne me regarde presque jamais en face. Elle est toujours en train de pavoiser auprès de Wallace. Wallace par-ci, Wallace par-là, et je te fais rire, et je te pose une main sur l'épaule, l'air de rien.

Arrête, Miya, tu te fais des films.

Wallace est très amoureux de moi. Oui, mais pour combien de temps ?

J'enfile le sac sur mes épaules, il pèse une tonne. Debbie s'en aperçoit et rit.

—Désolée, Miya, on a pensé qu'il fallait prendre le plus de nourriture possible, au cas où, tu comprends ?

Je ne réponds rien. Évidemment que je comprends, je ne suis pas stupide. Je suis quand même capable de porter un sac à dos. Si elle y arrive, alors moi aussi.

—Nous allons traverser par le haut de la forêt, ce sera un peu plus dur et plus long, mais nous serons moins visibles, annonce Wallace.

Nous nous mettons en marche. Je me sens idiote avec ma robe rouge si voyante et si peu appropriée pour une « randonnée ». La forêt est dense, étouffante, et si humide que des dizaines de moustiques nous attaquent, pourtant, aucun de nous n'ose se plaindre.

Le soleil a disparu et nous avançons sous un ciel brumeux. Un pas après l'autre. Silencieux. Concentrés sur ce que nous allons trouver en arrivant au village. Wallace coupe les branches les plus gênantes pour nous faciliter le passage, je suis derrière lui, et Debbie ferme la marche.

Cela fait une heure que nous avançons et déjà, mes forces me lâchent. Mais je ne veux pas abandonner, je ne peux pas ; il faut que l'on retrouve les autres, les survivants, s'il y en a. Je pense à Peggy, Sakirō et Jane. Will et mes élèves. J'espère qu'ils ont pu échapper aux samouraïs. C'est horrible de penser qu'ils sont peut-être tous morts.

J'ai soif, c'est atroce, j'ai l'impression que quelqu'un a frotté ma gorge avec du papier de verre.

— Ça va, Miya ? me demande Wallace en se retournant.

Je hoche la tête. N'ai pas la force d'articuler. Pas assez de salive pour ça.

Il s'arrête et sort une bouteille de son sac.

— Tiens, bois.

— Tu devrais économiser l'eau, lance Debbie.

— Elle a raison, dis-je à Wallace en m'asseyant sur un tronc.

— Bois, tu es complètement déshydratée.

Il me fait avaler quelques gorgées, ça me fait un bien fou, mais ça ne dure pas. Je sens le regard accusateur de Debbie et me relève aussitôt.

Tu nous ralentis, tu ne lui arrives pas à la cheville, laisse-nous, Miya, laisse-nous.

Nous reprenons la marche.

Je me sens de plus en plus mal ; ma vue me joue des tours, et je vois tous les arbres bouger. Je cligne plusieurs fois des yeux, mais ça ne les arrête pas.

Ils approchent.

Ils me détestent.

Tout tangue. Il faut que je me sauve. J'essaie de hurler, mais je ne peux pas et ils ne m'entendent pas ; Debbie m'a doublée et monopolise Wallace. Ils ne voient même pas que je ne suis plus dans mon état normal.

Les arbres émettent un rire cynique, ils ont des bras étranges qui craquent et essaient de m'étrangler. Des bras tout secs et tellement longs. Je suffoque. Des voix, maintenant. Les feuilles me chantent quelque chose. Elles gémissent. *Sauve-toi*... Ces mots portés par le vent flottent jusqu'à ma conscience, et je ne sais plus ce qui est réel et ce qui ne l'est pas.

Je transpire beaucoup, lutte de toutes mes forces pour ne pas écouter ; je sais que tout ça est faux, que je ne dois pas croire ce que je vois ni ce que j'entends. Je plisse les yeux, il faut que je me concentre sur leurs silhouettes pour ne pas me perdre. Elles ondulent devant moi et se mêlent au paysage, j'ai du mal à les distinguer des troncs.

Je me sens enfin mieux lorsque nous sortons de la forêt et entrons dans le village de Wallace, mais ça ne dure pas : tout a été brûlé. Il ne reste plus rien. Nous sommes tous les trois plantés au milieu, à regarder autour de nous dans l'espoir fou de voir apparaître un visage familier. Mais rien. Il n'y a plus aucune trace de vie ici. Que des cendres, des restes de maisons, des pierres noircies par le feu qui fume encore par endroits, et une terrible odeur de mort. Je pense alors à la maison de Wallace, à l'écart, au bord du lac. Ils ne l'ont peut-être pas trouvée.

Je cours et descends la colline le plus vite possible.

Elle est encore là, intacte. C'est merveilleux, cet endroit compte tellement pour moi.

J'ouvre la porte et me fige.

Il est trop tard pour les prévenir.

71

Deux samouraïs m'attrapent par les bras et me lient les poings dans le dos avant de me bâillonner. J'essaie de crier pour prévenir Debbie et Wallace, mais seuls quelques sons étouffés sortent de ma bouche.

Lorsque Wallace entre, un samouraï le frappe violemment à la tête, et il s'écroule.

Dehors, il y en a encore des dizaines qui arrivent à cheval. Alors, quelque chose tape dans ma tête. Une idée. Elle me martèle le cerveau, et je ne veux pas l'entendre.

Non. C'est impossible.

Je me suis trompée sur toute la ligne.

Debbie n'était pas distante pour me voler Wallace. Elle avait honte de ce qu'elle faisait. Elle a dû me droguer, ça expliquerait pourquoi je me sentais si mal tout à l'heure.

Elle me regarde, les yeux embués de larmes.

— Pardonne-moi, Miya, pardonne-moi… (Elle sanglote.) Ils ont dit qu'ils ne vous feraient aucun mal…

Pourquoi as-tu fait ça, Debbie ? Mes yeux supplient.

— Il m'a promis de me rendre ma place à la Cour, poursuit-elle en baissant les yeux. C'est tout ce que je voulais… aller à la Cour… Tu ne sais pas ce que c'est, toi, d'être laide ! Tu n'as aucune idée de ce que cela représente ! Tout est facile pour toi, tu peux avoir tout ce que tu veux !

Son ton est rageur, et je comprends à quel point elle souffre.

— Emmenez-les ! dit l'un des samouraïs.

Ils nous chargent brutalement sur leurs chevaux tandis que Wallace reprend connaissance. Le trajet est long et pénible. Je reconnais les provinces de Kamakura ; ils nous ramènent en ville. Pourquoi ? Pourquoi ne nous ont-ils pas tués tout de suite ?

Les gens nous regardent arriver, surpris, ils s'inclinent devant les samouraïs tout en nous jetant des regards discrets.

Que vont-ils faire de nous ? Nous trancher la tête sur la place devant tout le monde afin de servir d'exemple ? Oui, sûrement.

Nous passons devant Big Ben. Il est seize heures.

C'est la première fois que je vois l'heure depuis très longtemps. Ça me rassure. C'est la seule chose sur laquelle on peut compter. Elle est toujours là ; quoi qu'il arrive, elle avance. Elle n'attend personne. Elle fait son travail. Les heures et les minutes s'égrènent sans que l'on s'en rende vraiment compte, et un beau jour, clac, c'est la fin.

Aujourd'hui, les minutes me paraissent aussi précieuses que des pépites d'or. Tout se précipite dans ma tête : combien de pépites avons-nous encore, Wallace et moi ? Pourrai-je lui dire adieu et combien je l'aime ?

Ils nous font tomber à terre sur la place. Je me relève et mes yeux sont attirés par l'énorme écran d'information sur lequel mon nom et mon prénom défilent en boucle des dizaines de fois :

... – M.I.Y.A S.A.I.T.O, délit n°4 – Il est interdit de courir – M.I.Y.A S.A.I.T.O, délit n°8 – Il est interdit de se baigner – M.I.Y.A S.A.I.T.O, délit n°11 – Il est interdit d'écouter de la musique non programmée – M.I.Y.A S.A.I.T.O, délit n°12 – Il est interdit d'embrasser un garçon –...

Les larmes roulent, j'ai l'impression que toutes mes émotions sortent de mon corps à travers elles. J'ai envie de cracher sur ce tableau. Pourquoi toutes ces choses sont-elles interdites ? Tout ce qui est inscrit sur ce tableau est vrai et reflète les meilleurs moments de ma vie, les moments dont je suis le plus fière. Alors, si vivre ici signifie ne jamais faire tout ça, je veux bien qu'ils me tranchent la tête. J'ai fait ce qu'il fallait. Je n'ai pas eu peur d'aller plus loin que ce que l'on nous imposait pour notre prétendu bien-être et notre protection.

Oui, on peut se baigner dans la rivière sans être contaminé. *Oui*, on peut courir sans se faire mal. *Oui*, on peut écouter de la musique et ressentir tellement de choses, tellement de vibrations et de joie que l'on se sent enfin incroyablement vivant. Et, *oui*, on peut embrasser quelqu'un sans attraper une maladie !

J'ai envie de me révolter, mais je ne peux rien faire.

Toute cette société est une erreur. Les mots de ma mère me reviennent à l'esprit.

Maman, ma chère maman, où es-tu maintenant ? T'ont-ils fait du mal à cause de moi ? Mon courage m'abandonne lorsque je repense à ma mère, si douce, si calme. Personne ne doit lui faire de mal. Jamais. A-t-elle été heureuse au moins une fois dans sa vie ? A-t-elle eu envie de transgresser toutes ces règles, comme moi ?

Non, pas elle. Elle aime l'ordre et l'égalité. Peut-être que si l'on ne connaît pas tout ça, on accepte plus facilement cette vie. Moi aussi, j'aimais ça, avant. Si je n'avais pas rencontré Wallace, jamais je n'aurais su ce que c'était de vivre intensément l'instant présent.

Mais je ne regrette rien.

Je peux bien tout perdre aujourd'hui, rien ne me fera regretter tout ce que j'ai vécu.

72

Des bruits de sabots martèlent le sol.

Tous les regards se tournent : l'Empereur arrive.

Rawk descend de son cheval et la foule s'incline sur son passage. Il porte une armure en cuir rouge et noir qui le rend encore plus effrayant.

Je le déteste.

Il avance vers nous, la main droite posée sur le sabre. Wallace et moi sommes séparés de quelques mètres, deux samouraïs nous maintiennent debout et nous empêchent de courir l'un vers l'autre. J'aimerais tellement le toucher une dernière fois, le regarder dans les yeux et lui dire que je l'aime.

Le vent souffle et chasse le soleil. L'air s'est nettement rafraîchi, l'hiver sera peut-être bientôt là.

Mais je ne serai plus là pour le voir.

Il y a de plus en plus de curieux sur la place, tout le monde s'est arrêté de travailler pour venir voir le *spectacle*. Des feuilles volent, mêlées à des pétales de cerisiers, et nous n'entendons plus que le bruit des pas de Rawk tandis qu'un silence de mort s'installe.

Je ferme les yeux et me laisse porter par le vent loin d'ici, sur une île au large de l'océan, peut-être près de l'Amérique ; peut-être que si j'avais rencontré Wallace sur son continent, notre amour aurait été possible.

Rawk se plante devant moi. Je refuse de le regarder.

— Lève les yeux ! hurle-t-il.

Je garde les yeux baissés.

— Lève les yeux !

En guise d'affront, je les lève et les tourne vers Wallace. Puisque nous sommes condamnés, je n'ai pas l'intention de me plier aux caprices de Rawk.

Il dégaine son sabre.

Mais je n'ai pas peur.

Je ne veux pas de cette vie où tout est contrôlé.

Pour la première fois de ma vie, je n'ai pas peur de mourir.

Rawk s'approche de Wallace.

— Non ! hurlé-je.

Ses pieds écrasent les graviers, le vent soulève des nuages de poussière, et j'entends un cri dans la foule. Alors, des visages connus apparaissent, dissimulés jusque-là sous des capuches. Je vois Sakirō, *mon* Sakirō. Je sais que je lui ai fait beaucoup de mal, mais je suis contente de le revoir une dernière fois. J'aperçois Peggy aussi, elle n'ose pas me sourire, cachée sous une capuche et un masque, mais je la reconnaîtrais entre mille avec ses gants blancs.

Alors, ils ont survécu ?

Dan est ici aussi. Je n'ai jamais vu son visage, mais je suis sûre que c'est lui. Je reconnais son allure et son tee-shirt noir, il se faufile à travers la foule pour se poster au premier rang. Il a une lueur étrange dans les yeux, une sorte d'étincelle qui invite à la rébellion. Comme en cours d'histoire.

J'ai tellement changé depuis la dernière fois où je l'ai vu ; je ne suis plus du tout la même, la vie s'est chargée de moi en me faisant perdre ma famille, mais elle m'a aussi fait mon plus beau cadeau avec cet amour sublime qui aura juste eu le temps de naître.

Rawk envoie un puissant coup de poing dans le ventre de Wallace ; il tombe à terre et commence à tracer les lettres de mon prénom dans les graviers. Alors, Rawk sort son sabre.

Je voudrais empêcher ça, utiliser mon *pouvoir* pour brûler les liens qui me serrent les mains, mais il est trop tard. Je ne sais pas comment ça marche. J'aurais dû les écouter, m'entraîner, alors j'aurais peut-être pu éviter tout ça.

L'impossible se produit.

La lame fend l'air, elle brille dans le ciel tandis que la foule retient son souffle.

Je vois toute la scène au ralenti.

Dan fait signe à un garçon de l'autre côté de la place et tout va très vite. Il avance d'un pas tandis que plusieurs personnes font de même. Le sabre de Rawk qui s'abat sur la nuque de Wallace dévie et s'enfonce dans le sol, juste à quelques millimètres de sa tête.

Des cris retentissent, les gens se dispersent. Sakirō fonce sur moi et engage un combat contre les samouraïs avant de détacher mes liens. Dan libère Wallace, et toutes les personnes qui ont avancé d'un pas se mettent à lutter contre les samouraïs en brandissant des sabres dissimulés sous leurs capes.

Pour la première fois, c'est un combat équitable.

Presque.

La façon dont Rawk a perdu le contrôle de son sabre n'avait rien d'équitable.

C'était l'œuvre d'une force inhumaine.

D'une mutation.

73

J'ai peur de perdre les gens que j'aime dans ce combat. Ils sont venus nous sauver, et je prie de toutes mes forces pour qu'ils s'en sortent.

— Miya, viens !

Je me retourne.

— C'est moi, Chris !

Il m'attrape par le bras et m'entraîne loin des combats, loin du feu, loin de la ville en sang. Une fois de plus, je vais fuir au lieu de me battre. Ils sont en train de donner leur vie pour moi, ou peut-être que ces combats dépassent notre sauvetage et qu'une rébellion est en marche, mais je devrais être en train de me battre à leurs côtés et je ne sais pas faire ça.

Un oiseau vole au-dessus de nos têtes. C'est devenu si rare d'en voir un. Il a l'air libre, heureux en décrivant ses arcs de cercle dans le ciel, totalement maître de sa trajectoire. Mais il est seul.

Chris, l'oiseau et moi allons dans la même direction. J'ignore depuis combien de temps nous courons. J'ignore comment mettre assez d'heures et de kilomètres entre nous pour que Rawk ne nous retrouve jamais.

Nous arrivons dans une clairière où se trouve une vieille cabane.

— C'est ici que nous avons prévu de nous retrouver, me dit Chris. Il n'y a plus qu'à attendre.

Je souffle. Mes poumons sont en feu. Et je réalise que je suis en vie, encore une fois. Je devrais être heureuse d'être là, saine et sauve, mais ça ne sert à rien si Wallace ne revient pas.

Je voudrais questionner Chris pour savoir comment ils ont fait pour nous sortir de là, mais je suis trop tétanisée pour parler, j'ai le cœur perforé.

Les minutes qui s'ensuivent sont les plus longues de toute ma vie, l'attente est insupportable. Je me tords les mains dans tous les sens. Chris ne dit rien, aucun de nous deux n'est capable de briser ce silence qui pèse comme une enclume au-dessus de nos têtes. J'ai la gorge nouée ; tant que je n'aurai pas revu Wallace, je serai incapable de prononcer le moindre mot, et ma vie ne sera qu'un brouillon attendant l'heure de finir à la poubelle.

Chris se lève d'un bond.

Je les vois aussi.

Sakirō. Peggy. Et Dan.

Je me crispe. Cours dans leur direction. Mon cœur n'est plus qu'un minuscule bout de tissu déchiré de toutes parts.

Et enfin, je le vois.

Le temps s'arrête. Je lui saute au cou, respire sa peau, son odeur, sa vie. Je pleure, je ris, je n'en reviens pas que nous soyons toujours en vie tous les deux. L'oiseau passe encore une fois, traçant des lignes invisibles au-dessus de nos têtes, et toute la beauté du monde tombe du ciel.

Il faut que je les embrasse tous un par un, je n'aurai pas assez d'une vie pour les remercier de nous avoir sauvés. Sakirō me soulève et me fait tourner, je suis ravie qu'il ne m'en veuille plus. Je serre fort Peggy et je suis un peu plus gênée avec Dan, que je connais peu.

Quand tout le monde a fini de se congratuler, je demande :

— Comment… comment avez-vous fait ?

Ils se regardent, hésitent.

— Je crois que les mutants existent, dit Dan.

Je hausse les sourcils. Wallace me rejoint et me passe un bras autour de la taille.

— Doucement, frangin, je pense qu'elle a eu assez d'émotions pour aujourd'hui.

Frangin ?

— Dan est ton frère ?

Les deux garçons échangent un sourire.

— On est frères d'adoption.

Je suis surprise, mais pas tant que ça : ce sont les deux garçons les plus mystérieux que je connaisse, pas étonnant qu'ils aient un lien de parenté.

— Dan a un pouvoir de télékinésie, il peut déplacer des objets, m'explique Chris.

— Oh…

Il me fait un clin d'œil.

— Et je crois que Peggy peut voir l'avenir…, continue-t-il.

— Non, moi je n'ai pas de pouvoirs, le coupe Peggy. J'ai juste des flashs. Je vous ai vus quand tu m'as tendu la main l'autre jour ; je vous ai vus attachés sur cette place avec le tableau d'affichage derrière, et la date d'aujourd'hui.

J'ai du mal à assimiler toutes ces nouvelles.

— Et toi ? demandé-je à Wallace. Tu as un pouvoir aussi ? Pourquoi ne m'as-tu rien dit ?

— Je vais vous laisser, dit Dan en s'éclipsant.

Les autres s'en vont aussi. Wallace s'assied par terre.

— Je n'en ai pas, réplique-t-il en lançant un caillou. Je n'ai pas eu cette chance.

— Tu crois que c'est une chance ?

— Évidemment.

— Je ne suis pas de cet avis. Être différent à ce point, je suis sûre que ce n'est pas facile. Et je doute que le gouvernement les accepte.

— C'est facile à dire pour toi…

— Tu penses toujours que je le suis ? Aucun rayon laser n'est sorti de mes mains, si tu veux savoir…

— Pourtant, la cellule n'a pas pu exploser toute seule.

— Elle n'était peut-être pas conçue pour un aussi gros volume d'eau ?

Je sens bien que ma réponse ne l'a pas convaincu, je préfère changer de sujet :

— Qu'est-ce qu'on va faire, maintenant ?

— Je crois que Dan veut qu'on fasse tomber le gouvernement pour abolir toutes ces règles.

— Et qui prendra le pouvoir ?

— Je ne sais pas. Lui, peut-être. Il a toujours été très charismatique.

— Et toi ? Qu'est-ce que tu veux ?

— Je veux rentrer en Amérique… Mais ce qui compte le plus pour moi, c'est que nous soyons ensemble.

Il m'embrasse, et je me laisse retomber dans l'herbe. La terre se met à tourner autour de nous. Légère. Libre. Elle se fond dans le ciel et j'oublie tout.

— Miya ?

Sa voix chaude me tire de ma rêverie. Il caresse mon visage et me remet une mèche en place.

— Oui ?

— Est-ce qu'il y a encore une règle que nous n'avons pas transgressée ?

Je rougis.

Oui.

Il en reste encore une.

74

— Chris ! Attrape ça ! dit Dan en lui lançant un sac.

Intriguée, je demande :

— Qu'est-ce que c'est ?

— Des tentes, me répond Chris. On a planqué pas mal d'affaires dans cette cabane, au cas où…

Ils partent les installer tandis que j'aide Peggy à chercher de quoi préparer un repas.

J'ouvre un tiroir.

— Ici, il y a des boîtes de conserve, des allumettes, des couteaux… Il y a même de l'alcool.

Après avoir fait le tour de la cabane, nous aidons Sakirō à ramasser du bois pour le feu.

Lorsque le soleil commence à disparaître, les garçons ont fini de monter les tentes et nous rejoignent.

Peggy me tend un verre de saké. Ça m'aide à me détendre, car je vais passer ma première nuit avec Wallace.

Je sais.

Que c'est pour ce soir.

Il faut que je parle à Sakirō. Je le prends à part pendant que Wallace s'occupe du feu avec Dan et Peggy.

J'ignore ce qu'il se passera dès que j'aurai enfreint toutes les règles. Je voudrais que Sakirō veille sur Wallace. C'est un gros sacrifice, c'est même à la limite du mauvais goût. Je sais bien qu'il est toujours amoureux de moi, et que si Wallace n'avait pas été fait prisonnier, nous ne nous serions jamais rencontrés, et je l'aurais épousé. Sakirō a tout perdu à cause de lui, je ne sais pas s'il acceptera ma demande.

Je l'aime, même si ce n'est pas aussi fort que pour Wallace. J'ai passé mon enfance avec lui, j'étais très amoureuse, je voulais que ce soit lui et puis… il y a des choses que l'on ne peut pas prévoir.

— Eh ? Vous ! Ça vous dérangerait de nous aider un peu, on a une victoire à fêter !

Je souris, Peggy est toujours aussi directe, et je note que Wallace est rassuré de me voir me séparer de Sakirō.

Je regarde mes nouveaux amis. Ils sont heureux d'être en vie et de s'être retrouvés. Ils boivent un peu d'alcool pour oublier le temps d'un soir à quel point notre vie a basculé.

Ce soir est si particulier pour nous.

Pour moi.

Je veux emmagasiner chaque seconde, chaque souffle, chaque sourire. J'accepte un verre d'alcool. Tout me paraît amplifié ; les sons, les couleurs, l'atmosphère chaleureuse. Nous avons tous frôlé la mort et sommes bien conscients que la seule chose que nous puissions faire ce soir est de savourer l'instant présent.

Je regarde le ciel comme un immense bain d'encre adouci par des milliers d'étoiles. L'air est doux, tiède, et nous rappelle sa présence par de discrètes caresses chaudes et enveloppantes.

Alors, Wallace me rejoint.

Il me prend par la main et m'emmène à l'écart.

Et je cherche tout le courage que j'ai en moi ; je me sens si petite, tout à coup, si vulnérable.

Je découvre la tente qu'il a préparée pour nous. Ses tentures blanches ondulent dans la nuit comme de la soie, et quelques bougies apportent une lumière douce.

Je respire un grand coup.

Il me regarde.

Me sourit.

Et je me sens de plus en plus fragile. De plus en plus sensible. Wallace est un géant. Un guerrier qui m'enveloppe de ses grands bras. Il me serre et fait bondir mon cœur hors de ma poitrine.

Ses lèvres se posent sur mon cou, remontent jusqu'à mon oreille et terminent sur ma bouche. Ses bras se resserrent encore un peu plus autour de mon corps, et je disparais. Je pars dans un univers que je ne connais pas.

Il commence à dégrafer ma robe, et chaque bouton défait me fait l'effet d'une bombe prête à exploser. Ses mains se posent doucement sur mes épaules, écartent les côtés de ma robe, qui glisse sur mes bras avant de s'arrêter sur mes hanches.

Ma poitrine se soulève quand je tente d'inspirer pour prendre l'air nécessaire à ma survie.

Cette fois, la robe glisse le long de mes hanches et de mes jambes tandis que ses mains explorent toujours mon corps. Mon dos, le creux de mes reins, puis elles hésitent lorsqu'elles accrochent ma culotte. Et je ne sais plus si je suis encore capable de bouger ou de penser. Je suis nue, la peau brûlante, et je me cramponne à son tee-shirt avant de le lui ôter.

La seconde qui précède ma peau contre sa peau pour la première fois me coupe le souffle. Je le vois regarder ma poitrine qui se soulève, se gonfle, comme pour attirer plus encore son regard.

— Tu es si belle.

Wallace se rapproche et embrasse ma poitrine, faisant exploser chaque particule de mon âme. Chaque cellule de mon corps frémit, et je fonds contre sa peau, veloutée, mate, douce et forte. Quand il me serre contre lui, je tombe dans cet univers mystérieux, dans l'envie de savoir, de découvrir, de tout connaître de lui.

Mes mains s'égarent dans son dos, s'attardent sur ses omoplates larges et carrées, et je sens que sa respiration se fait plus forte à mesure qu'il me plaque contre lui, qu'il m'enveloppe de sa chaleur et qu'un désir brûlant monte en moi. Cette fois, je n'ai plus besoin de courage, je veux Wallace, je veux ses lèvres, son corps parfait. Mes mains déboutonnent son jean, le tirent sur ses hanches et enlèvent son caleçon au passage.

Il me soulève et me pose doucement sur le tissu qui recouvre le sol. Sa bouche glisse le long de mon buste, frôlant à peine ma peau. C'est insoutenable. J'ai besoin de l'embrasser à l'instant ou je vais exploser.

Et je me laisse couler. Dans le creux de ses reins.

C'est merveilleux.

Je l'aime et j'ai envie de le crier.

Je me réveille blottie contre son corps dans la chaleur étouffante de la tente. Mes pensées me ramènent à cette nuit magique. Je touche mes lèvres, bats des paupières, je me sens différente.

J'enfile rapidement ma robe pour sortir prendre l'air. Je souris à la lune qui m'observe et sait tout de moi. Puis je me couche dans l'herbe, le sourire aux lèvres, pour regarder les étoiles.

L'air qui souffle discrètement est doux, pourtant, je crois voir tomber un flocon de neige. Ça ne m'étonnerait pas que l'hiver arrive pour de bon, cette fois. Ce soir, j'ai l'impression que le monde s'est détraqué à cause de nous, qu'il a oublié de faire son travail parce qu'il ne voit plus que nous, et que même le ciel abandonne : il capitule, voûté, vexé de faire pâle figure à côté de notre amour plus grand que lui, plus grand que la nuit, plus grand que tout.

Wallace me rejoint, il s'allonge à côté de moi.

Nous nous endormons l'un contre l'autre.

Je ne sais pas s'il est possible d'être plus heureux que nous à cet instant.

75

Les premiers flocons de neige commencent à tomber.

Ils dansent, tournoient, se laissent porter par le vent et dérivent dans ce ciel d'un gris magnifique.

L'hiver arrive. C'est une saison puissante, ambiguë. À la fois chaleureuse et froide.

Je ne peux pas détacher mes yeux de Wallace.

Il est si beau quand il dort. Il y a une douceur qui émane de lui, c'est magnifique de trouver autant de douceur dans un corps aussi viril que le sien.

Que je l'aime. Que je l'aime. Que je l'aime.

J'ai envie de le crier. De le peindre dans le ciel. De le graver sur tous les arbres que je vois jusqu'à ce qu'ils crient qu'ils ont compris, qu'ils admettent et jurent de se souvenir de nous pour l'éternité.

Je photographie chaque détail, chaque centimètre carré de sa peau avec mes yeux pour emporter son image. J'apprends par cœur les contours de son corps. Je mémorise son odeur boisée et le dessin de ses lèvres.

Je le veux auprès de moi et je n'aurai plus peur. C'est si beau, si pur, comme ce flocon qui tombe et frôle ma joue.

Il se lève, mais je fais semblant de dormir, je n'aurai pas le courage de lui parler. C'est trop dur.

Il m'embrasse sur le front. Je souris intérieurement.

— Je vais préparer le petit déjeuner, me chuchote-t-il.

Je me retrouve seule. C'est ainsi que ça doit se passer.

Les flocons tournoient de plus en plus vite autour de moi, de plus en plus nombreux.

De plus en plus froids.

Je n'ai pas peur.

Mon corps se détend. Mes muscles se relâchent les uns après les autres. Et mes yeux n'ont jamais autant brillé, j'en suis sûre.

Je sens le calme m'envahir. Lentement. Posément. C'est quelque chose de doux, qui a été poli depuis des millénaires. Alors, je me laisse faire. Je ne veux rien regretter. Je n'ai jamais autant vécu que près de Wallace. J'ai tout appris. Tout. On n'a pas besoin de toute une vie pour apprendre. Peu importe la quantité de temps dont on dispose, c'est l'intensité que l'on y met qui compte.

Chaque règle enfreinte a été un pur moment de bonheur. Derrière chacune d'elles, j'ai trouvé la vie ; la vie que je voulais avoir. Même si c'était trop court, j'étais avec lui. Je regrette juste de n'avoir pas eu le courage de lui dire à quel point il comptait pour moi, à quel point il était *Tout*.

Toute ma vie. Toute ma raison d'être. Tout mon amour.

Je perçois des étoiles derrière la neige qui tombe. Et je remarque tous les cristaux ; il n'y a pas deux flocons identiques. C'est drôle, c'est comme si je voyais bien mieux, à présent. Tout est de plus en plus clair.

—Alors, Miya, voilà le meilleur petit déjeuner que tu n'aies jamais goûté ! m'annonce-t-il en s'asseyant près de moi.

Je souris. Il pourrait bien m'apporter du rat que ce serait le meilleur, tant que je suis avec lui.

—Eh, Miya, il neige… relève-toi, tu vas prendre froid.

Son visage se crispe quand il voit que je ne bouge pas.

Je lui souris, j'ai tellement envie de lui sourire, de l'embrasser aussi. Mais je sens déjà que mon corps se mélange aux flocons. Qu'ils m'enveloppent et me soulèvent.

—Tu es si belle, ta robe rouge dans cette neige… c'est magnifique.

Sa voix me parvient comme dans un rêve. Elle flotte dans ma tête.

— Miya, qu'est-ce qui arrive quand on a enfreint toutes les règles ?

Sakirō apparaît.

Exactement au bon moment.

Je savais que je pouvais compter sur lui, il a toujours été là. Même si c'est difficile pour lui, il est là. *Merci. Merci, Sakirō, je n'oublierai jamais tout ce que tu as fait pour moi.*

Mon souffle se fait plus lourd. Traînant. Pesant.

Wallace se lève. Je sens toute la tension monter dans son corps lorsqu'il se dirige vers Sakirō.

— Qu'est-ce que tu fais là ?

— Miya m'a demandé de venir.

— Pourquoi ? Qu'est-ce qu'il se passe ? s'énerve Wallace.

— Je suis désolé.

Wallace se retourne et me regarde ; je le vois, je le sens, il y a toujours ce fil invisible qui nous relie et nous reliera toujours, même d'un monde à l'autre, j'en suis sûre.

Un mélange de flocons blancs et de rideaux noirs coule devant mes yeux, à présent. Je respire encore un peu d'air frais. C'est si bon.

Ne sois pas triste, Wallace.

Je referais tout. Exactement tout. De la même manière.

J'ai adoré courir avec toi dans la forêt. J'ai adoré rire à m'en décoller les côtes. J'ai adoré le poisson grillé, ton odeur de musc, la musique et la danse. J'ai adoré nager dans le lac et me coller ensuite contre ton corps chaud. J'ai adoré le goût de tes lèvres, la douceur de ta peau, la force de tes bras quand tu me soulèves comme si je ne pesais pas plus lourd qu'une plume.

J'ai tout adoré, Wallace. Tout. Ne m'en veux pas.

Une larme coule sur ma joue et se transforme en une petite goutte glacée.

— Non ! crie Wallace. Miya ! Réveille-toi ! NON !

Il pleure.

— Laisse-la partir, lui murmure Sakirō.

— Tu ne peux pas me laisser, Miya, tu ne peux pas ! On a encore… tellement… tellement de choses à faire… NON ! (Il me berce dans ses bras, mais je ne sens pratiquement plus sa chaleur.) Il y a tellement de choses que nous devons voir ensemble… Je t'ai promis… (Sa voix se casse, secouée de sanglots.) Je devais te montrer l'Amérique, tu te rappelles, Miya ? L'Amérique… on avait dit… je t'avais promis… Miya…

Sa voix n'est plus qu'un murmure. Il me soutient dans ses bras, mais je ne les sens plus vraiment, c'est plus un souvenir qu'une sensation. Je voudrais lui susurrer quelques mots, lui demander d'être heureux pour nous deux, de ne pas m'en vouloir, mais c'est trop tard, je me détache de ce monde. J'ai vécu ces derniers mois plus que quiconque à Kamakura.

C'est le prix à payer. Je m'en doutais. Tout le monde, à Kamakura, s'en doutait.

Sauf Wallace.

C'est pour ça que j'ai demandé à Sakirō de venir. Pour qu'il comprenne que c'est normal pour nous. Que c'est ainsi que ça se passe. Que je suis la première à avoir enfreint toutes les règles. Que ça ne fait pas mal. C'était tellement merveilleux. Il n'y a pas de mots.

Je revois des images de Wallace allongé dans la cellule.

J'ai tout de suite su.

Dès que je l'ai vu, j'ai su.

Que jamais rien ne serait pareil.

Que je ferais tout pour lui.

Même mourir.

Une Seconde chance

ÉLODIE NOWODAZKIJ

Depuis sa rupture avec Nick, Emilia ne croit plus en rien. La jeune danseuse a été meurtrie par sa rupture avec Nick qui est sorti avec une autre fille. Elle fait tout pour l'oublier et se concentrer sur son objectif : décrocher la première place dans le spectacle de son école de danse. Elle répète sans relâche pour réussir à devenir danseuse étoile et avoir le brillant destin dont elle rêve. Mais dans la vie rien ne se passe jamais comme prévu et Emilia doit se rendre à l'évidence : ce n'est pas facile d'être la meilleure. C'est le moment que Nick choisit pour revenir dans sa vie. Il affirme avoir réalisé son erreur et semble prêt à tout pour avoir une seconde chance…

Parfois, l'amour fait mal.
Mais pas toujours...

Achevé d'imprimer en juillet 2018
sur les presses de la Nouvelle Imprimerie Laballery
58500 Clamecy
Dépôt légal : août 2018
N° d'impression : 807324

Imprimé en France

La **N**ouvelle **I**mprimerie **L**aballery est titulaire de la marque Imprim'Vert®